BESTSELLER

Jordi Sierra i Fabra (Barcelona, 1947) es uno de los autores más prolíficos y premiados del panorama literario español y, con más de once millones de libros vendidos y casi cuarenta premios literarios otorgados a ambos lados del Atlántico, uno de los escritores más sorprendentes por la versatilidad de su obra, que aborda todos los géneros. Viajero impenitente —circunstancia que nutre buena parte de su extensa producción— y comprometido con la realidad, ha creado además la Fundació Jordi Sierra i Fabra en España y la Fundación Taller de Letras Jordi Sierra i Fabra en Colombia para impulsar la lectura y la cultura y ayudar a jóvenes escritores en sus primeros pasos. Entre los numerosos premios que ha recibido, cabe destacar el X Premio de Novela Ciudad de Torrevieja por su novela *Sombras en el tiempo* (2011); el Premio Cervantes para Jóvenes (2012), más conocido como el Cervantes Chico; el Premio Iberoamericano de Literatura por la aportación de su obra y su figura a la narrativa latinoamericana (2013); así como la Medalla de Honor de la ciudad de Barcelona en reconocimiento a su labor social y cultural (2015).

Para más información, visite la página web del autor: www.sierraifabra.com

Biblioteca

JORDI SIERRA I FABRA

Seis días de diciembre

DEBOLS!LLO

Primera edición con esta presentación: mayo de 2017

© 2014, Jordi Sierra i Fabra
© 2014, 2017, Penguin Random House Grupo Editorial, S. A. U.
Travessera de Gràcia, 47-49. 08021 Barcelona

Printed in Spain – Impreso en España

ISBN: 978-84-9062-387-9 (773/11)
Depósito legal: B-6.408-2017

Impreso en Liberdúplex
Sant Llorenç d'Hortons (Barcelona)

P 6 2 3 8 7 A

Penguin
Random House
Grupo Editorial

A mis primos Antoni, Francesc y Jaume

Día 1

Domingo, 4 de diciembre de 1949

1

Las únicas veces que discutían era para elegir la película de los domingos por la tarde.

Y aquel domingo había sido de los más reñidos.

—¿Qué tal *Hamlet*?, en el Windsor.

—¿Una sola? Ya sabes que prefiero ver dos, y así estamos más rato y calentitos.

—Pero la hace Laurence Olivier. Y Shakespeare siempre es Shakespeare...

—No sé quién es ése, y el Olivier me parece un señor muy serio. ¿Es un drama?

Su inocencia le fascinaba tanto como le desconcertaba.

—Sí —dijo Miquel—, es un drama. ¿No has oído nunca eso de «Ser o no ser»?

La mirada de Patro fue ingrávida.

No necesitó responder.

Miquel había seguido repasando la cartelera de *La Vanguardia*, con Patro arrebujada a su lado en el sofá.

—En la página dos anunciaban una de Ingrid Bergman —suspiró ella—. *Juana de Arco*, creo.

—Sabes que no soy creyente.

—¿No es de guerra?

—Pero la hicieron santa.

—Y antes de ser santa hizo guerras, ¿no? Lo he oído en la radio.

—Yo una película que en el cartel pone que es «de interés nacional», no voy a verla.

—Cómo eres.

—Ya me conozco yo «el interés nacional».

—La semana que viene estrenan una de Rita Hayworth, mira. Y con Victor Mature. A ti te gusta mucho Rita Hayworth —fue condescendiente Patro.

—Pues la semana que viene iremos a verla. —Miquel estudió el anuncio de la película, *Mi chica favorita*—. Pero ahora, como no salgamos en cinco minutos... Y si encima el cine está lejos...

Habían vuelto a concentrarse.

—Si te gustaran las varietés —dijo ella con un suspiro.

Miquel prefirió obviar el tema. Aborrecía que entre películas saliera una tonadillera a cantar y unos saltimbanquis a montar el número.

—¿*Raíces de pasión*, con Susan Hayward y Van Heflin? La hacen en el Aristos, el Cataluña y el Principal Palacio. A cualquiera de los tres llegamos a tiempo.

Patro no le hizo caso. Ni miró el pequeño anuncio. Si quería ver dos películas, verían dos películas. Señaló directamente la apretada cartelera con todos los cines juntos en bloque.

—En el Roxy hacen dos que prometen, *Cielo amarillo* y *Una mujer cualquiera*.

Así que habían ido al Roxy.

Ahora salían para enfrentarse de nuevo al frío de diciembre, Patro cogida de su brazo y pegada a él, y Miquel feliz porque lo era ella.

A fin de cuentas, ¿importaba algo más?

Dieron unos pasos, bajando los escalones de la fachada, despacio, y echaron a andar por la vieja calle Salmerón abajo, dejando la plaza de Lesseps a su espalda. Las preguntas de ritual eran las mismas:

—¿Te han gustado?

—*Una mujer cualquiera* sí. María Félix actúa muy bien. Pero claro, *Cielo amarillo*... Qué guapos están Gregory Peck y Richard Widmark. —Los pronunció con su inglés de estar por casa.

—Pues que sepas que el guión está parcialmente basado en *La tempestad*, que es una obra de ese tal Shakespeare del que hemos hablado antes.

—Tú es que eres muy listo. —Le sonrió con dulzura.

La hubiera abrazado y besado allí mismo.

Se contuvo.

—¿Vamos dando un paseo o cogemos el 26? —le preguntó a su mujer.

Su mujer.

Todavía se asombraba cuando lo pensaba o lo decía en voz alta.

—El tranvía nos deja a un poco más de mitad de camino —lo consideró ella—. Hace frío, pero me gusta caminar, y a ti te conviene.

—¿Sabes la de veces que me he pateado Barcelona?

—Por trabajo. Hoy es domingo y estamos paseando. ¿Quién era ese tal Sha... Shakes...?

—Shakespeare.

—Eso.

—Un inglés que vivió hace cientos de años y escribió los mejores dramas de su tiempo, como por ejemplo *Romeo y Julieta*.

—¿Ésa es suya? —Se maravilló de conocerla.

—Sí.

—¿Y vivió hace cientos de años y aún se le recuerda?

—Sí.

—Vaya. —Se sintió impresionada.

No volvieron a hablar en los dos o tres minutos siguientes, ella pensativa, él observándola de reojo. Cada día estaba más guapa. Y él más viejo. La guerra había acabado en el 39, había salido del Valle de los Caídos en julio de 1947, apenas dos años y cuatro meses antes.

Toda una vida.

Que sin Patro habría sido muy diferente.

Iba a preguntarle si quería cenar en el bar de Ramón o hacerlo en casa, cuando un hombre se volvió a su paso y se detuvo para contemplarla con el rostro iluminado.

Patro se dio cuenta, bajó la cabeza y su mano se tensó en torno al brazo de Miquel.

Su rostro se llenó de color.

—Te mira porque eres preciosa —dijo él.

—Gracias.

—No seas tonta.

Siempre era lo mismo. Cuando se fijaban en ella por la calle no sabía si era por ser joven y atractiva o porque el hombre la recordaba de antes.

De los años duros.

—Miquel.

—¿Qué?

—¿No piensas nunca en los hombres que...?

—Calla, no lo digas. —Fue terminante, pillado a contrapié por el comentario—. Y la respuesta es no.

Pensó que ella insistiría.

No fue así.

Otra larga serie de pasos se llevó su silencio con ellos. La mano de Patro se relajó de nuevo en torno a su brazo. El rostro perdió el súbito tono rojizo de la vergüenza. Miquel volvió a verla como la niña asustada con la que se había reencontrado en julio del 47, el primer año de su nueva vida, no como la mujer que le absorbía ahora.

—Miquel. —El tono fue mucho más dulce, casi un susurro.

—¿Qué? —Contuvo la respiración.

—Te quiero mucho.

—Vaya por Dios. —Soltó la bocanada de aire.

—¿Qué pasaría si tuviéramos un hijo?

La respiración se le cortó de pronto en seco. Sintió cómo la espalda se le volvía de piedra y un vértigo extraño le invadía el cerebro. Lo peor fue el estómago, contraído de golpe.

—Coño, Patro —exclamó.

—¿No lo has pensado?

—¿A mis años? No.

—No eres tan mayor.

—Viejo.

—Mayor.

—De acuerdo, no soy tan mayor, pero no creo que mis espermatozoides estén muy lozanos. Más bien deben de tener reuma. Eso si no están ciegos o han perdido la cola.

—No te pongas sarcástico. ¿Te gustaría o no?

—No lo sé. —Alzó las cejas aterrorizado.

—Ya sé que perdiste a tu hijo, y otro no va a sustituirlo, pero...

—Patro, mírame.

Le miró.

—¿Quieres un hijo? —hizo la pregunta Miquel.

—Ni lo había pensado.

—¿Entonces?

—Es que no me viene la regla.

Al vértigo, el estómago contraído y la espalda de piedra se le sumó una repentina flojera de piernas.

—¿Cuándo te tocaba?

—Hace dos días.

—Mujer, un pequeño retraso... —No supo si sentirse aliviado.

—Sabes que soy como un reloj.

—El cuerpo cambia, ha venido el frío de golpe... —Se quedó sin argumentos.

—¿Y si estuviera en estado?

No habían dejado de caminar mientras hablaban. Miquel sí lo hizo en ese instante. Estaban ya en la esquina de la calle Asturias. Se encontró con el rostro de ángel de su mujer lleno de luces y ternuras.

—¿Te sientes embarazada?

—Me siento rara.

—Es lo mismo.

—No, no lo es. Es sólo que de pensarlo... pues eso, que estoy rara. No quiero que te enfades conmigo.

—¿Cómo voy a enfadarme contigo?

—No sé. —Unas lucecitas titilaron en sus ojos.

—Mira, si lo estás... pues bien, ¿sabes? —Tragó saliva—. A veces pienso en lo sola que vas a quedarte cuando me muera.

—Vivirás veinte o treinta años más, y para entonces yo también seré mayor, no seas tonto.

—Pero te quedarás sola —insistió—. Si tienes un hijo...

—Si tenemos un hijo —lo rectificó antes de agregar—: Sin embargo te asusta, ¿verdad?

—Claro. He pasado muchos años preso, no sé cómo estará mi cuerpo y, por lógica, moriré mucho antes que tú. La idea de tener un hijo al que no veré crecer, o sabiendo que él lo hará sin padre, es muy dura.

—¿Quieres parar de decir que te vas a morir?

—Es que...

—¿Eres feliz?

—Sí.

—¡Pues entonces no vas a morirte! ¡La gente feliz está contenta y tarda más en estirar la pata!

Una lógica aplastante.

Muy suya.

Ella misma reanudó la marcha.

Un minuto, dos, antes de romper el inesperado silencio.

—¿Estás animada?

—No lo sé. —Hizo un gesto de inseguridad—. De verdad,

no lo había pensado, y de pronto... Si estoy en estado, todo será diferente. ¿Qué vamos a hacer?

—¡Qué quieres que hagamos! —Se le antojó una pregunta absurda—. Seguir adelante.

—Me pondré gorda y fea.

—Y te querré igual.

—Eso es porque estás enamorado.

—También.

No había tenido una conversación así ni siendo joven. Jamás había sido tan niño con Quimeta. Si era cierto que una persona tiene la edad del ser al que ama, él era un casi treintañero y Patro una sesentona camino de los setenta. Inconcebible. A veces se preguntaba qué quedaba del Miquel Mascarell de antes de la guerra, o incluso de los días de la guerra, con Quimeta muriéndose y él asistiendo al fin de los tiempos, el derrumbe de todo lo conocido, comenzando por la libertad.

Patro se estremeció.

—Vamos a coger un taxi —sugirió él.

—¿Ya empezamos? No estoy enferma, y es mejor no tirar el dinero del 47.

Siempre lo llamaban así, «el dinero del 47».

Seguían viviendo de aquella pequeña fortuna, administrándola con cuidado.

Sin llamar la atención.

—Hace frío —insistió Miquel.

—Al llegar a casa ponemos el brasero y oímos la radio. —Se le iluminaron los ojos—. O mejor no.

—¿No?

—¿Por qué no nos metemos en cama, calentitos?

—¿Sin cenar?

—Sin cenar. —Le guiñó un ojo.

—Patro...

—Si me voy a poner gorda y fea... hay que aprovechar ahora, ¿no?

Miquel cerró los ojos. La risa de Patro fue como un bálsamo. Ella reía y lo demás dejaba de ser importante. Ella decía que él le había salvado la vida dos veces. Miquel pensaba lo mismo de julio del 47, cuando aquella primera noche con Patro marcó un antes y un después en su retorno a Barcelona. Luego, los dos habían estado a punto de morir en aquel amanecer de octubre del 48.

Y seguían juntos.

Patro capaz de reír.

Aparcaron el tema, pero los dos aceleraron el paso levemente. Llegaron a la avenida del Generalísimo y continuaron por ella. A la altura de Vía Layetana Miquel miró de soslayo por primera vez, creyendo ver o reconocer algo inesperado.

No le dio importancia.

Al pasar por delante del bar de Ramón, ya cerca de su casa, se encontraron con él en la puerta, en mangas de camisa a pesar del frío.

—¡Buenas noches, pareja!

—Buenas noches, Ramón —le correspondió Patro.

—¿Una cenita?

—No, hoy no, gracias.

—¿Del cine?

—Sí.

Miquel temía lo que iba a suceder.

Pero fue inevitable.

—Sabe lo del Barça, ¿no? —chasqueó la lengua Ramón.

—Pues no.

—¡Ha perdido! —lo dijo como si fuera un cataclismo—. ¡En Les Corts, y con los periquitos! ¿Qué me dice?

—Pues no sé.

—¡Por la mínima! —Se enfadó aún más—. ¡Ni César ha podido marcar! ¡Pierden en todas partes; pero, ah, al Barça le ganan! Desde luego...

—Mañana me lo cuentas. —Siguió caminando Miquel mientras tiraba suavemente de su mujer.

—¡Usted sí que vive bien, maestro! ¡Al cine, feliz, sin preocuparse de nada!

Se alejaron del bar. Patro volvía a sonreír con malicia.

—¡Qué manía con hablarme siempre de fútbol! —protestó él.

—Es que eres raro.

—¿Por no ser un forofo?

—Si no fuera por el fútbol, la mitad de los hombres se volverían locos.

Miquel no respondió.

Volvió la cabeza y esta vez le cazó de lleno.

Antes de que se escondiera detrás de un árbol lo suficientemente grueso como para ocultarle.

—¿Qué miras? —quiso saber Patro.

—Nada —disimuló—. Creía haber visto a alguien.

Llegaron a su portal y en un minuto abrían la puerta del piso sin encontrarse a nadie por la escalera, algo que él siempre agradecía, como si aún sintiera el peso de los vecinos criticándole por haberse casado con una mujer tan joven. Patro enfiló en dirección al retrete. Miquel, por contra, caminó hasta las ventanas que daban a la calle, sin quitarse el abrigo.

Apenas si corrió la cortina.

Allí estaba, en la calle, indeciso, nervioso.

Suspiró.

Fuera lo que fuere, cuanto antes lo resolviese, mejor.

No quería tener que levantarse de la cama, calentito.

—¡Ahora vuelvo! —le dijo a Patro desde la puerta del piso.

—¿Sales? ¿Adónde vas?

—¡Luego te lo cuento!

—¡Espera!

No lo hizo. Cruzó el umbral y cerró la puerta antes de que

Patro saliera del retrete extrañada por su desaparición. Incluso bajó la escalera lo más rápido que pudo para que ella no se asomara al rellano.

Cuando regresó al frío de la calle no le vio.

Pero sabía que estaba allí.

—¡Lenin! —gritó.

2

No salió de inmediato. Volvía a ocultarse detrás de un árbol, en la misma esquina, a escasos cinco metros de él.

—Vamos, Lenin, sal.

El veterano ratero asomó la cabeza.

—Vaya, señor inspector, ¡qué sorpresa! —fingió de mala manera.

—No lo será tanto cuando llevas siguiéndome un buen rato. —Esperó a que emergiera del todo de su escondite.

—¿Yo?

—Lenin...

El chorizo al que tantas veces había trincado antes del 36 y con el que se había reencontrado en la cárcel la noche del 30 de mayo, apenas medio año antes, miró arriba y abajo de la calle con susto.

—¡No grite tanto, hombre!

El mismo miedo.

¿O quizá más?

—Entonces no me llames inspector —le espetó con un inesperado cansancio.

—Para mí será siempre el inspector Mascarell, ¿qué quiere que le diga? —Se acercó despacio, midiendo cada paso con recelo.

—Pues para mí eres Lenin, ¿qué quieres que te diga yo? —Le observó de hito en hito—. ¿Por qué me has seguido?

—Vaya. —Se mordió el labio inferior, se pasó una mano por el cabello desordenado y hundió los ojos en el suelo—. Sigue siendo bueno, ¿eh? Ojos en la nuca.

—Tú eras bueno distrayendo carteras, pero de seguir a la gente no tienes ni idea, y más con esta pinta.

Lenin miró su ropa.

—Es lo mejor que tengo —pareció excusarse.

—¿No esperabas a que estuviera solo? Pues ya lo estoy, va. La última resistencia.

—Habla o me subo. Hace frío. —Le entró una tiritona.

—Bueno, sí —se rindió—. Le quería pillar solo.

—Pues adelante.

El ratero levantó la vista y la paseó por el edificio del que acababa de salir Miquel. Detuvo su mirada en las ventanas del piso que ocupaban Patro y él. Hubo un atisbo de envidia y ansiedad en sus ojos. Incluso pareció empequeñecerse más de lo menguado que siempre había sido.

—Guapa su señora, ¿eh? —musitó.

—Mucho.

—Y se la ve fina, con clase.

—Lenin...

Dio la impresión de que iba a ponerse a llorar. Se abrazó a sí mismo. Tenía los ojos salidos, el rostro enteco, y sin abrigo, con una vieja chaqueta abrochada hasta arriba y una bufanda descolorida, lo más normal es que estuviese helado. Miquel sintió lástima por él.

Aquella noche del 30 de mayo, en la Central de Vía Layetana, detenido sin saber por qué mientras buscaba al asesino de su amigo Mateo Galvany, Lenin había sido su único soporte. Un reencuentro extraño: el viejo policía y el viejo ladrón, unidos por las circunstancias.

—Estoy metido en un lío, inspector. —Envolvió sus palabras en un susurro ahogado.

—Ve a la policía.

Su rostro reflejó más incredulidad que estupor.

—¿Yo? No fastidie, oiga.

—¿Por qué acudes a mí?

—Se lo dije aquella noche, ¿recuerda? Usted siempre fue una buena persona, legal. Cumplía con su trabajo y punto. Nunca una hostia, nunca un palo de más. Cada cual a lo suyo, pero con respeto.

—Lenin, yo también te lo dije esa noche: estoy retirado. Soy un ex policía y algo peor, un ex convicto. Salí hace dos años y pico del Valle de los Caídos, me he casado, estoy viejo.

—Pero quien tuvo, retuvo. —Abrió las manos en un gesto implorante—. Al menos aconséjeme.

—¿Tan grave es?

—Creo que sí. —Se estremeció, y no por el frío—. Y si fuera por mí... pues mire, me lo habría ganado a pulso y ancha es La Mancha.

—Castilla.

—¿Cómo dice?

—Ancha es Castilla.

Lenin se encogió de hombros.

—Sigue, ¿qué ibas a decir? —Miquel notaba cada vez más el frío a medida que la noche caía y bajaba la temperatura.

—Eso, que si fuera por mí, pues nada, mala suerte. Pero ya le dije que me casé, y tengo dos niños, uno de cinco y una de cuatro añitos. Si les pasara algo a ellos me moriría, ¿entiende? Esos críos son lo mejor que me ha sucedido en la vida.

—Eres un cuentista.

—¡Que no, que hablo en serio! —Se desesperó empequeñeciendo los ojos—. ¡Usted también ha sido padre!

Miquel apretó los puños.

—Antes de que me lo cuentes, ya me estoy arrepintiendo —dijo.

Esta vez, Lenin no dijo nada.

La calle estaba vacía. El cruce de Gerona con Valencia parecía perdido en algún rincón de Barcelona. Si hubiera nevado se habrían convertido en dos muñecos de nieve.

—¿Cómo has dado conmigo?

—Después de aquella noche pregunté aquí y allá, para saber de usted.

—¿Por qué?

—Por curiosidad, para tenerlo localizado... no sé. Nunca se sabe cuándo puede necesitarse a los amigos.

—¿Amigos? ¿Ahora somos amigos?

—Yo le eché una mano en el calabozo.

—Me dejaste sentar y me ayudaste a mear.

—Eso une, ¿no?

Miquel se rindió. Conocía a Lenin. A pesar de los años, en lo básico no había cambiado nada. Mucha labia y pura supervivencia, por mucho que cayeran chuzos de punta.

—¿Lo que has de contarme es muy largo?

—Un poco.

Adiós a encamarse con Patro sin cenar.

Deseó que un rayo lo fulminara.

No sucedió nada.

—Vamos, sube arriba. —Dio media vuelta dirigiéndose de nuevo al portal—. Hace un frío que pela.

—¿Y la señora? —vaciló su inesperado compañero.

—¡Sube y calla!

Esta vez no tuvo suerte. La señora Gabriela, la portera, apareció por el vestíbulo, quizá ya dispuesta a cerrar el portal. Le dio a él las buenas noches y miró de arriba abajo, con desagrado, a su acompañante. Por lo menos no hubo preguntas triviales. Cuando llegaron al rellano Miquel jadeaba, como siempre. No le importaba andar, pero subir escaleras le mataba cada vez más. Cuando abrió la puerta temió que Patro apareciera por el pasillo sin ropa, dispuesta a cumplir su promesa.

Bueno, así al menos Lenin se moriría de un infarto y adiós.

Patro apareció por el pasillo, sí, pero embutida en su bata

más discreta y calzando sus pantuflas. Se detuvo al ver que su marido regresaba acompañado.

Miquel hizo las presentaciones.

—Patro, éste es Agustino Ponce, aunque todos le llaman Lenin. —Chasqueó la lengua—. Lenin, ésta es Patro, mi mujer.

—Tanto gusto, señora. —Le tendió la huesuda mano y se inclinó con un arrebato de cortesía—. Y felicidades.

—¿Por qué? —se extrañó ella.

—Es usted muy guapa, oiga. Se lo decía aquí al señor inspector.

Miquel tomó la iniciativa. Le siguieron su invitado y su esposa. Al llegar a la sala indicó una silla.

—Siéntate.

—Gracias.

—Os dejo —vaciló ella.

—No, quédate —le pidió su marido.

—¿Ah, sí? —No le ocultó su sorpresa.

—Es por si ves que salto sobre él decidido a ahogarle, para que me sujetes.

—Usted siempre tan ocurrente e ingenioso, inspector —dijo Lenin haciendo que la duda de Patro quedara un tanto tamizada.

—No me provoques, Lenin.

El veterano chorizo tragó saliva.

—Perdone.

Patro ocupó la tercera silla, procurando que la bata no se abriera por la parte inferior y sujetando la superior con la otra mano.

—Y ahora suéltalo —disparó con grave seriedad Miquel—. Quiero acostarme en diez o quince minutos —dijo sin muchas esperanzas de cumplir con su deseo—. ¿En qué lío te has metido que me necesitas precisamente a mí?

Lenin buscó el apoyo, o el consuelo, de la paz que emanaba el rostro de Patro. Después tomó aire, hundió los ojos en el suelo y, finalmente, los depositó en su anfitrión.

Estaba muy serio.

El miedo fluía por todos los poros de su ser.

—Pues verá, señor inspector, todo empezó cuando robé ese maletín —inició su relato.

3

Miquel cerró los ojos.

Comenzaba bien.

—¿Sigues siendo un chorizo, Lenin?

Su inesperado visitante volvió a bajar los suyos. Era un caradura, pero por una vez parecía verdaderamente triste además de abatido.

—¿Qué quiere que le haga, inspector?

—Trabaja.

—Como que es tan fácil. Cuando uno está marcado... Y eso que hace mucho que no me pillan.

—¡Tienes dos hijos, coño! ¡Uno hace lo que sea por los hijos!

—Pues es lo que hago yo: lo que sea por mis hijos. Antes de que se mueran de hambre... —Se enfrentó a su severa mirada y lo hizo con más aplomo del esperado, como si se hubiera hecho adulto de pronto, olvidando su continua cachaza y toque de eterno perdedor resignado—. ¿Me va a soltar un sermón?

—¡Lo que te voy a soltar son dos...! —No acabó la frase, por Patro, y buscó un atisbo de calma para no estar tan enfadado.

Porque estaba enfadado.

Mucho.

—Ya veo que no tenía que haber venido —reconoció Lenin.

—De acuerdo, robaste un maletín, sigue —lo invitó Miquel.

—Más bien era una cartera, de ésas de maestro, con dos correas y un cierre.

—¿Dónde la robaste y a quién?

—A eso voy. —Organizó sus pensamientos—. Verá, yo caminaba tan tranquilo, metido en mis cosas...

—Más bien buscando a un incauto.

—Caray, inspector.

—¿Quieres dejarle hablar? —intervino Patro—. Si le cortas a cada momento no acabará nunca.

Tenía razón.

Sobre todo en lo de que no iba a terminar nunca.

—Vi a ese hombre, extranjero, sin duda, y la cartera, de piel, tan bonita. Imaginé que sólo por ella ya me darían algo; pero encima, si dentro había dinero, documentos de los que se buscan en el mercado negro o algún papel significativo, el negocio podía ser redondo.

—Y te la llevaste.

—Casi ni me di cuenta, se lo juro. —Esta vez no apartó la vista, para dar una mayor sensación de sinceridad—. De pronto la cartera estaba en mi mano y yo corría. Llámelo instinto, sexto sentido, no sé.

—Lo llamo hábito.

—Pues eso será.

—¿Te vieron?

—No. Llegué a la esquina sin oír ni un grito detrás de mí. Claro que tampoco volví la cabeza. Seguí corriendo. Entonces...

—Un momento, ¿dónde cogiste esa cartera?

—Pues en la Gran Vía con Aribau. Un taxi se empotró contra un camión muy destartalado, que ya se caía a pedazos antes del choque. Bajaron los dos conductores, el taxista muy enfadado y el del camión, el pobre, llorando y gritando que si era su ruina, que si tal y que si cual. Empezaron a discutir y la gente se arremolinó a su alrededor. También se bajó el pasajero del taxi.

—El dueño de la cartera.

—Sí. Un hombre alto, pelirrojo, de unos treinta y pocos, no sé, porque a veces los extranjeros engañan, como en la guerra, cuando me fui con Durruti y...

—Lenin...

—Ya, ya. —Se centró de nuevo, renunciando a lo que iba a contar de su glorioso pasado bélico—. El pelirrojo se puso a defender al taxista, aunque hablaba muy mal el español y apenas si se le entendía. Como todo el mundo estaba pendiente de la trifulca... ¿Qué quiere que le diga? El maletín, bueno, la cartera, estaba en la parte de atrás del taxi. Era como si me llamara a gritos.

—Metiste la mano por la ventanilla y adiós.

—Nadie me vio, ya le digo.

—¿Qué había en esa cartera?

—Eso es lo cómico: nada.

—Algo habría.

—Pues no señor, ni documentos ni dinero. Eso debía de llevarlo encima. En la cartera sólo papeles, en americano, creo, y una especie de catálogo con fotos de cuadros y algunas anotaciones a mano.

—El gran negocio.

—Ya ve. —Se encogió de hombros—. En un bolsillito encontré la llave de su hotel, el Ritz.

—La gente deja la llave en recepción cuando sale.

—Pues él no lo hizo. Porque era la llave de su habitación, eso seguro. No me paso la vida en hoteles, y menos de lujo, pero he visto alguna.

—¿Eso es todo?

—Encontré unas tarjetas de visita. Se llamaba Alexander Peyton Cross.

—¿Por qué hablas de él en pasado? —se extrañó Miquel.

Lenin tragó saliva, y lo hizo con un cavernoso y gutural sonido.

—Porque está muerto, inspector.

Patro arrugó la cara. Miquel lo que hizo fue desencajar la mandíbula. La historia no había hecho más que empezar y ya había un cadáver de por medio.

Algo que no auguraba nada bueno.

—¿Cómo sabes que está muerto si echaste a correr y le dejaste en la calle metido en la refriega?

—¿Voy al final o le cuento la cosa paso a paso?

Lo tenía en su casa, en su comedor, de noche, como un inesperado y molesto grano en el cogote.

Y ya era tarde para echarlo.

—Sigue. —Soltó una bocanada muy débil.

—Pues nada, que allí estaba yo, con la cartera, y desde luego moverme mucho rato con ella en la mano, como si fuera mía... No encajábamos para nada. Había que librarse.

—¿La vendiste?

—No. Me fui a mi casa a pensar.

—Y, de paso, a examinar los papeles.

—Sí, pero no entendí nada.

—¿Y ese catálogo?

—Ya le he dicho que eran fotos de cuadros, pero pegadas, ¿me explico? Estaban recortadas, una a una, y pegadas en cada página, con las notas al pie.

—O sea, que no era un catálogo.

—¿Ah, no?

—Da igual. Ahí es cuando se te encendió la bombillita, ¿no es cierto?

Los ojos de Lenin brillaron.

—Hay que ver lo listo que es usted, inspector. —Miró a Patro—. Su marido ya era un lince en los treinta, señora, y eso que yo entonces era muy tonto, imagínese, con veintipocos...

—¿Quieres dejar de irte por los cerros de Úbeda?

Temió que le preguntara dónde estaba Úbeda, o por qué eran tan famosos sus cerros.

—Le di muchas vueltas a la cabeza, ¿sabe? Miraba esos papeles, el catálogo... o lo que sea, y una bombillita en la cabeza me decía que tal vez eso tuviera algún valor para ese hombre, y siendo así...

—Viste la oportunidad.

—Sí —admitió.

—¿Fuiste a verle?

—Primero le llamé al hotel, anoche. Puse voz de hombre interesante y pedí por la 413, directamente, como dando a entender que le conocía y sabía que estaba en ese cuarto.

—Ay, Dios. —Alzó las cejas Miquel.

—Se puso al teléfono y le dije que me había encontrado la cartera entre un montón de basura, con la llave de su habitación en el Ritz dentro, y que imaginaba que le habían robado y que, a lo mejor, me daría una propina por devolvérsela.

—¿Qué respondió?

—Primero pareció desconcertado. Luego me dio las gracias y dijo que sí, que para él era algo importante. Pensé que querría recuperarla al momento, aunque ya era muy tarde, pero me dijo que me esperaba hoy por la mañana, en el Zurich de la plaza de Cataluña.

—¿No te extrañó eso?

—Pues... no. Ya le digo que era tarde.

—¿Y esta mañana, qué?

—He metido la cartera en una bolsa de la compra, para no cantar con ella por la calle y porque soy gato viejo. Ese hombre no me conocía a mí, pero yo a él sí. Si en el fondo sospechaba que yo se la había robado y aparecía con la poli... Cuando he llegado al Zurich me he quedado fuera, en la esquina con Pelayo. Por precaución, ¿entiende? Luego ha empezado a pasar el tiempo y nada, que no aparecía.

—Porque ya estaba muerto.

—Espere, no corra. —Levantó una mano—. Él no ha ido, pero sí lo ha hecho el que me ha seguido después.

—¿Cómo te has dado cuenta de eso? —se envaró Miquel.

—Porque me huelo las cosas, como usted pero a la defensiva —fue sincero—. Me extrañaba que el hombre no viniera, así que he observado a los del bar y a los de la calle, con mi instinto diciéndome que algo no iba bien. Pronto he visto a un par de candidatos, uno de ellos con un bulto bajo la ropa, ahí, donde se llevan las sobaqueras, y con eso me ha bastado. Podía ser casual, o no, pero me he dado el piro. A los cinco minutos, en un escaparate, ya tenía su sombra pegada a mi culo. Supongo que él también me ha calado a mí.

—¿Cómo era?

—Un tipo alto, cuadrado, un armario, de esos que no se ríen ni *pa'* Dios.

—¿Cómo le has dado esquinazo?

—Él estaba confiado, no creo que sospechara que yo le había descubierto. En las Ramblas, y con tanta gente, no se habrá atrevido a hacerme nada. He apretado el paso, he llegado a Robadors y ahí me he metido en una casa que conozco y que tiene salida a la otra calle. De paso, le he dejado la cartera a mi hermana.

—¿La Consue?

—Sí, sólo tengo ésa.

—¿Todavía trabaja?

—A ver. ¡Mientras le paguen! Sigue siendo muy buena, zalamera...

—De acuerdo —lo interrumpió—. ¿Por qué te has librado de la cartera?

—Por si volvía a tropezarme con el tipo. —Su rostro se contrajo en una mueca de ansiedad—. Mire, inspector, no nací ayer, ¿sabe? En esa cartera ha de haber algo, y ha de ser valioso si es que se ha montado ese pollo por haberla robado.

—¿Y por qué has venido a mí?

—Porque tengo miedo, porque ese hombre me ha visto, y si ya se han cargado al pelirrojo...

—Cuéntame esa parte. ¿Cómo sabes que Peyton ha muerto?

—He llamado por teléfono otra vez al Ritz, para decirle que no quería líos, que se la devolvería o la arrojaría a la basura y en paz. Entonces la telefonista, muy nerviosa, me ha hecho esperar y me ha pasado a un hombre, probablemente de la recepción. Él me ha contado que el señor Peyton ya no se hospedaba allí, y lo ha hecho casi tan nervioso como la telefonista. A mí no me la dan con queso, ¿sabe? He vuelto a olerme algo y he ido al Ritz, a echar una ojeada.

—No habrás entrado con esa pinta.

—No, pero tampoco ha hecho falta. Cuando llegaba he visto a la policía, y cómo sacaban un cuerpo envuelto en una manta y lo metían en una ambulancia. En la calle los rumores ya eran un clamor, porque alguien del mismo hotel había dejado ir la noticia: que si un inglés, que si la camarera lo había descubierto, que si se había suicidado en la bañera... Pero si era un suicidio, ¿qué hacía allí el mismísimo comisario?

Miquel sintió frío en los huesos.

—¿Amador?

—El mismo, oiga.

No quiso mirar a Patro. La amenaza de que el tercer encuentro desde su vuelta a Barcelona sería el último no dejaba de revolotear por encima de su cabeza.

—Me he acojona... Me he asustado mucho, inspector. —Él sí deslizó una mirada de respeto hacia Patro—. He echado a correr y entonces me he dado cuenta de algo que se me había pasado por alto.

—¿Qué es?

—Cuando lo del taxi, como le he dicho, el inglés hablaba bastante mal el español, y su acento era infame, como si llevara veinte chicles en la boca. Pero anoche, el hombre con el que hablé no tenía ningún acento. Ése era de aquí.

—O sea, que hablaste con el asesino, nada de un suicidio.

—Ya lo ha pillado —asintió Lenin muy pálido.

—Pero si la cartera hubiera sido tan importante, ¿no te habría querido ver anoche, por tarde que fuera?

—Eso ya no lo sé. Lo que sí sé es que soy un incordio para él, un posible testigo... Lo que sea. Y si está el comisario de por medio, peor. Llevo unas horas temblando, sin saber qué hacer, con miedo de ir a mi casa. ¿Y si ese asesino me encuentra? Yo siempre he dicho que moriría joven, en la calle, pero ahora con Pablito y Maribel...

—¿Tus hijos?

—Sí. Ellos y mi Mar, que es toda mi vida.

Miquel se apoyó en el respaldo de la silla.

Ya no pensaba en la cama.

Sostuvo la mirada de Patro, seria, preocupada, ni mucho menos disgustada por la inesperada presencia de Lenin en sus vidas.

Siempre solidaria con los débiles.

—Agustino —lo llamó por su nombre de pila.

—¿Sí, inspector?

—¿Qué quieres que haga yo, maldita sea? —rezongó Miquel, invadido por un súbito cansancio.

4

Lenin también se echó para atrás, apoyando la espalda en la silla. Había estado hablando minuto tras minuto inclinado hacia delante, ansioso. Ahora que lo acababa de vomitar todo, daba la impresión de estar más relajado aunque siguiera aturdido por el cúmulo de circunstancias.

Agustino Ponce, alias Lenin, seguía pareciéndose al ilustre revolucionario ruso. Pero si antes de la guerra era un simple raterillo de poca monta, joven e inexperto, ahora, más o menos en los cuarenta, no dejaba de ser lo mismo aunque azuzado por los perros de la posguerra.

Una víctima más.

—Podría echarle un vistazo a esa cartera, a ver qué le parece —dijo sin estar muy seguro.

—¿Sólo eso?

—No sé, inspector. —Empezó a venirse abajo, como si fuese a llorar.

Nunca le había visto llorar. En los años treinta cada cual jugaba su papel. Unas veces se ganaba, otras se perdía. Uno era un ladrón y otro un policía. Cuando aquella noche del 30 al 31 de mayo, medio año antes, Lenin le contó que había combatido con Durruti, por primera vez vio en él algo más que al desgraciado carne de presidio que era antes de la guerra.

Aunque Lenin siguiese siendo un ladrón.

—Yo ya no soy policía —le recordó—. Amador me dijo

que la próxima vez que se tropezara conmigo, me mataría o me devolvería a presidio, que en mi caso es ya lo mismo.

—¿Se lo dijo aquella mañana?

—Sí.

—Es un mal bicho. Por eso me he asustado más, al verlo. Un inglés, un falso suicidio... Yo es que... me huelo algo raro, ¿entiende? Algo raro y malo.

—Por eso no quiero ni puedo meterme.

—Pero mirar esa cartera no le comprometería a nada. Vamos, hombre —quiso animarle—. Si ese tipo da conmigo, me matará y entonces usted se sentirá culpable.

—¿Yo?

—Sí, usted. Ya se lo dije: es una buena persona, nunca dejará de ser poli, aunque no ejerza. Encima ahora estamos los dos del mismo lado.

—Buena persona quizá, lo de que no dejaré de ser poli tal vez, pero lo último... ¿Del mismo lado?

—El de los perdedores, inspector, el de los perdedores.

—Derrotados sí, perdedores no. —Apretó las mandíbulas.

—Señora... —se dirigió a Patro.

—No la metas en esto. Es entre tú y yo.

—Piense en mis hijos.

—¿Por qué no pensabas tú en ellos?

—¡Eso hacía! ¿Por qué se cree que aún robo? ¡Han de comer!, ¿no?

Miquel se sintió furioso.

—Coño, Lenin —exclamó una vez más.

—Ya ve. Si me llega a decir alguien que un día le pediría ayuda a usted... —se angustió de nuevo—. Sé que ese hombre dará conmigo. Lo sé. No me pregunte cómo. Sólo lo sé.

—¿Puedes esconder a tu mujer y a tus hijos?

—¿Dónde? —Abrió las manos con las palmas hacia arriba—. No tenemos a nadie, ni ella ni yo. Mar es de Almería. Se vino aquí y tiene a los suyos allá. Yo lo perdí todo en la guerra.

—¿Y tu hermana?

—Que es puta, hombre —repuso con la evidencia que eso encerraba—. Recibe en casa.

—Miquel —intervino Patro.

Era lo que temía. Que ella intercediese.

—No —le dijo.

—Un día o dos, por precaución.

Si realmente estaba embarazada, debía de tener la sensibilidad a flor de piel.

Encima.

—No puede ser. —Fue categórico.

Lenin supo de qué estaban hablando.

—Usted tiene un piso enorme, y sólo son dos, inspector. Nosotros nos metemos en un rincón, juntitos, todos. Que los niños son muy buenos, en serio. Ni los oirá.

—Que no, Lenin.

Esperaba que ella le insistiera, siempre tan niña, tan inocente, no que se levantara y saliera del comedor, con sus pantuflas golpeando levemente el suelo.

Miquel fue tras ella.

La alcanzó justo en la puerta de la habitación.

—Patro.

—Es cosa tuya. —Bajó la cabeza sin mirarle a los ojos.

—Tú no le conoces.

—Tampoco conozco a esos niños, pero la simple idea de que alguien pueda hacerles daño...

—Hoy es este lío, y mañana será otro. Lenin es un quinqui, siempre lo ha sido, siempre lo será. Si le dejamos instalarse aquí ya no sale, se queda.

—No seas tonto.

—¿Y el problema en que se ha metido? ¡Por Dios, ya hay un muerto! ¿No te dice nada eso? Si han matado a un inglés, ¿qué no harán con un desgraciado como ése o incluso con nosotros? —se excitó aún más—. ¿Amador en un suicidio? ¡Venga ya! Eso tiene que ser algo gordo, te lo digo yo. No quiero más miedos, cariño. Sólo deseo vivir en paz, contigo, disfrutar de esta oportunidad.

—¿Por qué no le echas un vistazo a esa cartera y luego decides?

—¿Acaso no me conoces? —Dejó caer los hombros, aplastado por el peso que Patro le echaba encima—. Si miro el contenido de esa cartera acabaré siendo el policía que llevo dentro.

—Que es el hombre al que quiero.

—No seas tonta.

Patro le abrazó. Miquel sintió la dureza de sus pechos hundidos en el suyo, pero más sus manos, una en la nuca, otra en la cintura. Su cuerpo era cálido. Intentó tocarla por debajo de la bata pero no pudo.

El beso fue dulce.

—Te cae bien. —Le sonrió al separarse.

—¿Quién? ¿Lenin? —Se horrorizó.

—Sí. Te recuerda los buenos tiempos.

—No seas absurda. En los «buenos tiempos», como dices, los chorizos acababan entre rejas. Ahora, en cambio, son los que nos gobiernan.

—Me contaste que aquella noche, en comisaría, te ayudó, sin rencores, sin decirle a nadie que habías sido inspector, y que lo hizo de corazón, como si en lugar de ser el que fuiste se acabase de encontrar con un amigo.

—Fueron las circunstancias.

—Lo mismo que ahora. —Le acarició la mejilla.

Miquel se rindió.

Comprendió que había sido una batalla perdida desde el comienzo.

—¿Por qué ha de pasarme esto a mí? —gimió.

—Porque tienes la suerte de tenerme a tu lado. — Patro le guiñó un ojo.

Ahora sí, le abrió la bata por delante y la contempló, desnuda, tan suave como una seda.

Tan suya.

Acarició su vientre sin darse cuenta.

Y ella tembló.

No quiso seguir. Se la cerró, le dirigió una última y silenciosa mirada y regresó al comedor. Lenin estaba doblado sobre sí mismo, hecho un pequeño guiñapo. En el calabozo de la Central incluso se habían echado unas risas juntos, a pesar del miedo. Risas de inesperados camaradas unidos por el destino. La última vez que le había detenido había sido en el 36, poco antes de la guerra.

Una eternidad.

—De acuerdo, Agustino. —Prescindió de su apodo.

—¿De verdad? —Se puso en pie de un salto, con los ojos muy abiertos.

—Vete a casa y mañana por la mañana, o nada más amanecer, vente con tu familia. Hay un cuarto en la galería.

—Es usted un santo, ¡un santo! —No supo si abrazarle y se quedó con los brazos abiertos, a medio camino.

—Agradéceselo a ella.

—A los dos, por Dios... —Empezó a llorar—. De verdad que esto... Por mis muertos, inspector...

Esta vez, el abrazo fue inevitable.

Miquel se quedó tieso, como un palo.

—¿Quieres hacer el favor?

Lenin se separó y entonces él se llevó una mano al bolsillo, donde tenía la cartera.

Seguía allí.

—Caray, hombre. —Se dolió su invitado al darse cuenta del gesto.

—Te conozco. —Le dio por sonreír.

—Le juro que sólo serán un día o dos, hasta ver qué pasa. Y le juro que luego me portaré bien, ¡por ésas! —Se llevó tres dedos a los labios, los besó y los abrió como si echara el beso al aire.

—No jures tanto y vete.

—Yo...

—¿Quieres irte de una vez, antes de que cambie de opinión?

Fue suficiente.

Llegaron a la puerta y allí se estrecharon la mano. Miquel recordó otra escena de aquella noche compartida en comisaría en mayo: cuando Lenin se había orinado en las manos. Según él, era una de las pocas cosas buenas que le había enseñado su padre. Así no se le secaban.

Cuando se quedó solo, tras el enésimo agradecimiento de Agustino Ponce, Miquel se quedó mirando la suya.

Fue directo al fregadero.

Por su cabeza revolotearon algunas de las frases de su inesperado «amigo» almacenadas en su memoria desde mayo:

«Yo luché en el frente, con Durruti. Lástima que esos cerdos le mataran tan pronto, porque gente como él era la que hacía falta», «Hago lo que puedo, hombre. ¿Qué quiere? No nací ilustrado, ni tuve mucha suerte, usted bien lo sabe. Y encima la guerra. ¿Cree que hay trabajo para nosotros? Para ser legal hay que tener estudios, amigos, una oportunidad», «Los pobres nunca salimos de pobres, pero a veces eso también nos mantiene a flote», «Tranquilo, que aquí está conmigo», «Usted siempre me trató bien. Ni una hostia ni nada. Yo siempre decía: "El inspector Mascarell es buena tela. Él, a lo suyo pero legal". Y eso se agradece, ¿sabe? Cuántos de mis amigos se quedaron sin dientes, porque usted tenía colegas que...».

Regresó a la habitación.

Patro ya no llevaba la bata.

Estaba desnuda, esperándole.

—¿Crees que me había olvidado de lo de estar calentitos en cama? —le dijo con cara de niña mala.

Día 2

Lunes, 5 de diciembre de 1949

5

Las pesadillas ya no eran frecuentes. Los malos sueños se desvanecían. Dormía incluso siete u ocho horas. ¿Cuánto hacía que no regresaba al Valle de los Caídos para trabajar o ser humillado por los vencedores? ¿Y cuánto que no escuchaba el sonido de las bombas sobre Barcelona? ¿O cuánto que ni siquiera hablaba con Quimeta?

Aunque esto último no lo hiciera en sueños, sino despierto.

La había enterrado definitivamente cuando fue al Ebro, a ponerle flores a la tumba de su hijo.

Tan sólo un año antes.

Abrió los ojos y los fantasmas que pululaban por su cabeza desaparecieron barridos por la claridad del amanecer. Fantasmas de rostros reales e irreales. Fantasmas conocidos y desconocidos. Fantasmas que, por el largo túnel del tiempo de los sueños, le llevaban a veces a la misma infancia, con sus padres.

Hizo lo que solía hacer siempre en los últimos meses.

Volver la cabeza y mirar a Patro.

Dormía plácida, a su lado, con el rostro vuelto hacia él y la boca entreabierta. Su jugosa boca de labios tan cálidos. Verla le daba paz. Tocarla, serenidad. Era la viva imagen del amor, del futuro, de lo inesperado.

¿Cuántas veces había reflexionado acerca de ello desde que estaban juntos?

¿Cuántas preguntas se había hecho?

Miró su desnuda delgadez recortada bajo la manta y recordó la noche pasada, la forma en que se habían amado, y cómo él había besado su perfecto ombligo, preguntándose si ahí abajo latía ya una nueva vida.

Si tenían un hijo, lo cambiaría todo.

Todo.

Miquel se incorporó un poco y siguió observándola, embelesado, como el estudiante de arte extasiado ante el *David* de Miguel Ángel o la *Mona Lisa* de Da Vinci.

Podía pasarse horas así.

Aunque no esa mañana.

—Me estás mirando —rezongó la voz pastosa de Patro sin siquiera abrir los ojos.

—¿Cómo lo sabes? —le preguntó impresionado por aquel sexto sentido.

—Porque lo sé.

—Dímelo.

—Te quedas quieto, pero sé que no duermes. Respiras de otra forma. Y además es como si pudiera leer tu mente. Te gusta hacerlo.

—Sí.

—Eres un viejo libidinoso.

—Primera vez que me llamas viejo.

—¿Cómo lo dicen los franceses? Vo... voyu...

—*Voyeur* —lo pronunció debidamente.

—Pues eso.

Seguía quieta, con los ojos cerrados. Ni siquiera movía los labios. Era como si un ventrílocuo excelso hablase por ella y fuese una muñeca.

Una muñeca.

Miquel le acarició el pelo.

La noche pasada había gemido en sus brazos, entregada y vital, turbulenta y apasionada. El día que le dijo que jamás había tenido un orgasmo hasta que le amó a él, casi no la había creído. Le pareció imposible aunque resultase lógico. Tantos hombres quebrando su ánimo, rompiéndola, y ningún sentimiento hasta que él la había compuesto, o recompuesto.

Quid pro quo.

Por la calle todavía caminaba con la cabeza baja y la mirada huidiza, siempre temerosa de que alguno de ellos la reconociera. Poco a poco, con el tiempo, se había ido mostrando más firme, más segura, especialmente yendo a su lado. Desde que se habían casado, todo iba incluso a mejor. A solas, en la intimidad del hogar, en cambio, era libre. Vivían su mundo.

Tan discretos, aunque el dinero de aquella caja metálica encontrada en la residencia de Rodrigo Casamajor en julio del 47 no durara siempre.

Patro le demostró que sí, que era capaz de leerle la mente, porque de pronto abrió los ojos y dijo:

—La señora Ana quiere que me quede la mercería.

Miquel tuvo que concentrarse en sus palabras.

—¿En propiedad?

—Sí.

—¿Con qué dinero?

—Dice que ya nos arreglaríamos. Ella tiene algunos ahorros, no necesita el dinero de golpe, así que podríamos pagarla a plazos, mes a mes, con lo que dé. Cree que tú cobras una pensión o algo así.

—¿Y por qué la deja?

—Porque se siente cansada y su hija ya le ha dicho que no está por la labor, que cuando acabe los estudios quiere hacer otras cosas.

Transcurrieron unos segundos, con la cabeza de Miquel repentinamente acelerada. Su estómago le recordó que no había cenado.

—¿Te gustaría a ti tener un negocio?

—No lo sé. —Fue sincera—. Pero el dinero no durará siempre.

—Falta mucho para eso.

—Se terminará. —Fue categórica.

—¿Y si estás embarazada?

Parecía la pregunta clave.

—Muchas mujeres tienen hijos y hacen algo más, incluso trabajar. Puedo tenerlo conmigo en la tienda, y sé que tú me ayudarás, ¿no?

No supo qué contestar, por eso agradeció que en ese instante sonara el timbre de la puerta.

Patro alzó las cejas.

—Maldita sea... —protestó Miquel.

Se había olvidado de Lenin.

Ella fue la primera en saltar de la cama y recoger la bata de la silla mientras se calzaba las pantuflas. Lo hizo todo de forma sincronizada. Él se aseguró de llevar debidamente el pijama y abrió el armario para coger la suya. Tardó un poco más en salir, pero fueron juntos hasta el recibidor para abrir la puerta.

En el rellano envuelto en penumbra aparecieron ellos.

Los cuatro.

La esposa de Agustino Ponce, Mar, era menuda como él y, por lo menos, diez años más joven. Daba la impresión de ser graciosa y vivaracha, algo que se le notaba en los ojos, el rostro, la abierta luz de sus rasgos, aunque ahora los tuviese cubiertos por una pátina de incertidumbre y recato. Los dos críos se parecían a ella, no a su padre, lo cual era una bendición para ambos. Pablito, el de cinco años, tenía la cara alargada y más ojos que frente, pómulos o boca. Maribel, de cuatro, era apenas un hilo humano con algo de carne, delgada hasta lo extremo. Llevaba un peinado primoroso con trenzas cortas y lacitos. Los dos eran bajos y se notaba que venían de un mundo cargado de privaciones. Ni siquiera vestían ropa de abrigo, sólo algunas prendas amontonadas una encima de otra, con rotos y remiendos visibles.

No supieron muy bien qué hacer, ni unos ni otros.

—Pasen, pasen —reaccionó la primera Patro.

Fue como si disparase el pistoletazo de salida de una carrera.

—¡Ay, señorita, señor...! —exclamó Mar—. ¡Dios les bendiga! ¡Dios les dé salud! ¡Dios les premie! ¡Gracias, gracias, gracias!

Cruzaron el umbral con todos sus dioses por delante. Lenin llevaba dos hatos con ropa, no muy grandes, probablemente lo imprescindible para su estancia allí. Miquel calibró si se trataba de «su» equipaje o si podían ser todas sus cosas, porque en este caso la invasión no tendría nada de temporal. Los dos pequeños no apartaban los ojos de él.

—¿Veis? —los alentó su padre—. Éstos son el yayo Miquel y la tía Patro.

El «yayo Miquel» lo fulminó con una mirada cargada de dinamita.

—¿Yayo?

—Venga, hombre, que me los asusta, sonría un poco —le dijo Lenin entre dientes—. Ponga cara de abuelo.

—¿Cómo es una cara de abuelo?

—Se les cae la baba, digo.

—¿Y por qué yo soy yayo y ella es tía?

Mar empujó a los dos pequeños hacia Patro.

—Un besito, ¿eh? Vamos, vamos, sed educados. ¿Qué os he dicho antes?

—Hola, señora. —Pablito la besó en la mejilla.

—Gracias, señora. —Hizo lo mismo Maribel.

—Llamadme Patro, ¿de acuerdo? Tía Patro. —Siguió el juego ella.

El piso debió de parecerles enorme, porque miraron pasillo arriba con los ojos más y más abiertos.

Mar no se atrevió a darle la mano a Miquel.

—Siempre está serio, pero no es que esté enfadado —quiso tranquilizarla su marido.

Miquel abrió la boca pero, esta vez, no encontró las palabras adecuadas, sobre todo con los niños delante.

—Vengan, les enseñaré su habitación —se ofreció Patro para dar un poco de movimiento a la escena y romper aquel hielo extraño.

—Yo voy a vestirme y nos vamos. —Suspiró Miquel sintiéndose derrotado—. Porque no habrás traído la cartera, ¿verdad?

—No, sigue en casa de Consue.

—Anda, ve a «tu habitación» —lo pronunció con ironía.

Lenin siguió a su mujer y a sus hijos como si flotara, dando saltitos, igual que la sombra huidiza que siempre había sido. Miquel fue al fregadero para lavarse. Mientras el eco de las conversaciones fluía hasta él, con más dioses en solfa lanzados por la vehemente gratitud de Mar, se miró en el espejito y se preguntó cómo demonios se metía siempre en problemas, propios o ajenos.

—Te vas a arrepentir —le dijo a su otro yo.

Su otro yo no respondió.

Se lavó con agua fría, temblando, y luego fue a la habitación a vestirse antes de que los dos niños, ya familiarizados y sin miedo, arrasaran su plácido hogar con sus juegos, gritos y carreras. Porque lo normal, lo lógico, era que jugaran, gritaran y corrieran. En unos segundos su hogar, la casa de Patro que ahora era suya, se había olvidado de su silencio habitual.

De momento, la que más se hacía oír era Mar.

—¡No toquéis nada! ¡Las manos quietas! ¡Mirad que, si rompéis algo, el yayo Miquel se va a enfadar! ¡Pablito! ¡Maribel, deja la cortina! ¡Venga, a lavarse las manos, que la tía Patro dice que vamos a desayunar!

Miquel apoyó la cabeza en la puerta de la habitación.

Ya estaba vestido, sólo le faltaba salir.

Salir.

Cuando lo hizo se encontró con Lenin en el pasillo.

Le agarró por la solapa de su desvencijada chaqueta.

—Como vuelvan a llamarme yayo te tiro por el balcón.

—¿Y... cómo quiere que... le llamen? —Bizqueó el padre de las criaturas.

—Como mucho, abuelo. Y de ahí no paso. Aunque sería mejor Miquel.

—Son unos críos...

—Edúcalos.

—Sí, señor inspector.

De vuelta a los viejos tiempos.

Le soltó la chaqueta.

Pablito apareció en aquel momento, ya perdido el recelo inicial.

—¿Tú eres policía? —le endilgó sin más.

—No. —Fue categórico.

—¿Lo ves? —se dirigió a su padre—. ¿Cómo vas a ser amigo de un policía?

Se llevó un cachete en la cabeza.

Suficiente para que, nada más oír el chasquido, apareciera la madre.

—¡No le pegues en la cabeza, que saldrá como tú!

En la cocina, la niña se puso a llorar.

—Tranquila, que los papás no se pelean. —Oyó la voz de Patro.

Miquel se dijo que, de momento, era suficiente.

—A la calle —ordenó dirigiéndose a Lenin».

—¿No desayunamos antes? —se preocupó él.

6

Si iban al bar de Ramón, en lunes, sería peor. Los lunes Ramón se empeñaba en hablarle de la jornada futbolística y contársela con todo detalle. Y si no iba el lunes, lo hacía el martes, inmisericorde. Habiendo perdido el Barcelona, además, estaría de un humor de perros. Si encima a Lenin se le ocurría darle carrete o seguirle la corriente, no acabarían nunca.

Así que tomaron un café con leche y una pasta en otra parte.

Su compañero se bebió lo primero y se zampó lo segundo en un abrir y cerrar de ojos.

—Usted sí que vive bien. —Movió la cabeza de arriba abajo sin dejar de mirar las restantes pastas del mostrador.

—Y tú qué sabes —rezongó Miquel.

—Una mujer joven, a sus años, y con lo que deben de darle de pensión, o lo que sea, porque trabajar no trabaja.

No le contestó.

No tenía ganas.

—Andando.

—¿Cómo vamos a Robadors?

—En el tranvía de San Fernando.

—Un rato a pie y al otro andando, ya —se resignó.

Echaron a andar en dirección al centro, con paso más que vivo, Miquel embutido en su abrigo y Lenin empequeñeciéndose más y más para ofrecer una menor resistencia al frío.

Pero era imposible que su compañero tuviera la boca cerrada mucho tiempo.

—No esté enfadado, hombre —manifestó con pesar.

—No estoy enfadado.

—Con esa cara, cualquiera lo diría.

—¿Era simpático antes del 36?

—No.

—Pues ya está.

—Pero ya le dije que ahora estamos del mismo lado, lo quiera o no. Usted un señor y yo lo que sea, pero lo estamos.

—Con una diferencia: si a ti te pillan, vas a la cárcel. Si me cogen a mí, en lo que sea, me fusilan o vuelvo a mi condena en el Valle de los Caídos.

Lenin se estremeció, y esta vez no de frío.

—¿Cómo sobrevivió a eso?

—¿De veras quieres saberlo?

—Sí.

—No me dio la gana de morirme, creo.

—Con dos.

—Sí, ya, con dos. Y una mierda, Agustino. Allí ni con dos cojones ni con tres. Pero si me moría, igual me enterraban en el Valle; y cuando se muera Franco y lo metan ahí, ¿qué? ¿De vecino?

—La leche. No lo había pensado. Pero...

—¿Quieres callarte? Se te va a helar la lengua.

Creyó que lo había conseguido. Dieron al menos dos o tres docenas de pasos. Sin embargo, a Lenin le bastó con cruzar una calzada, como si estuviera al otro lado de una imaginaria frontera, para volver a las andadas.

—Le juro que es la última vez que robo algo —dijo.

—No jures.

—Pues es verdad, se lo digo de corazón.

—Si no recuerdo mal, eso mismo me dijiste una vez, en el verano del 35. Lo recuerdo porque hacía un calor de muerte y tú ibas tapado de pies a cabeza, para que no se te viera lo que tenías debajo.

—Uno aprende con los años.

—Tienes dos hijos preciosos. —Aspiró y soltó el aire—. Deberías velar por ellos, y darles ejemplo. ¿Quieres que crezcan sin su padre, o que se harten de visitarlo siempre entre rejas?

—No —admitió.

—¿Y tu mujer qué? ¿Quieres matarla a disgustos? Parece una buena chica.

Lenin evaluó sus palabras.

—Ya sabe que tuve una vida muy chunga, y luego la guerra, y la derrota, el cautiverio... Sí, la verdad es que, cuando salí y encontré a Mar, todo cambió. No lo dudé. Lo malo, ya se lo dije, es que nadie da un trabajo honrado a alguien como yo, que los antecedentes pesan.

—Inténtalo.

—Qué fácil es decirlo —manifestó con amargura—. Usted tiene cultura, estudios. Yo no. Y lo más amargo es que a este país le interesa que haya muchos burros y pocos listos. Siempre es más fácil manejar un país de burros.

—Tú y tu filosofía de calle.

—¿Acaso no tengo razón?

La tenía.

Miquel continuó caminando en silencio, intentando que su compañero hiciera lo mismo.

Inútil.

—Le he dado muchas vueltas en la cabeza a lo del inglés —cambió de tercio.

—¿Y?

—Lo mataron por esa cartera, fijo.

—Yo también lo pienso.

—Aunque quizá sólo él supiera el significado de lo que contiene, porque de valor, lo que se dice valor, no hay nada.

—Un papel puede ser más valioso que una joya.

—Seguro que usted lo descubre en cuanto le eche un vistazo.

—Eres un optimista.

—Eso sí, ¿ve? —Se animó de pronto—. Sin optimismo, todo se ve más negro. ¿Qué hará después de examinar la cartera?

—Depende de lo que encontremos.

—No la irá a llevar a la policía, ¿verdad?

—¿Me tomas por idiota?

—Como mucho, coger un taxi y nos la dejamos en él. El taxista la llevará a objetos perdidos.

—No es mala idea.

—Pero si hay algo...

—No lo sé, Agustino, no lo sé y, cuanto más hables, menos vas a dejarme pensar.

—Ya no me llama Lenin —hizo notar.

No se iba a callar.

Miquel miró al cielo en busca de un rayo salvador, pero no había nubes. La mañana era limpia.

—Mira, desde que salí indultado del Valle me he metido en varios líos, queriendo o sin querer, como si fuera un reclamo para los problemas. Y cada vez que me pasa algo, me asusta pensar en lo que será de Patro si falto yo, ¿entiendes?

—Hombre, con la de años que le lleva, faltará tarde o temprano, digo yo.

Miquel se detuvo en mitad de la calle.

—Sólo era un comentario. —Se asustó Lenin—. No se lo tome a mal. Seguro que vive muchos años.

—Con amigos como tú, lo dudo.

Otra media docena de pasos.

—¿Cuando lo encontré en comisaría en mayo...?

—Ése fue mi último lío, sí. Y salí de él con bien por los pelos.

—Si quiere, puede contármelo.

—Ni en sueños.

Por su cabeza pasaron aquellas imágenes: Colón, el atentado contra Franco, la trama en la que se había envuelto Mateo Galvany.

Ni siquiera había vuelto a ver a María.

Por un momento pareció que Lenin renunciaba a hablar. Un minuto, dos, casi tres. Llegaban ya a paseo de Gracia. Después, plaza de Cataluña, la calle Hospital y Robadors.

En busca de una cartera llena de papeles.

En la pared de una casa en construcción vieron una imagen de Franco, silueteada en negro. A su lado, no menos negro, un yugo y unas flechas. Un poco más allá el lema «¡Arriba España!». Como en catalán «arribar» era llegar, alguien había añadido debajo la palabra: «¿Cuándo?».

Ninguno de los dos se rió.

—Cómo ha cambiado todo, ¿verdad? —dijo Lenin.

Miquel pensó en todas las guerras soportadas por España y los españoles en los últimos quinientos años, por culpa de reyes tarados y la maldita religión totalitaria que los ahogaba una y otra vez.

¿Cambiar?

Nada había cambiado.

Los mismos perros con distintos collares.

El signo de cada tiempo.

—Desde luego, al Paco no le echamos —convino su compañero.

—Desde luego —le dio la razón.

—Aislados del mundo. A nadie le importamos una mierda.

—Eso, tú alégrame el día, vas bien.

—Perdone.

—¿Te callas en algún momento?

—Mar dice que hablo en sueños.

—No me extraña.

—De acuerdo, ya no hablo más.

No le creyó.

Pero esta vez fue cierto.

Llegaron a la plaza de Cataluña, bajaron por las Ramblas y doblaron por Hospital. Cuando pasaron por delante de la pensión Rosa, Miquel la observó de soslayo.

Los mismos tres escalones, el mostrador de madera cubierto por el tapete verde, y ella, la dueña, en alguna parte.

Su primera nueva casa en Barcelona, en julio del 47.

Su reencuentro con Patro.

La vida.

Y aquella noche, en su habitación, esperando a la policía, muerto de miedo, hasta comprender que era libre.

No le dijo nada a Lenin. Su compañero tampoco reparó en su rostro, la nostalgia, el peso de los recuerdos, en este caso mucho más recientes. Unos pasos más y alcanzaron la calle d'en Robador, aunque todos la llamaban Robadors. Lenin no había vuelto a hablar. Un milagro. Dada la hora, todavía no había mucha actividad. Un par de mujeres apostadas en sus lugares desafiando al frío por exhibir la mercancía y poco más. La casa en la que vivía y trabajaba Consue era pequeña, estrecha, gris y fea. Un portal diminuto y apenas cuatro ventanas oscuras en las alturas. Olía a miseria, porque si alguna cosa olía en el mundo, además de la mierda, era la miseria. Subieron a la primera planta pisando los escalones de madera combados y gastados hasta lo imposible y, una vez en ella, el hermano pequeño de su objetivo ni llamó a la puerta.

—Está trabajando —anunció.

—¿Cómo lo sabes?

Lenin señaló un lacito atado al pomo.

Miquel miró su reloj.

—¿Tan temprano y ya...?

—Es que es muy buena, y siempre hay alguno que quiere empezar bien el día, con alegría, ya sabe.

Como si se hubiera establecido una comunicación directa con el interior, en ese momento oyeron unos gritos cada vez más desaforados. Primero masculinos, luego femeninos. Los del hombre eran orgasmáticos. Los de la mujer, de angelical placer, animándole.

—¡Sí, sí, mi toro, mi bestia salvaje, sí! ¡Más, dámelo todo, no te quedes con nada, así...!

—También es buena actriz. —Lenin le guiñó un ojo—. Si no se hubiese hecho puta a los quince habría sido de las que actúan en películas.

—¿Qué hacemos, esperamos en la calle?

—No, que ya ha acabado. Una vez ventilado, los echa en un minuto.

Miquel se sentó en el primer escalón del segundo tramo. Lenin siguió de pie. La escalera era tan estrecha que no habrían cabido. Tuvo razón, porque el cliente apareció por la puerta no mucho después, ya vestido aunque sin mucho acicalamiento.

—¡Coño, Consue, si tienes cola! —se sorprendió al verles.

—¿Celoso? —Le cogió las dos mejillas con una sola mano—. Si sabes que nadie me hace gozar tanto como tú, ladrón.

El hombre les miró de reojo.

—Perdón. —Fue lo único que pudo decir antes de echar escaleras abajo.

Quedaron los tres en el rellano.

—¿Y éste? —le preguntó Consue a su hermano como si Miquel no estuviera presente.

—¿No te acuerdas de mi amigo el inspector Mascarell?

La prostituta se quedó tiesa.

—¿Y ahora qué has hecho? —Se alarmó.

—Amigo —repitió él—. He dicho a-mi-go. Legal del todo. Anda, déjanos pasar.

No las tuvo todas consigo. Se apartó, olisqueó el aire que envolvía el paso de Miquel, y luego cerró la puerta mientras se enlazaba la combinación por delante. Su desnudez no era ya ni mucho menos atractiva, aunque se la notaba una mujer poderosa, fuerte, todo lo contrario que su hermano. Consue andaría por los cincuenta, quizá menos y estuviese prematuramente envejecida a causa de su trabajo. Tenía unos ojos bonitos aunque ajados, una boca generosa y un buen cuerpo que vender, aunque definitivamente perdido para la lozanía, entrado en carnes y abundancias. Desde luego, había donde agarrarse.

Miquel sólo la había visto una vez, en comisaría, preguntando por Lenin, y de eso hacía...

Consue ya ni se acordaba.

—¿Venís a por la cartera?

—Sí.

Su hermano miró las pesetas dejadas por el cliente sobre la mesilla de noche, porque el piso era tan pequeño que la cama estaba allí mismo, al otro lado del comedor, bajo la ventana, con la cocina a un lado. Los olores eran múltiples, incluido el de los sudores de tanto hombre pegados a las paredes.

Por si acaso, Consue las recogió y se las guardó entre los senos, apretándose la combinación.

Lenin abrió un armario. La bolsa con la cartera dentro estaba allí, empotrada entre algunas prendas de ropa. Era una bolsa discreta, para ir a la compra, sobre todo a por el pan, de tela, a cuadros blancos y azules, con una cinta para anudar su extremo y llevarla colgando de la mano. La cogió y la dejó en la mesa.

—¡Eh, eh! —lo detuvo ella—. ¿Qué haces?

—Vamos a examinarla. —Se extrañó él.

—¿Aquí? Ni hablar. Cógela y a la puta calle. —Fue terminante.

—Consue...

—¡Que te digo que a la calle, que tengo trabajo y no me gustan tus amigos policías, legales o no!

—Ex policía, señora —dijo Miquel.

Era peor que su hermano.

—Si te quedas cinco minutos aquí conmigo, pagas, guapo. —Se le enfrentó—. Si no, puerta.

—¡Cómo eres, Consue! —protestó Lenin.

—¿Te recuerdo las dos veces que acabé presa por tu culpa?

—Fueron...

—¡Que te largues, coño!

La puerta abierta, más que una invitación o una orden, era una salvación.

Miquel fue el primero en salir por ella.

—¿No le das un beso a tu hermano? —Oyó que se quejaba Lenin.

—¡Una patada en los huevos es lo que te voy a dar, si es que aún los tienes, gandul!

Apretó el paso, porque Lenin aceleró tanto el suyo que casi le derribó en su carrera hacia la calle.

7

Se sintieron a salvo nada más salir al frío exterior. En unos días sería Navidad, pero allí era como si eso fuese una entelequia. A las dos primeras prostitutas se habían sumado otras dos y su sola presencia parecía llenar la calle. Algunos hombres las miraban con ansiedad. Otros sonreían. Se notaba la diferencia entre los que eran vecinos y los que simplemente pasaban camino de cualquier otra parte. Ellas también los reconocían.

Llamaban a los posibles clientes, se lucían, mostraban sus encantos.

Encantos.

—No le haga caso, en el fondo me quiere —dijo Lenin.

—Se le nota.

—Si no me quisiera, no me gritaría —argumentó.

—Anda, vamos a examinar eso. —Señaló la bolsa.

—¿A su casa?

—No, ¿con los críos sueltos y las mujeres preguntando? Ni hablar. Mejor en un bar.

—¿Ahí en medio? —Puso cara de dolor de estómago.

—No seas paranoico. Nadie sabe que estamos aquí, ni que tenemos eso.

—Ya, paranoico —escupió las dos palabras—. Cómo se nota que a usted no le han hecho ver las estrellas por mucho menos, y así, en plan industrial.

—Porque te conoce todo el mundo.

—¡Qué va! Es por mi aspecto, hombre. Usted parece lo que es: un señor. Yo en cambio... Es como si lo llevara escrito en la frente, ¿sabe? Como los taxis: libre. Disponible para las hostias.

—Anda, cállate.

Buscaron un bar discreto, con una mesa apartada del ventanal. Lo encontraron cerca de la escuela Massana y de la Boquería. Se sentaron en la mesa más apartada y mientras Miquel lo hacía de cara a la puerta, para ver quién entraba y quién salía, Lenin lo hizo de espaldas, para tapar lo que pusieran sobre la mesa. Esperaron a que el camarero les preguntara qué iban a tomar y se lo hubiera servido, antes de sacar la cartera del interior de la bolsa.

Una bonita cartera de piel.

Cara.

—¿Comprende por qué la cogí? —se excusó Lenin.

—Sí, está pidiendo ser robada.

No supo si hablaba en serio, pero ya no se lo preguntó. Miquel colocó la cartera sobre sus piernas, la abrió, le echó un vistazo al contenido y luego decidió qué iba a sacar primero. Optó por el catálogo, o lo que fuera aquello.

Lenin apuró la mitad de su cerveza, expectante.

No era un catálogo, sino más bien un libro, o una libreta grande, muy usada, gastada, de unas cien páginas, hojas cuadriculadas, con una o dos fotografías recortadas y pegadas en cada hoja. Eso hacía que resultase bastante voluminoso. Las fotografías eran de cuadros. Todos firmados por grandes pintores, antiguos y modernos, clásicos o actuales. Eso lo comprobó por los textos escritos a mano, en inglés, al pie de cada recorte. Picasso, Modigliani, Rubens, Gauguin, Van Gogh, Monet, Cézanne, Rembrandt, Kandinsky, Turner, Munch, Klee, Matisse, Magritte... No le costó traducir o interpretar los textos en inglés, porque eran cortos y esquemáticos. Se describía el tamaño del cuadro, la técnica, el propietario o museo, y luego cada fragmento se cerraba con una fecha.

Todas anteriores a 1945.

Había algo más.

Se dio cuenta en su segunda inspección, más pausada.

Algunos cuadros tenían anotaciones en rojo. Consiguió traducir algunas.

«Pista Venecia», «Pista Lyon», «Seguimiento en Odessa», «Paradero desconocido», «Último rastro, Amsterdam 1948», «Conexión Barcelona»...

Otros una simple palabra, subrayada también en rojo.

«Recuperado.»

Y una nueva fecha, entre 1946 y el presente.

Los que estaban señalados con las palabras «Conexión Barcelona» eran bastantes. Eso fue lo siguiente que le llamó la atención.

—¿Qué le he dicho? —Lenin no pudo contenerse—. ¿Entiende? algo?

No le contestó. Contó los cuadros marcados con lo de «Conexión Barcelona» y fueron diecisiete. Todos los grandes otra vez, desde Picasso a Van Gogh, Matisse o Kandinsky. Sabía poco de arte, pero no era un ingenuo ni un lego en la materia. Los nombres pesaban.

Mucho.

—Diga algo, hombre.

—Espera.

Guardó el libro y buscó la llave de la habitación. Correcto. Del Ritz. La número 413. En un bolsillito interior encontró las tarjetas de Alexander Peyton Cross. La dirección era de Sussex, en Inglaterra. Debajo del nombre podía leerse «Art Consulting». Después extrajo los papeles, que no eran muchos, apenas un puñado de cuartillas, todas en inglés y, la mayoría, a máquina. Eso ya no lo pudo leer debido a la extensión, sólo pillar una palabra aquí y otra allá. Pero entre los documentos descubrió algunos muy significativos. Un informe sobre los juicios de Nuremberg, en los que se había juzgado a los criminales de guerra nazis, algo de lo que se sabía poco en España, pero que tampoco era un secreto. Fichas detalladas de tres oficiales alemanes, todos con sus cruces de hierro colgando del cuello. El último pliego venía a ser un listado hecho a mano, con anotaciones, tachones, letra irregular, ilegible en algunos casos, legible en otros. En la última página aparecía el nombre de uno de los tres alemanes, Klaus Heindrich, y al lado la frase «Lives in Barcelona». Debajo otros nombres, Jacinto José Rojas de Mena y Ventura, sólo Ventura, y, entre paréntesis al lado de este último, la frase «Friday out».

Miró el interior de la cartera por si se dejaba algo.

Y vio la fotografía.

La sacó del interior. En ella, sonriendo a la cámara, felices, un hombre y una mujer. Pelirroja y exquisita ella. Pelirrojo y jovial él. Labios rojos y ojos expresivos ella. Fibroso y de mirada viva él.

—Ése es el inglés. —Le hizo ver Lenin.

Volvió a la última página escrita a mano y la estudió mejor, más despacio. Era difícil interpretar todas las palabras o frases, especialmente las inglesas, sobre todo porque algunas no tenían sentido. Pero abajo encontró otro nombre, escrito probablemente a toda prisa, porque más parecía un garabato.

Alzó las cejas.

—Félix Centells —lo leyó en voz alta.

—¿Lo conoce? —Se sorprendió su compañero.

—Si es el mismo, sí. Y con ese nombre no creo que haya muchos. Pensé que estaba muerto.

—Hombre, que no todo Cristo la palmó en la guerra. ¿Quién es?

—El mejor falsificador que había en Barcelona.

—¿Falsificador de qué, de cuadros?

—No, de documentos: pasaportes, permisos, partidas de nacimiento... Todo lo que fuera más o menos oficial.

—Un manitas.

—Una maravilla. Los hacía mejor que los de verdad.

Volvió a meter la fotografía y los papeles en el interior de la cartera y la cerró. Examinar todo aquello más detenidamente había que hacerlo en otra parte, con calma. Encima tenía a Lenin pegado, sin parar de hablar.

—¿Le dice algo todo esto? —quiso saber el responsable de aquel lío.

—Sí y no.

—Caray, lo que cuesta sacarle las cosas. ¿Y eso qué significa?

—Significa que necesito ayuda, así que andando, pero antes... voy al servicio. Tú vete pidiéndole al camarero la cuenta.

Se levantó y caminó hasta los lavabos. Se alivió con la cabeza en otra parte, llena de luces y sombras. Las luces de su eterno pasado policial y las sombras de su nueva realidad. Las luces de un tiempo en el que dominaba su trabajo y las sombras de su ya inmediata vejez y olvido. Las voces iban y venían. «Vete a casa», «No te metas», «Oculta a Agustino y a su familia dos o tres días, por precaución, y luego adiós», «Esto no tiene buena pinta», «Cuidado».

Cuidado.

Se abrochó la bragueta, botón a botón, ensimismado, y cuando alcanzó la mesa la nota de la consumición ya estaba esperándole. Nada más sentarse se encontró con los ojos de Lenin fijos en él y una mirada de carnero degollado.

—Inspector, oiga, yo...

—¿Qué?

—Lo que está haciendo por mí no lo haría ni mi padre.

—¿Conociste a tu padre?

—No, pero ya me entiende.

—No estoy haciendo nada, sólo ver de qué va esto. —Sostuvo aquella mirada más y más dolorosa—. Eso sí, desde que te vi anoche, supe que me traerías problemas.

—Eso no, hombre.

—Los atraes como la miel a las moscas.

—Si es que estoy gafado.

—No, ésa es tu excusa. Los problemas se buscan. Raramente te encuentran ellos por las buenas, aunque también pueda suceder eso.

—¿Le pregunto una cosa? —Bajó la cabeza lleno de tristeza.

—Pregunta.

—Si me pasara algo... ¿cuidaría de mis niños?

—¿Yo? —se asombró por la idea.

—Al menos ayudar a mi mujer.

—¿Y qué te va a pasar?

—Esa cartera está envenenada. Mi instinto me dice que ahí hay algo muy gordo.

—En eso estamos de acuerdo. Esos cuadros valen millones, y si va de eso, como parece... —Movió la cabeza de lado a lado—. De todas formas basta con saber quién es el que te siguió, que presumiblemente será también el asesino del inglés.

—¿Así de fácil?

—No, así de lógico.

—Entonces dará con él, seguro.

—¿Ah, sí?

—Usted era minucioso, de los que nunca dejaba nada a medias o un cabo suelto sin investigar. ¡Anda que no tenía paciencia ni nada! Y puñetero con los detalles.

—Eso no era nada más que fama.

—Sí, sí. Eso dice usted. En la calle todos sabíamos que si el inspector Miquel Mascarell metía las narices en algo, la cosa estaba jodida. Pero como era legal y no se inventaba historias para trincarnos ni nos acusaba falsamente, le respetábamos.

Miquel pagó la consumición. Lenin se fijó en la propina.

—Generoso —dijo.

—Venga, mete la cartera en la bolsa y levántate.

—¿Adónde vamos?

—A ver si alguien nos aclara un poco qué es lo que contiene esa cartera.

Miquel enfiló la puerta seguido de Lenin, como si fuera su sombra.

8

La inminencia de la Navidad ya se anunciaba por las calles de Barcelona. Escaparates, luces, bullicio, los guardias urbanos con las primeras botellas y turrones al pie de sus pedestales. La expectación por cambiar de década y pasar de la primera mitad del siglo xx a la segunda era casi parecida a la que, seguramente, habría al cambiar de siglo. Llegaba 1950. Los años treinta, guerra incluida, quedaban cada vez más lejos.

Aunque los presos siguieran en sus cárceles y los muertos repartidos por las cunetas y los montes de todo el país.

Seguía fusilándose.

—¡Qué bonito está todo!, ¿verdad?

—La Navidad me deprime —dijo Miquel.

—¡Cómo es!

—Es el momento en que todos los muertos reaparecen y te pesan en el alma.

—Pues a mí me gusta mucho: Nochebuena, Nochevieja, el día de los Reyes Magos...

—A ti, con la gente cobrando la paga extra, debe de salirte el negocio redondo.

—Ni que fuera todo el día afanando cosas —protestó Lenin.

—Anda, cállate.

—¿Por qué está enfadado, hombre?

—No estoy enfadado.

—Entonces será la edad, porque avinagrado sí que...

Se detuvo. Le miró. Lenin tragó saliva.

Cerró la boca.

Por lo menos tuvo para tres o cuatro minutos de silencio.

Fueron a pie. Subieron por las Ramblas, cruzaron la plaza de Cataluña y enfilaron la Ronda de la Universidad a buen ritmo, que en el caso de Miquel, pese a la edad, era mucho más vivo que el de su compañero.

—Hay tranvías, ¿sabe?

Se sintió perverso y apretó el paso un poco más.

Subieron por Aribau y doblaron por la calle Diputación a la izquierda. Si no le fallaba la memoria, su objetivo vivía en el chaflán de Diputación con Muntaner. De todas formas, memoria o no, después de tantos años, lo más lógico era que estuviese muerto o que ya no viviese allí.

Una portera les detuvo en la entrada. Le habló a Miquel pero no apartó los ojos de Lenin. La casa mantenía la dignidad del pasado, su clase. Incluso había ascensor.

—¿El señor Folch, Marcelino Folch?

—Cuarto primera.

—Gracias.

Se olvidaron del brillo réprobo de sus ojos y se metieron en el camarín del ascensor. El mismo Miquel pulsó el botoncito. El cubículo de madera arrancó a cámara lenta, con toda la parsimonia del mundo.

Un viaje plácido.

—No me diga a quién vamos a ver, no.

—Ya lo has oído: Marcelino Folch.

—¿Y ése quién es?

—Un experto en arte.

Lenin se hizo el digno.

—A fin de cuentas, ahora soy su compañero. Como cuando era inspector, que siempre le acompañaba uno.

—Lo que me faltaba. —Suspiró.

Llegaron a la cuarta planta y eso evitó la nueva respuesta de Lenin. El timbre del piso sonó igual que una campanilla diáfana al otro lado, esparciendo sus ecos por el interior de la vivienda. Les abrió una criada de uniforme, cofia incluida. Lenin estaba por detrás de Miquel, pero dio lo mismo. La criada enderezó un poco la espalda, llena de prevención.

—¿Está el señor Folch? —habló el primero Miquel.

—No. A esta hora no, señor.

Pragmática.

Se evitó la segunda pregunta porque, por detrás de la criada, apareció la dueña de la casa. Miquel no la conocía, pero se imaginó que era ella.

—¿Quién es, Amalia?

—Piden por el señor, señora.

La aparecida, elegante, bien vestida aunque estuviera en su casa, unió sus manos con displicencia.

—Mi marido está en el museo, claro. ¿Usted es...?

—Miquel Mascarell. —Le tendió la mano confiando en que Lenin cerrara la boca y no quisiera imitar su gesto—. Era inspector de policía y amigo de Marcelino. —Prefirió la palabra «amigo» a «conocido»—. Hace mucho que no le veo.

—¿Es por algún tema oficial? —se extrañó ella.

—No, no. —La tranquilizó—. Visita de cortesía.

—Pues en ese caso...

—¿Podría decirme en qué museo está?

—En el de la Ciudadela. —Pareció asombrarse por la pregunta.

—Llevo años fuera. —La tranquilizó antes de despedirse—. Ha sido usted muy amable.

Un nuevo estrechamiento de manos y de vuelta al camarín del ascensor, que seguía en el rellano sin que nadie lo hubiera reclamado. La puerta se cerró con discreción a sus espaldas.

—Vamos a coger un taxi —dijo Miquel nada más llegar a la calle.

—¿Un taxi? —Se impresionó Lenin.

—Es más rápido y directo.

—Caray.

Quizá nunca hubiera subido a uno. Tampoco se lo preguntó. Montaron guardia en Muntaner y la espera no se prolongó más allá de un par de minutos. Una vez acomodados, el taxista recibió la orden e inició la carrera.

O más bien el paso de tortuga, porque no era de los que corrían.

Al menos tampoco hablaba.

—Se lo compensaré —dijo Lenin en voz baja.

—¿El qué?

—Los gastos. Siento que ande en ésas por mí.

—No te preocupes.

—Pues lo hago, ¿qué quiere que le diga? Cada cual sabe lo suyo.

—¿No me has dicho al salir de casa que yo sí que vivía bien, con mi pensión...?

—Sí, ya, pero... —Miró el taxímetro, que iba subiendo los céntimos al ritmo de la lenta marcha del coche.

—Dame la cartera. Quiero ver una cosa.

Le pasó la bolsa y él extrajo la cartera de su interior. La abrió y examinó el falso catálogo con los recortes de los cuadros pegados a sus páginas. Buscó los marcados como «Conexión Barcelona». Dos Picassos, un Kandinsky, un Van Gogh...

—Son pequeños —dijo al terminar el listado de los diecisiete.

—¿Qué?

—Los cuadros marcados con la palabra «Barcelona». Todos son pequeños, como mucho de medio metro.

—¿Y eso es importante?

—Tal vez.

—Yo eso de que un cuadro valga millones sólo porque es viejo no lo entiendo.

—El arte no tiene precio.

—¿Que no tiene precio? Pues pagar miles de pesetas por una cosa de ésas ya me dirá si no es precio.

—¿No te das cuenta de que en esos cuadros está parte de la historia de la humanidad?

—¿Y de qué nos sirve la historia a los pobres? Hay que comer cada día, ¿sabe? Aquí y ahora.

—No seas bruto, va.

—Ahí hay un cuadro de una mujer con tres ojos. —Lenin señaló el libro—. Y dice «Retrato». ¿Con tres ojos? O estaba borracho o la odiaba, eso seguro. Y todo son rayas, ninguna curva.

—Se llama cubismo.

—Donde esté un buen paisaje o una pintura con comida...

—Naturaleza muerta y bodegón.

—Lo que sea. Eso sí que está bien. Se ve lo que se ve, y punto.

Miquel guardó el libro en la cartera y la cartera en la bolsa. Se encontró con los ojos del taxista en el retrovisor. Una mirada rápida. Ya no hubo más. Probablemente fueran una extraña pareja.

Lenin consiguió callarse un rato.

No habló hasta haber bajado del taxi y que Miquel pagara el servicio.

—Propina en el bar, al taxista... Está usted muy generoso.

—Vive y deja vivir, Agustino.

—Qué poca gente hay como usted.

El museo estaba vacío. Nadie mostraba el menor interés por las pinturas albergadas en sus paredes. En la entrada les atendió una mujer mayor, con cara de llevar allí tantos años como el edificio. Seria y paciente, les indicó un pasillo y una puerta. La siguiente mujer, al otro lado de esa puerta, copia de la primera, les informó de que el señor Folch tenía una visita, y que la cosa iba para largo.

—Son unos señores de Italia. Al menos tienen para una hora, si no más.

Miquel se resignó.

—Esperaré —dijo.

—Oiga, yo me voy a dar una vuelta y le aguardo fuera, si le parece —objetó Lenin sin sentarse a su lado en una de las sillas—. A mí estos sitios tan serios y con tanta cultura... De todas formas, hablará mejor con ese hombre a solas.

Lo de hablar a solas con Marcelino Folch era lo de menos. Lo agradecido era perderle de vista un rato y estar en silencio.

—Bien —asintió.

Le vio alejarse con su deshilachada figura movida por hilos invisibles y suspiró.

Agustino Ponce, Lenin.

El mundo daba muchas vueltas.

Miquel apoyó la cabeza en la pared y cerró los ojos. La paz y el silencio eran tales, que acabó por adormilarse. A la segunda cabezada decidió desperezarse para no caer al suelo. Se levantó y le preguntó a la mujer si tenía algún periódico. Ella le pasó *La Vanguardia* del día anterior, el domingo. Ya la había leído, pero no le dijo nada. Regresó a la silla y la ojeó de nuevo. En portada aparecía el viejo mariscal Carmona celebrando su cumpleaños: el jefe del Estado portugués llevaba ya veintidós años en el cargo. Al menos eso ponía en el periódico. Todos los militares se eternizaban en sus puestos. Franco estaba en ésas. Además había fotos del presidente de Panamá y del de Turquía, y también de la reina de Bélgica.

Fue directamente a los anuncios de cine, para no tener que discutir tanto con Patro la siguiente vez que salieran.

Junto con los libros, era la única evasión posible, pese a la censura.

Media hora después dejó el periódico y se levantó para estirar las piernas.

A la hora ya no sabía qué hacer.

A la hora y cuarto empezó a sentirse tan impotente como cansado.

Lenin ni siquiera regresó para ver por qué tardaba tanto.

Los visitantes de Marcelino Folch no salieron hasta la hora y media desde su llegada al museo. Se marcharon muy serios. Entonces la mujer le preguntó a Miquel su nombre y desapareció con él.

Reapareció en diez segundos.

—Pase, por favor.

Marcelino Folch le esperaba de pie, en el centro de su despacho, que no era precisamente grande ni lujoso, más bien todo lo contrario. Parecía el lugar de trabajo de un catedrático. Su rostro denotaba la sorpresa que le producía la visita.

—¡Inspector Mascarell!

—¿Cómo está, señor Folch?

Tenían más o menos la misma edad. Se estrecharon la mano y se observaron con expectación e interés. Uno y otro se reconocieron pese al paso de los años. En sus miradas crepitó la historia, el tiempo, la distancia.

—Le creía muerto. —Se asombró el experto en arte.

—Yo tampoco estaba muy seguro de que usted estuviera vivo.

—Mala hierba... —Sonrió—. Siéntese, siéntese.

Le obedeció. Su anfitrión se fijó en la bolsa a cuadros blancos y azules, tan fuera de lugar y llamativa como una corbata roja en un funeral. No dijo nada. Miquel la depositó a su lado, en el suelo. Sabía que, primero, las normas sociales exigían un intercambio de convencionalismos, palabras, recuerdos o vivencias de los últimos años.

Algo que siempre le costaba poner en solfa.

No duró demasiado. En cuanto hablaron de la guerra, los hijos muertos o el regreso a la vida, uno y otro comprendieron que bastaba con lo dicho. Miquel recordaba a su anfitrión como una persona reservada, discreta, cien por cien volcada en el mundo del arte. Para él no había nada más. La humanidad entera no era sino un punto intermedio entre el vacío universal y las grandes obras de los maestros que habían iluminado la historia. La única diferencia entre ellos residía en que Marcelino Folch estaba casado con una Vidal Enrich, y eso eran palabras mayores.

Él no había ido a la cárcel.

Un erudito del mundo del arte tampoco parecía muy peligroso.

—Las guerras pasan, Mascarell, el arte queda —le dijo como final de su breve intercambio.

—Si sobrevive.

—Por el camino se pierden algunas obras, es lógico. Una bomba, un incendio... ¿Nunca se ha preguntado cómo, después de tantas contiendas salvajes durante los últimos quinientos años en Europa, todavía se conservan joyas como la *Mona Lisa*, el *David* de Miguel Ángel o las pinturas que llenan el Louvre, el Prado...? —Su sonrisa fue exquisita—. Siempre hay alguien capaz de sacrificar hasta la vida por preservar la belleza de una obra mayor.

Miquel pensó en Alexander Peyton Cross.

—Creo que ésa es la razón de mi visita —le expuso.

—¿Así que no se trata de una cortesía?

—Lo siento.

—¿En qué puedo ayudarle?

Recogió la bolsa del suelo, extrajo la cartera y de ella, en primer lugar, el grueso y gastado libro con las imágenes de todos aquellos cuadros.

Se lo tendió a su recuperado conocido del pasado.

Folch no dijo nada.

Pero le bastó con ver su cara.

El cambio de expresión nada más abrirlo y pasar las primeras páginas.

Aquella palidez.

—Dios mío... —Marcelino Folch jadeó como si le faltara el aire de pronto—. Jamás creí que vería uno.

—¿Qué es? —preguntó Miquel.

El experto pasó algunas páginas más, casi acarició las fotografías recortadas y pegadas en su superficie. Sus ojos estaban muy abiertos, sus dedos temblaban, su voz flotaba.

—Uno de los catálogos de Hitler, Mascarell —exhaló abrumado—. Eso es exactamente lo que acaba de ponerme en las manos.

9

La palabra, o más bien el nombre de Adolf Hitler, seguía teniendo mil y una resonancias.

Para Miquel, fue como si una bomba silenciosa acabase de explotar allí, entre los dos.

—¿De dónde ha sacado esto, amigo mío? —volvió a hablar Marcelino Folch ante su mutismo.

—Pura casualidad.

—¿Todavía es policía? —Ahora sí le miró a los ojos.

—No, ya no. Ya le he dicho que me indultaron y poco más. Vuelvo a ser un civil.

—Entonces...

—Ayudo a un conocido.

—¿Y ese conocido sabe la naturaleza de esto?

—No.

Marcelino Folch cerró el catálogo y se echó para atrás.

No se lo devolvió.

—¿Ha oído hablar de la pasión de Hitler por las obras de arte?

—Algo.

—Hitler, su ministro de Propaganda Goebbels y muchos altos cargos de la Alemania nazi saquearon durante la guerra, incluso antes, cuando confiscaron los bienes de los judíos, los museos de Europa. Como un niño que colecciona cromos, Hitler guardaba sus tesoros en álbumes como éste. Los llamaba «catálogos». A veces incluso los hacía con las obras que todavía no habían sido encontradas e instaba a sus hombres a que las buscaran.

—¿Cómo sabe que ese libro es uno de esos catálogos?

—Porque las explicaciones de cada cuadro llevan su firma, Mascarell. Ésta es su letra.

Quedaron mirándose unos segundos.

Como si el fantasma de Adolf Hitler, verdugo de Europa y de la humanidad, estuviese allí presente.

—La guerra acabó hace más de cuatro años —dijo Miquel.

—Y se siguen buscando estas joyas —repuso Marcelino Folch—. ¿Ha oído hablar de los *Monuments Men*?

—No.

—Comenzaron su actividad en plena guerra. Eran unos trescientos o trescientos cincuenta hombres. No llevaban pistolas, sólo su amor por la historia del arte como bandera. Mientras las brigadas alemanas esquilmaban el continente, ellos trataban de recuperar los objetos robados, allá donde estuviesen. Voy a ponerle un ejemplo. —Se tomó unos segundos de pausa—. Cuando el grupo de saqueadores de Alfred Rosenberg, uno de los hombres fuertes de Hitler, aunque él lo llamaba Unidad de Tareas Especiales, vació París en octubre de 1940, un tren de veinticinco vagones con más de cuatro mil obras de arte fue llevado a Alemania. Esos tesoros no se colgaron en las paredes de los museos del Tercer Reich, y menos cuando los Aliados empezaron a bombardear Berlín. Se ocultaron en lugares insospechados, desde túneles hasta viejas minas, sótanos o cámaras acorazadas. Como puede imaginarse, la derrota nazi y la muerte de los responsables hicieron que esos escondites acabasen siendo casi ignorados después de 1945.

—Y los *Monuments Men* son los que los buscan.

—Los buscan y los encuentran —afirmó el hombre del museo—. Ya en 1943 los *Monuments Men* eran conocidos y famosos por sus logros. Su misión ha continuado evidentemente hasta hoy. Lo último que sé es que han hallado millones, y lo digo en plural: millones de objetos robados, no sólo pinturas, también tallas, libros, esculturas... *La ronda nocturna*, de Rembrandt, apareció en una caverna excavada por los holandeses en el siglo XVII, en Heilbronn, junto a miles de piezas. *La dama de armiño*, de Da Vinci, estaba en el mismísimo despacho de Hans Frank, el gobernador general de Polonia. Cuando fue recuperada tenía la huella de un tacón en una de sus esquinas. Y lo mismo la *Madonna* de Miguel Ángel, robada de la catedral de Brujas, o el cuadro favorito del Führer, *El astrónomo*, de Vermeer, robado a uno de los Rothschild, Édouard, que también tenía una esvástica impresa en uno de sus lados. —Detuvo por un instante su emoción para serenarse—. Podría estar horas hablándole de joyas y más joyas.

—¿Conoce a alguno de esos *Monuments Men*?

—No, ¿por qué habría de conocer a uno de ellos? Sé que prosiguen su búsqueda, que pertenecen a una docena o más de países, pero en España...

—Creo que han matado a uno de ellos aquí, en Barcelona.

Sus cejas se levantaron de golpe.

—¿Está seguro de eso?

—El catálogo era suyo. Y también todo esto. —Sacó los papeles de la cartera—. Están en inglés, así que no he podido leerlos.

—¿Y cómo tiene usted...?

—Ya le digo que ayudo a un conocido. Él es el que ha encontrado esta documentación.

—Este tesoro, diría yo. —Pasó algunas de las páginas echándoles una ojeada.

—Hay diecisiete cuadros en el catálogo marcados con la frase «Conexión Barcelona» —le hizo ver Miquel.

—Eso significa...

—Que el muerto, Alexander Peyton Cross, estaba aquí siguiendo la pista de esas obras de arte.

—¿Y le han matado por ello? —Se enervó Marcelino Folch.

—Si se ha acercado lo bastante a quien los tiene, es más que probable.

—Dios... —Volvió a jadear como si acabase de correr una larga carrera.

—¿Ha oído hablar de nazis o de cuadros expoliados por ellos en Barcelona?

—No. Y resulta...

—¿Asombroso? —Miquel hizo una mueca—. No lo creo. Poco a poco volvemos a estar en Europa. El día menos pensado, los americanos nos sonríen y el mundo habrá olvidado la Guerra Civil.

—Baje la voz. —El experto miró la puerta.

—Perdone.

—¿Quién puede tener esos cuadros? —continuó su anfitrión.

—Se me ocurren dos teorías: un nazi escondido que se las ingenió para llevárselos y consiguió asentarse en España, o un coleccionista dispuesto a pagar una fortuna para disfrutar en exclusiva de su contemplación. El inglés debió de hallar alguna pista al respecto.

—¿Por qué cree eso?

—En esos papeles —dijo señalando las hojas que tenía en la mano—, hay informaciones acerca de tres oficiales nazis, en especial uno que se repite en las anotaciones del final, Klaus Heindrich, y también algunos nombres en español, un tal Ventura y un tal Jacinto José Rojas de Mena...

—Rojas de Mena es un industrial muy conocido. —Frunció el ceño Marcelino Folch.

—¿Rico?

—Sí, y desde luego amante del arte. Lo he visto dos o tres veces en actos benéficos, inauguraciones o cenas con autoridades.

—¿Es de aquí?

—No, llegó acabada la guerra. En estos pocos años, ya se ha dado a conocer.

Miquel no dijo nada.

Le bastó con mirar a su interlocutor.

El experto en arte examinó un poco más los papeles, casi por inercia. Detuvo sus ojos en algunas páginas, leyó fragmentos sueltos aquí y allá. No debió de encontrar nada interesante, salvo más información acerca de las investigaciones de Peyton. La palabra «Barcelona» no volvía a salir salvo en las anotaciones del final, junto a los nombres y aquel enigmático «Friday out». Acabó devolviéndoselos junto con el catálogo.

De pronto quemaba.

—Mascarell, ¿se da cuenta de que esto es algo bastante gordo?

—Sí, ahora sí.

—Si han matado por todo ello...

—Mi amigo es un infeliz. —Esta vez no empleó la palabra «conocido»—. Imagino que corre incluso peligro, y con él su mujer y sus hijos.

—Debe de apreciarle mucho.

Tuvo ganas de reír. Se limitó a forzar una media sonrisa cargada de ironía. Lenin era un incordio, pesado, hablador, y sin embargo... ¿Apreciarle? Quizá aquella noche, en la Central, compartiendo celda, sucedió lo inesperado.

Le echó una mano.

El quinqui chorizo irredento ayudando al viejo policía. El mundo al revés.

—Es todo un personaje —se limitó a decir mientras pensaba en Patro.

Tanto riesgo...

Porque de pronto comprendió que, lo quisiera o no, ya estaba metido de lleno en el lío.

Podía asesinar a Lenin y tirar la cartera a la basura.

Lo primero, aunque sádico, le hizo suspirar.

—Me gustaría saber en qué termina todo esto —le pidió Marcelino Folch.

—Se lo contaré con gusto, le doy mi palabra de honor.

No añadió «si estoy vivo para contarlo».

—Y si me necesita como experto... cuente conmigo. —Se ofreció sinceramente—. La sola visión de estos cuadros ya lo vale todo.

Miquel guardó el catálogo y los papeles en la cartera, y luego ésta en la bolsa de tela. Tiró de la cuerda para cerrarla y se incorporó.

Sintió el peso de unos pocos años más sobre su cabeza.

—Gracias, Folch.

—No hay de qué.

Se estrecharon la mano.

Después, uno a cada lado de la puerta, llegó la despedida.

—Suerte.

—Gracias.

Echó a andar hacia la salida del museo y cuando llegó al exterior, con el parque de la Ciudadela desparramado a su alrededor, vio a Lenin sentado en el césped, como si tal cosa.

Eso sí, al sol.

Como un lagarto.

Al verle se levantó lo más rápido que pudo, con una agilidad que Miquel envidió de pronto. Se sacudió la parte de atrás del pantalón y caminó hacia él.

—¿Cómo ha ido? —se interesó expectante.

—Te lo cuento mientras comemos.

—¿Vamos a su casa?

Miró la hora. La espera en el museo se les había llevado media mañana.

—No, entre ir y volver a salir perdemos demasiado tiempo. Y además están tu mujer, los niños...

—Son muy divertidos —se enorgulleció su padre.

—Ya, por eso. Mejor nos concentramos en lo que nos ocupa.

—O sea que me ayuda a salir del lío.

La pregunta del millón.

—Esto es demasiado grande, Agustino.

—¿Y qué hago, me escondo hasta que todo pase? —Palideció él.

—¿Dónde vas a esconderte?

Le bastó con su silencio, de lo más elocuente.

—No.

—Vamos, inspector, que es por los niños, hombre. Además, ¿no le pica la curiosidad?

—¿Curioso yo?

—Venga ya. Es poli. Siempre será poli. Y siendo de izquierdas...

—¿Y si gritas más? —Miró a su alrededor por si había alguien cerca.

—Lo es —insistió Lenin en voz baja—. Como yo. Y a mucha honra.

—Venga, busquemos un lugar donde comer algo. —Echó a andar.

—De acuerdo, pero pago yo —se ofreció su compañero.

—¿Tú?

—Sí. —Extrajo unos billetes y monedas del bolsillo—. Mire, noventa pesetas.

—¿De dónde has sacado ese dinero? —Se alarmó Miquel.

—Lo llevaba.

En eso no había cambiado. No sabía mentir. Cuando soltaba un embuste se envaraba, endurecía el cuello, fijaba los ojos como para dar mayor vehemencia a cada palabra.

—¡Tú no llevabas noventa pesetas encima!

—Que sí.

—¿Lo has... robado?

—Que no.

—¡Lenin, coño! —Volvió a usar su apodo—. ¡Serás inconsciente!

El ratero bajó la cabeza, pillado y rendido.

—Venga, inspector, no se enfade. —Se encogió de hombros—. Era por colaborar. Además, le juro que se le veía adinerado, que yo a un pobre no le quito nada. Hasta tenía pinta de ser del Movimiento, porque llevaba una insignia con el yugo y las flechas en la solapa. Yo a ésos... —Remató su explicación con un lacónico y triste—: De todas formas ya ve, sólo noventa pesetas de mierda.

Miquel ya no supo qué decirle.

Reanudó el paso, mitad furioso, mitad alucinado.

—Que le invito, ¿eh? —Trotó Lenin a su lado.

10

El lugar era discreto, cerca de la estación de Francia. No llegaba ni a restaurante, pero era más que un bar. El cristal exterior ofrecía «comidas baratas», pero lo que le hizo entrar fue el aroma que lo envolvía. Pasaron del frío exterior, pese al sol, al calorcito interior, cargado de aire casero. Una mujer oronda los atendió sin dejar de mirar a Lenin. Miquel dedujo que a las mujeres orondas les gustaban los flacos como Lenin. Hasta le llamó «guapo».

A él, nada.

Pidieron sopa y unas alubias con butifarra, los dos. De beber, al «guapo» se le iluminó la mirada con la posibilidad de un vinito. Eso le animó más de lo que ya solía estar. Luego, mientras esperaban, Miquel le contó a su compañero lo averiguado en el museo, sin ocultarle nada.

Lenin fue abriendo los ojos con desmesura.

Al terminar, expresó lo que sentía con un lacónico:

—¡Hostias!

Por menos, cualquier guardia podía detenerle.

—Esto es serio, Agustino.

—Y que lo diga.

—Alguien está buscando esos cuadros.

—Valen una millonada, ¿a que sí?

—Dicen que el arte no tiene precio.

—Y una mierda. Valen una millonada —insistió.

—Eso no es como robarle noventa pesetas a un desgraciado.

El vaso de vino para él y el de agua para Miquel aterrizaron en la mesa como paso previo a la comida. Lenin le devolvió la sonrisa a la camarera. Ella le guiñó un ojo y se dio la vuelta con donaire.

Lenin tomó un sorbo pequeño, pero lo hizo con cara de éxtasis.

—Buen vinito —ponderó.

—No te chispes.

—¿Con uno? Tengo buen cuerpo.

Se quedaron en silencio. La magnitud del tema se agrandó un poco más. Términos como «nazis», «Tercer Reich» o el asesinato del *Monuments Man* revolotearon por encima de sus cabezas hasta que la aparición de los platos de sopa les liberó de la tensión. Miquel estaba habituado a trabajar solo, a pensar y reflexionar. Con Lenin, eso era imposible.

—¿Qué vamos a hacer ahora? —quiso saber.

—La única pista es Félix Centells.

—¿El falsificador?

—Sí.

—¿Y se encuentra en estos tiempos a un falsificador así como así?

—No.

—Pues ya me dirá.

—Come y calla.

Acabaron la sopa y al instante la mujer les puso en la mesa los platos con las alubias y la butifarra, de un tamaño impresionante. Tenía buen pecho, y se había desabrochado un par de botones de la blusa, como si de pronto tuviera mucho calor. Se le veía la línea que separaba los dos senos.

—¿Qué tal la sopa? —Siguió dirigiéndose a Lenin.

—Buenísima —le dijo él.

—Pues esta butifarra... ya verás, ya.

—Creo que vendré por aquí más a menudo.

—Eso dicen todos.

—De verdad de la buena.

—Cuando quieras.

Volvió a irse, seguida por la mirada de su conquista.

—Agustino, que tienes mujer.

—Es un juego, hombre.

—Ya.

—Pura inocencia.

—¡Qué cara más dura!

Atacaron el segundo plato.

Cuando salieron, veinte minutos después, con generosa propina por parte de Lenin, que pagó la comida, los efectos de lo ingerido y de los dos vasitos de vino se hacían notar.

—Lo bien que vendría ahora una siestecita, digo yo. —Se estiró Lenin.

—Pues dices mal. —Miquel levantó la mano para llamar la atención del taxi que se acercaba por su izquierda.

El bar de Lucas estaba por la parte baja del Raval, a espaldas de las Atarazanas. La guerra había cambiado muchas cosas, aunque más la larga posguerra, interminable, dura, triste. Barcelona era la misma ciudad en apariencia, pero al mismo tiempo seguía costándole reconocerla. Sin embargo, en algunos detalles, podía cerrar los ojos y creer que seguía en el 36, antes de la guerra. Los barrios añejos eran los que más se libraban del peso de los nuevos tiempos. Las mismas calles sucias y estrechas, las mismas personas, más viejas y gastadas, la misma sensación de abandono y deterioro, eternos.

Por segunda vez les tocó un taxista concentrado en la conducción, no en darle a la lengua, y hasta Lenin, no menos concentrado en su digestión y en los efectos del vino, cerró la boca.

A su entrada en el bar de Lucas la presidió el silencio.

Dos hombres en la barra, taciturnos, perdidos. Otros tres en una mesa, jugando a cartas.

Y Lucas detrás del mostrador.

Se reconocieron.

—Coño, inspector.

—Hola, Lucas.

—Tiempo.

—Sí.

—Bueno, me alegro.

—Yo también.

Estaba todo dicho.

—¿Saturnino sigue vivo?

—¿El Satur? Claro, que yo sepa, aunque ha llovido mucho y ya no viene por aquí.

—Lucas, que ya no soy poli.

—Lo imaginaba.

—He de hablar con él.

—Le digo que no viene por aquí, en serio. —Lucas miró a Lenin—. El que sí lo hace de higos a brevas es su primo, el Sebas. Se le vino del pueblo hace unos tres o cuatro años.

—¿Dónde le encuentro?

—Está de acomodador aquí cerca, en el cine Ramblas.

—Gracias.

—No hay de qué.

Salieron de nuevo y Miquel enfiló las Ramblas.

—Es usted todo un personaje. —Trotó Lenin a su lado.

—Antes me tenían miedo. Ahora creo que es lástima.

—Me da la sensación de que se juzga demasiado severamente.

—Lo que me faltaba.

—¿Qué?

—Que te pongas filósofo.

—¿Qué se cree, que no le doy a la cabeza? Pues lo hago mucho. Si no se *reflesiona*...

—Reflexiona.

—Es lo que he dicho, ¿no?

El cine Ramblas tenía una taquillera mofletuda, mejillas sonrosadas como alas de mariposa, boca en forma de corazón y un primoroso peinado a lo Lana Turner. Metida en su cubículo parecía una atracción del Tibidabo. Uno introducía una moneda y ella se movía. Le habló a través del cristal, inclinándose para que le oyera bien.

—He de ver a Sebas.

—Está dentro.

—Ya lo sé. ¿Puedo pasar un momento?

—Está trabajando.

—Sólo será un minuto.

—Es que aquí nadie puede entrar sin pagar.

—¿Tengo aspecto de querer colarme?

La mujer ya no dijo nada. Se limitó a sostener su mirada.

—Deme una entrada. —Se resignó Miquel.

Se la dio y el inspector esperó el cambio de las veinticinco pesetas. Con ella en la mano atravesó la puerta exterior del cine. Lenin se quedó en la calle. Sebas aguardaba paciente en la segunda puerta. Nada más verle sacó la linterna de su bolsillo y sonrió, por si caía una propina mejor de lo habitual. Extendió la mano, pero la entrada no llegó a su poder.

—¿Sebas?

—¿Sí? —Frunció el ceño.

—Necesito hablar con tu primo Satur.

—Oiga, yo... —Se puso nervioso.

—No le veo desde antes de la guerra y no soy policía, tranquilo. Acabo de salir de la cárcel. —Fue explícito—. Además, a quien busco en realidad es a otra persona. Espero que él me ayude a localizarla.

No acabó de convencerle, pero estaba atrapado en su puesto de trabajo, sin escapatoria salvo que se negara a hablar o le mintiera.

—Es que...

—Por favor.

Apareció una pareja por la puerta. Muy joven ella, algo mayor él. Muy guapa ella, cabello engominado y bigotito a la moda él. Se sonreían con mimo.

—Espere —le dijo Sebas.

Recogió sus entradas, conectó el chorro de luz de la linterna y les precedió por el acceso a la sala. Miquel esperó, observando los carteles de las películas. Por entre la cortina entreabierta vio la pantalla y la que estaba en proyección. El héroe Victor Mature se enfrentaba al villano Richard Widmark en *El beso de la muerte*.

A Patro le gustaría.

Sebas reapareció casi al momento, como si la pareja se hubiera sentado en la última fila, la de los amantes, la de los enamorados, la de los que no tenían casa para besarse y jugar a la vida.

Ya no tuvo que rogarle.

—Satur está en el hospital —le dijo—. Tiene algo malo. Ni siquiera creo que dure.

—Lo siento. ¿Qué hospital es?

—El de San Pablo.

—Gracias. —Movió la cabeza en un gesto respetuoso.

Regresó a la calle sintiendo los ojos del acomodador fijos en su espalda y se reunió con Lenin. Pasó por su lado y levantó la mano para detener el tercer taxi del día.

Las noventa pesetas iban a durar poco.

—Oigan, qué frío hace, ¿eh? —Fue lo primero que les dijo el taxista.

—Al hospital de San Pablo, por favor —le pidió Miquel.

—¿Al hospital? Mala cosa. Si es que hay direcciones que asustan, ¿verdad? Espero que no tengan un pariente enfermo. Con este frío... Yo la última vez que estuve en uno pillé una infección...

Miquel se hundió en su asiento. Lenin no. Se puso a hablar con el taxista. Tal para cual. En los siguientes minutos repasaron prácticamente sus historiales clínicos. Sólo les faltó quedar para tomar un café. Cuando llegaron a su destino, Miquel fue el primero en apearse, dejando bien a las claras quién pagaba.

—Mira que te gusta hablar —refunfuñó en cuanto el taxi se alejó de allí.

—Esa pobre gente, todo el día sentados, conduciendo. Hay que darles palique, hombre. Por caridad.

—¿Caridad?

—Hay que ver cómo es.

Tuvieron que preguntar tres veces antes de dar con el ala en la que estaba internado Satur. Lo peor fue recordar su apellido: Galán. Cuando por fin desembocaron en el lugar, se encontraron con un baluarte impresionante en forma de enfermera cuadrada. A su lado, Lenin era minúsculo.

—¿Cuál es la habitación de Saturnino Galán, por favor?

—¿Son familiares directos? —los taladró ella.

—No, pero...

—Lo siento.

Miquel se arriesgó.

—¿Quiere que le enseñe la placa?

El baluarte se vino abajo. Como si le mentaran la muerte. Temblaron sus ojos y su pecho subió y bajó con miedo. Su voz sonó distinta, llena de un súbito respeto.

—Por este pasillo, la última sala a la izquierda.

Mientras caminaban por el pasillo, Lenin le susurró:

—Zalamero, lo que se dice zalamero, no es, ¿eh?

La habitación la compartían cuatro enfermos, a cual más decrépito. Daba la impresión de que los cuatro eran terminales. Los separaban unas tenues cortinitas blancas que, en ese momento, no estaban corridas. A Miquel le costó reconocer a Satur.

Un pequeño saco de huesos, sin carne, con los ojos extraviados y el desconcierto de la muerte asomando por su semblante, tan sorprendido como aterrado.

Se acercó a él.

Y esperó a que el enfermo le mirara.

—¿Inspector? —vaciló.

—Hola, Satur.

—No he hecho nada. —Se estremeció.

—Lo sé.

—Joder, le imaginaba muerto. —Su respiración era insegura, se agitaba al hablar.

—Todo el mundo cree que los demás murieron en la guerra y resulta que estamos todos vivos.

—Y ha vuelto a las andadas, ya veo.

—No, te equivocas. Salí hace poco.

—¿De la cárcel?

—Sí.

—Vaya.

La voz de Lenin apareció en su oído, muy queda.

—Yo le espero en el pasillo, que me estoy poniendo malo.

Miquel ni se volvió. Siguió concentrado en Satur, sobre todo para no perderle en un suspiro.

—He venido para pedirte un favor —le dijo al moribundo.

—¿A mí?

—He de encontrar a Félix.

—Murió —dijo demasiado rápido.

—No, no murió. —Se lo rebatió con seguridad.

—¿Cómo lo sabe?

—Lo sé y punto. Mira... —Intentó ser lo más convincente posible—. Necesito papeles, ¿entiendes?

—¿Usted? —se asombró Satur.

—He de irme de España. Me han indultado, pero no puedo quedarme aquí. Tarde o temprano...

—Claro, claro.

—Por favor, Satur. Félix Centells era el tipo más escurridizo del mundo, y ahora debe de serlo más.

El enfermo tosió, no muy fuerte, no muy alto. Lo acompañó con un gesto de dolor, como si un millar de agujas le pinchase el pecho. Tenía los dedos de la mano derecha amarillentos de tanto fumar y los dientes manchados, negros.

Los que le quedaban.

—Usted... me jodió la vida dos veces —lamentó.

—Saliste bien librado. La segunda, gracias a mi declaración.

—Cagüen... Dios...

—Ayúdame.

—Al Félix nunca le trincó.

—No.

—¿Sabe? —Soltó una bocanada de aire más moribundo que él—. Me estoy muriendo.

—Quizá...

—Me estoy muriendo —insistió—. ¿Por qué debería ayudarle, maldita sea?

—¿Qué te haría feliz?

—¿Habla en serio?

—Tú dilo.

—Una mujer. —Fue rápido.

—¿Aquí?

De pronto le brillaban los ojos.

—De noche hacen la vista gorda, no les preocupamos porque tenemos ya un pie y medio en el otro barrio. Y de día... casi. —El brillo se acentuó—. ¿Usted puede traerme a una? Me basta con una paja, o una chupadita. La última.

—De acuerdo.

—¿En serio? —La mano de dedos amarillentos, la que no estaba conectada al gota a gota, se aferró a él.

Miquel volvió la cabeza.

—¡Lenin! —llamó.

Su compañero asomó la suya por la puerta de la habitación.

—¿Tu hermana haría un servicio aquí? —le preguntó.

—A ella, mientras le paguen...

Miquel volvió a mirar a Satur.

—Ya lo ves. Y es un pedazo de hembra. Se llama Consue.

—¿Cuándo? —Se pasó la lengua por los labios resecos.

—Esta misma tarde, mañana... He de pillarla antes.

—Entonces vuelva con ella.

—No puedo esperar, Satur.

—¿Se cree que nací ayer?

—Te doy mi palabra de honor.

Eso le hizo sonreír, dolorosa y cansinamente.

—Honor...

—Puedo preguntar a otros y te quedas sin puta.

Cinco segundos de silencio.

—¿Me jura que...?

—Te lo juro.

Y la rendición.

Satur cerró los ojos, acompasó su respiración, agitada por la ansiedad de lo prometido, dejó caer de nuevo su mano, desfallecida.

—Vaya a la calle Ferlandina, número 9, primer piso. Pida por Wenceslao. Sólo dígale que ponga un geranio en la ventana.

—¿Eso es todo?

Saturnino Galán se había quedado sin fuerzas.

O eso o las guardaba para la visita de su última mujer.

Mantuvo los ojos cerrados y gimió.

Fue su despedida.

11

De nuevo hicieron el trayecto andando, Ramblas arriba hasta la calle Pintor Fortuny. Todos los intentos de Lenin por mantener una conversación, del tipo que fuese, chocaron contra la voluntad de Miquel de no abrir la boca.

—Hace frío, he de cuidarme la garganta —fue su mejor excusa.

Lenin acabó hablando solo.

El caso era no callar.

La calle Ferlandina era pequeña, pero la conocía de sobras. Comenzaba en la Ronda de San Antonio y desembocaba en la plaza de los Ángeles. El número 9 era una más de las muchas casas viejas de todo el barrio, no muy alta, no muy digna, no muy nada de nada. Un esqueleto con restos de vida en su interior. No había portería y la puerta permanecía cerrada, así que se quedaron mirando el edificio desde la calle. Las ventanas del primer piso no sólo estaban cerradas a causa del frío, sino que tenían las persianas bajadas, como si dentro no hubiese nadie. A causa de ese frío, tampoco se asomaba ninguna persona por las superiores.

—¿Qué hacemos? —preguntó Lenin.

—Esperar.

—¿Aquí, a la intemperie?

—Vete a mi casa y nos vemos luego.

Su compañero dijo algo entre dientes y siguió a su lado, con las manos en los bolsillos, la cabeza gacha, golpeando el suelo con los pies para entrar en calor.

Pasó un minuto.

—¿Y si ese tal Félix Centells no quiere colaborar?

—Entonces no habrá mucha más tela que cortar.

—¿Qué habría hecho antes de la guerra, cuando tenía recursos?

—Lo mismo que ahora.

—Yo no entendía cómo le gustaba a alguien ser poli. —Esbozó una sonrisa malévola—. Todo el día persiguiendo sombras...

—No seas burro, va.

—Mejor lo mío.

—¿Quieres discutir ahora sobre ética, el bien, el mal...?

—Yo sólo digo...

Una mujer apareció en la puerta, saliendo del edificio. Miquel estaba atento, a pesar de la tela de araña que siempre tejía Lenin en torno a sus discusiones. No pudo impedir que cerrara el portal, pero sí que echara a andar calle arriba.

—¿Señora?

—¿Sí? —Unió sus dos espesas cejas en una mirada de preocupación.

—Busco a Wenceslao.

—Es el piso primero.

—Sí, pero parece que no está. Tiene las persianas bajadas del todo.

—Pues no sé. Va y viene, sin horarios. De todas formas no es que hable mucho con él o su mujer.

—¿Cómo es?

—¿No le conoce?

—No, me han dado sus señas por un asunto.

—Pues... mediana edad, un poco calvo, bajo, la nariz chata, por lo del boxeo...

—¿Sabe dónde podría encontrarle?

—No, no, lo siento.

No pudo retenerla. Tampoco tenía más preguntas. Se quedaron en mitad de la calle. El bar más cercano estaba a unos quince o veinte metros, y desde su interior no se veía bien la casa. Lo malo era que esperar a la intemperie...

—Oiga, que nos va a dar un telele —le advirtió Lenin.

—Vete a ese bar. Si en media hora no he vuelto, me relevas.

—No quiero dejarle aquí solo.

—Pues voy yo y te relevo en media hora si no ha aparecido ese tipo.

—Está bien, voy y me tomo algo caliente. Pero quince minutos, ¿eh?

Miquel se quedó solo.

Llevaba la bolsa, por precaución, así que se apoyó en la pared frontal, la de los números pares, y sin sacar la cartera de su interior la abrió para coger los papeles manuscritos.

Examinó aquella última página.

Los nombres seguían revoloteando por su cabeza: Félix Centells, Klaus Heindrich, Jacinto José Rojas de Mena, Ventura.

«Friday out.»

«Viernes fuera», o «Salida viernes».

Alexander Peyton Cross había escrito allí los últimos indicios del caso y de su vida.

Ventura. ¿Quién era Ventura?

Lenin regresó a los veinte minutos, frotándose las manos y tiritando. Lo más probable era que en el bar estuviese calentito, y el choque con el exterior fuese un golpe para su organismo. Le brillaban los ojos, así que más que «algo calentito» le imaginó con uno o dos vasos más de vino.

Entre taxis y comidas, cada vez estaba más claro que las noventa pesetas iban a durar poco.

¿Y entonces qué, otro candidato con el yugo y las flechas en la solapa?

—¿Nada?

—Ya ves.

—¿Siempre es así de lento y aburrido?

—¿Investigar? Sí.

—Lo que digo. Menudo aburrimiento.

—Agustino, una pista, por pequeña que sea, lleva a otra, y esta otra a otra más. Y así, poco a poco, es como se resuelven las cosas. Los grandes delitos nunca son fáciles. Los responsables siempre llevan la delantera.

—No era como trincarnos a nosotros, vaya.

—Digamos que era diferente.

—Ya veo que tiene usted mano para estas cosas.

No supo si lo decía en serio, para halagarle, o le tomaba el pelo.

—Me voy al bar. Vigila bien y no te distraigas.

—No se preocupe.

—No robes ninguna cartera.

—¡Cómo es!

—¡Oh, sí, cómo soy!

Miquel caminó hasta el bar, se metió dentro y, al recibir la oleada de calorcito, se desabrochó el abrigo. Había una mesa libre. Quizá la misma que acababa de ocupar Lenin. Se sentó en una de las sillas, de cara a la puerta, y pidió un vaso de leche caliente.

El camarero, un chico joven, regresó a la barra y gritó:

—¡Un meao de vaca!

Miquel se resignó.

Volvió a examinar los papeles, ahora sacándolos y poniéndolos sobre la mesa. Los nombres bailaron en sus ojos y rebotaron por su mente. Le echó un vistazo a la ficha del tal Klaus Heindrich. Capitán, Estado Mayor, nacido en 1899 en Munich, condecorado tres veces... Los informes de los otros dos oficiales nazis eran parecidos, pero ellos no tenían sus nombres escritos a mano en la última página de los papeles de Peyton.

De todas formas los memorizó: Franz Luther y Hans Line-mayer. Con sus uniformes, sus gorras y sus rasgos arios, los tres parecían hermanos.

Klaus Heindrich era rubio, o al menos los pocos cabellos que se veían a ambos lados de la cabeza, casi tapados por la gorra de capitán, tenían ese color en la fotografía en blanco y negro. Su mirada era directa, penetrante, ojos casi transparentes, orejas pegadas al cráneo, nariz afilada, labios delgados, un hoyuelo en la barbilla, al estilo del nuevo actor americano que empezaba a hacer furor, Kirk Douglas.

—¿Estás en Barcelona con esos cuadros, hijo de puta? —le dijo a su imagen.

Llegó la leche.

—Si te llevo a comisaría, no te voy a dar meados de vaca, sino de verdad —le soltó quisquilloso.

El chico se puso más blanco que la leche.

—Yo...

—Vete.

Desapareció como un viento racheado.

Más que quisquilloso... estaba furioso. Y no sabía si era por Lenin, que le sacaba de sí con tanta perorata, o si era por lo más natural: el hecho de estarse metiendo de cabeza en un lío tremendo, que ya hubiera sido bastante complicado en sus años buenos, así que ahora, a su edad...

Se imaginó a Patro, en casa, feliz con los dos niños.

Si estaba embarazada, aquello sería como un ensayo.

Bebió un sorbo de leche, otro. Trató de concentrarse en la lectura de aquellas páginas, traduciendo lo que podía aquí y allá con su pobre, pobrísimo inglés, y se rindió a la evidencia de que allí no había mucho más.

Alexander Peyton Cross se había llevado el resto a la tumba.

¿Quién era su asesino? ¿Por qué le había matado? ¿Precaución? ¿Miedo? ¿Y si el responsable no era más que un secuaz a sueldo?

Eso implicaba más riesgos.

Y él, con Lenin.

Ordenó sus ideas mientras se acababa el vaso de leche. Klaus Heindrich era un nazi con diecisiete obras maestras. Las obras tenían que estar en Barcelona, con él o ya en manos de un coleccionista. Jacinto José Rojas de Mena era un tipo rico y candidato a culpable. Ventura, un misterio. Félix Centells, un falsificador. ¿Quién necesitaba papeles falsos? ¿Por qué? ¿Los había hecho ya tiempo atrás y Peyton quería saber el nuevo nombre del nazi o la persona a quien estuviese persiguiendo?

Pasó media hora.

Y un poco más.

Y otro poco más.

Salió a los cuarenta y cinco minutos, tras pagar el vaso de leche sin dejar propina. El chico había desaparecido, así que se lo abonó a una mujer de mirada aprensiva. Lenin caminaba de un lado a otro de la acera, pisando fuerte para darle un poco de vida a sus congelados pies. Ya estaba oscureciendo, tan temprano como en todos los días de invierno, y las escasas luces conferían a la calle un aspecto de abandono. Nada que ver con las zonas más populosas, donde la Navidad estallaba con todo esplendor.

—Ya era hora.

—Lo siento, se me ha ido la cabeza examinando los papeles de Peyton.

—¿Y si no viene el tal Wenceslao?

—Si vive aquí, vendrá.

—¿Y si lo hace tarde?

—Tocará esperar. Ya que estamos...

—Las parientas estarán preocupadas.

—Te lo he dicho: márchate. Ya sigo yo.

—¿Y dejarle solo? Sí, hombre.

—¿Crees que me pueda pasar algo?

—Yo le he metido en esto. Además, soy su compañero.

—Anda, vete al bar, ya te relevo.

Lenin no le hizo caso. Demasiado rato sin hablar.

—¿Por qué no se pone sombrero, como todo el mundo?

—Todo el mundo no lleva sombrero.

—Casi.

—Pues yo no llevo y ya está.

—Un sombrero hace señor, da dignidad. En cambio, una gorra hace obrero.

—Tú no llevas nada.

—Es que la perdía cuando corría. Si me paraba, me trincaban. Y si no... me tocaba comprar una nueva. Acabé pasando.

—Increíble. —Miquel movió la cabeza de lado a lado.

—¿Increíble qué? —se extrañó Lenin.

—Vete al bar. Pareces un carámbano.

—No le diré que no, la verdad.

Dio un paso, dos, tres.

Luego se detuvo.

Miquel iba a resignarse cuando comprendió el motivo de que se hubiera detenido.

Un hombre bajo, un poco calvo, de unos cuarenta años, con la nariz muy chata, caminaba justo de cara a ellos por la otra acera.

Miquel fue el primero en reaccionar.

Lo alcanzó casi en el portal de su casa.

—¿Wenceslao?

El hombre se detuvo. Primero miró a Miquel receloso. Luego a Lenin, que apareció a su lado. Su primer instinto casi le llevó a salir corriendo. Miquel lo evitó rápido.

—Venimos de parte de Saturnino.

—¿Saturnino? —repitió el nombre todavía tenso.

—Saturnino Galán, sí.

—¿Han estado en su casa?

Como prueba, no estaba mal.

—No, en el hospital, ya lo sabe.

Se tranquilizó, pero sólo un poco.

—¿Qué quieren?

—Que ponga un geranio en la ventana.

La tensión se hizo dureza, en sus facciones, en su cuerpo. Llevaba las manos en los bolsillos de la chaqueta, y debió de cerrarlas de golpe.

—Wenceslao. —Miquel imprimió carácter a su voz—. Es urgente. Necesito a Félix.

Fue suficiente. Wenceslao sacó la mano derecha del bolsillo y la levantó, como si el nombre del falsificador pesara o no pudiera pronunciarse. Los ojos se le empequeñecieron.

—De acuerdo —se limitó a decir.

—¿Cuándo vuelvo?

—Pruebe mañana, pero no se lo aseguro.

—Oiga...

—No —le cortó—, oiga usted. Esto va así, ¿entiende? No sé dónde está. No sé si quien tiene que ver el geranio pasará por aquí hoy, mañana o el otro. No sé nada. Yo sólo hago de intermediario. Ni siquiera conozco al enlace. Félix no ha sobrevivido tantos años por ser inconsciente o un iluso. Lo toma o lo deja.

—Lo tomo. —Se rindió él.

—Bien. —Pasó por su lado y abrió el portal con una gruesa llave.

La puerta se cerró con estrépito.

—Simpático —dijo Lenin.

—Alejémonos un poco.

Caminaron unos veinte o treinta metros. Esperaron dos minutos y regresaron.

En la ventana del primer piso había una maceta con un geranio medio seco.

—Ya podemos irnos.

—¿A casa?

—Sí.

—La puta de oros, ya era hora.

—Tú habla así y ya verás cómo salen tus hijos.

—Soy un buen padre, ¿sabe?

No dijo nada. Movió la cabeza de un lado a otro, por si pasaba un taxi, pero no vio ninguno. De pronto se sentía cansado. Necesitaba a Patro.

Aunque con su piso invadido por la familia Ponce...

—¿Vamos en tranvía?

—No.

—Bueno.

—Mejor lo cogemos en la Rambla. Anda, lleva tú la bolsa.

La idea de llegar a casa en unos minutos los animó a ambos. Aceleraron el paso. Los pocos coches que circulaban por la calle lo hacían a velocidad muy reducida por lo estrecho de las aceras y las personas que transitaban por el medio de la calzada. Lenin soltó un ruidoso estornudo.

—Lo que faltaba —rezongó.

—Salud —dijo Miquel.

—¿No dice Jesús?

—No. Yo digo salud.

—Genio y figura, ¿eh?

—¿Es que también vas a opinar sobre eso?

—Lo comento, nada más.

—Cuando te detenían, lo hacías todo menos hablar.

—¡A ver!

Pasó un taxi, pero estaba ocupado. Las personas que se cruzaban con ellos por la calle a veces les miraban. Cara y cruz. Iba a ser su tercera Navidad con Patro. La tercera en libertad. Las del 39 al 46 las tenía grabadas a fuego en la memoria. Siempre que pensaba en claudicar, en dejarse llevar, para reunirse con Quimeta, surgía en él la rabia, el deseo de no rendirse. Y eso que jamás hubiera imaginado un presente como el que estaba viviendo. Ni en sueños.

Sí, no sólo era Lenin y su verborrea o el lío de los cuadros. También era el síndrome de la Navidad.

Todo el mundo se volvía bueno.

El olvido.

—Si es que, cuando se busca un taxi, nunca aparece uno —exclamó Lenin.

Pasaron por delante de un escaparate lleno de comida. La abundancia. Adiós a la cartilla de racionamiento. Pensó que su compañero hablaría de ello.

Pero no.

—¿Y si ese Wenceslao ha salido para ir a ver al tal Félix? —Cambió el sesgo de sus pensamientos.

—No, no creo. Lo que dice tiene sentido.

—Pues entonces hay que ver lo que se cuida ese hombre, el falsificador.

—Me da en la nariz que está tan oculto que ni ve la luz del día.

—Entonces ¿por qué no se falsifica un pasaporte y se da el piro?

—¿Adónde? ¿Y con qué? Esto es una trampa, Lenin.

—¿No se irían usted y su mujer si pudieran?

Miquel pensó en su hermano, en México.

Jamás volvería a Barcelona.

Si Patro estaba embarazada, echarían al mundo un bebé que crecería sin libertad, bajo el peso de una dictadura.

¿Irse?

No lo había pensado.

—El asesino del inglés es el que tiene los cuadros, ¿verdad? —reapareció la voz de Lenin.

—Nunca des nada por supuesto, aunque parezca evidente, y eso no es nada evidente.

—Pues para mí empieza a estar claro.

—¿Para qué quería la cartera si ya le había matado?

—Por si había datos comprometedores en ella, o para que

no relacionaran esos cuadros con el móvil del asesinato —respondió Lenin.

—Bien pensado —reconoció—. Aún serás un buen policía.

—¿Yo? —Se estremeció su compañero—. Le ayudo y ya está, pero de ahí no paso.

Había algo de orgullo y dignidad en su tono.

—Ahí hay un taxi —dijo Miquel levantando la mano derecha.

12

El escándalo en el piso ya se oía desde la planta inferior, y más desde el rellano. Risas infantiles, como si en lugar de dos pequeños hubiera un colegio entero, y también las voces de Mar y Patro. La primera reacción de Miquel fue de aturdimiento.

Hogar, dulce hogar.

—Se lo están pasando bien, ¿eh? —dijo Lenin con aire de felicidad.

Miquel no abrió la boca.

Cuando lo que abrió fue la puerta, la algarabía se desató.

—¡Es papá! —anunció Mar.

Y dos furias de poco más de tres palmos de estatura cada una surgieron de dos lados distintos de la vivienda para saltar sobre él.

—¡Papi, papi!

Lenin los cogió en brazos.

Aparecieron Mar y Patro, la primera todavía cohibida ante la presencia del hombre de la casa y antiguo enemigo de su marido, la segunda congestionada, sudorosa, como si en vez de diciembre estuviesen en pleno agosto. Le brillaban los ojos, se la veía risueña y feliz.

—¿Cómo os ha ido? —Se arrebujó en brazos de Miquel.

—No tenemos mucho, la verdad —fue sincero.

—Señora, tiene usted un marido que vale lo que pesa, y

pesa, ¿eh? —intervino Lenin, siempre al quite y todo orejas—. ¡Es un lince!

—No me hagas la rosca, Agustino.

—¡Pero si es verdad!

—Voy a ponerme cómodo. —Puso fin a la conversación.

Se dirigió a la habitación de matrimonio seguido por Patro. Por detrás de él la tormenta feliz se desencadenó de nuevo.

—¡Estamos jugando al escondite!

—¡Esta casa es muuuy grande!

—¿Juegas con nosotros, papi?

—No vayáis a romper nada, ¿eh? —les advirtió él.

—¡La tía Patro nos deja entrar en todas partes!

Miquel se metió en el cuarto. Patro fue la que cerró la puerta.

—¿En todas partes? —rezongó.

—Vamos, alegra esa cara, son un cielo. —Le abrazó de nuevo y le besó como sólo ella sabía hacerlo.

Miquel se sintió realmente en casa.

Se dejó ir unos segundos, a pesar de que volvían las carreras por el pasillo envueltas en las risas infantiles.

—¿Cansado? —preguntó al fin ella.

—Sí. Y hace frío.

—¿Has sacado algo en claro?

—Bastante. Al menos el porqué de las cosas.

—¿Es peligroso?

—No lo sé —le mintió.

—Siempre con líos. —Suspiró Patro.

—Mira quién habla. ¿Qué tal todo por aquí?

—Imagínate, todo un día con estos bichos. Agotan. Esa mujer es una santa.

—Aguantar a Agustino sí la hace santa. Lo otro es pura maternidad.

—Le quiere, dice que es un buen hombre y que ha tenido mala suerte.

—Qué va a decir. Yo llevo todo el santo día con él pegado a la oreja y he tenido ganas de asesinarle media docena de veces. ¡Por Dios, si es que no para! ¡Bla-bla-bla, dale que te pego! Y de cada tres frases, dos las acaba con un «¿eh?». Lo peor no es que haya un asesino suelto. Lo peor es Lenin dándole a la lengua.

—Pero le estás ayudando, y quizá salvando la vida, a él y a su familia.

—Me harán santo. Iré al cielo de los inocentes.

—Sabes que me asusta cuando pasan cosas raras o incontrolables, que nos amenazan, como aquello de Benigno Sáez. —Escupió su nombre—. Pero esto al menos tiene un sentido. Esos niños no son culpables de nada.

—Si su padre tuviera las manos en los bolsillos...

—¿Y de qué van a comer?

—Patro, por favor...

Seguían de pie, uno en brazos del otro. Llegó el momento de la separación. Patro se sentó en la cama y vio cómo él se quitaba la ropa de calle para ponerse la de estar por casa. Era minucioso. Cada prenda la plegaba antes de volver a colgarla en una percha. En camiseta y calzoncillos se estremeció por el frío.

—Eres guapo —dijo ella.

—Gracias.

—Me gusta tu cuerpo, tus brazos, tus manos...

El chillido de Pablito o de Maribel, imposible diferenciarlos, cortó en seco sus palabras.

—Esto se me va a hacer muy largo —masculló Miquel.

—Cuéntame qué habéis hecho.

Se puso los pantalones viejos, el jersey, y antes de embutirse la bata se sentó a su lado.

—El muerto era un *Monuments Man*, es decir, un miembro de un grupo dedicado a rastrear y encontrar las obras de arte sustraídas por los nazis durante la Segunda Guerra Mundial. Todo hace indicar que hay algunas en Barcelona: diecisiete cuadros muy importantes. Alguien le mató para evitar que diera con ellos o, si ya los había encontrado, para evitar que lo denunciara. En la cartera que robó Agustino hay un catálogo que había pertenecido a Hitler, además de algunos documentos y anotaciones.

—¿Nazis en Barcelona, obras robadas...? —Abrió los ojos Patro.

—Cariño, si nos pusiéramos a levantar alfombras, saldría toda la mierda que este país ha ocultado durante diez años.

—¿Y cómo vas a resolver esto?

—No creo que pueda. De momento estoy siguiendo una pequeña pista, por hacer algo, para no quedarme aquí con este follón. —Seguían los gritos y las carreras por el piso—. Los vecinos van a creer que hemos puesto un colegio.

—¿Seguirás mañana? —quiso saber ella.

—Veré qué puedo hacer. Y tranquila: tendré cuidado. Probablemente en unos días todo pase y Agustino podrá volver a su casa.

—Si te hubieran dicho hace quince años que serías su amigo y que lo tendrías hospedado en la tuya...

—Si me hubieran dicho hace quince años que habría una guerra, que la perderíamos, que acabaría pasando ocho años y medio en un campo de trabajo y que me casaría después con un ángel como tú...

Patro le acarició la mejilla.

—Rascas.

—Ya.

—¿Salimos?

—No, espera. Un minuto.

Se abrazaron de lado. Miquel hundió sus dedos en el cabello de ella, apoderándose de su cráneo. Patro siempre olía bien. Incluso si sudaba, su olor era sugestivo. Quizá fuese lo que más le excitaba de ella.

Porque le excitaba, a sus años, siempre.

—¿Me dejas ver lo de esa cartera?

—Sí.

Pero no se levantó.

Todavía no.

Esperó unos segundos más, con las voces de la tormenta desatada al otro lado de la puerta del dormitorio. Ahora la que reía era Mar. Lenin asustaba a sus hijos gritando que iba a cogerlos y se los cenaría.

—Voy a por ella.

Se puso la bata y salió de la habitación. La bolsa estaba donde Lenin la había dejado, junto al mueble de la entrada. Llegó al recibidor sin problema. No tuvo tanto éxito a la vuelta. Pablito pasó por su lado igual que un lagarto.

—¡Cuidado, yayo!

Por detrás, persiguiéndole con cara de loco, lo hizo su padre.

—¡Aaah...!

Se detuvo en seco al verle allí plantado.

—Jefe...

Miquel dio media vuelta y regresó al amparo protector de su cuarto. Patro seguía sentada en la cama. Sacó la cartera, los papeles y el catálogo de cuadros hecho a mano.

Ella casi no se atrevió a tocarlo.

—¿Dices que era... de Hitler?

—Sí.

—Dios...

Lo abrió Miquel.

Le mostró algunas páginas, se detuvo en las marcadas con las palabras «Conexión Barcelona» en inglés.

—Son bonitos —reflexionó Patro.

—Dicen que en un museo de Londres hay más tesoros egipcios que en Egipto, y en el Louvre, y en muchos otros. Egipto, Grecia, Mesopotamia... Los vencedores siempre expolian a los vencidos. Pronto habrá que ir a Madrid para ver lo que teníamos en Cataluña.

—¿Y qué pista tienes?

—Aquí. —Indicó la última página de los papeles con las anotaciones a mano—. Esos nombres, Félix Centells, Klaus Heindrich, Jacinto José Rojas de Mena, Ventura...

—¿Quiénes son?

—Centells, un famoso falsificador de documentos; Heindrich, el nazi que se llevó los cuadros; Rojas, un nuevo rico surgido tras la guerra. Lo de Ventura... puede ser cualquiera.

—Entiendo.

—Tranquila, en serio. Al *Monuments Man* lo mataron porque sabían que estaba aquí. De Agustino o de mí nadie sabe nada.

—Pero si vas por ahí haciendo preguntas...

No quiso seguir por ese camino. Al otro lado de la puerta estaba la tormenta, pero allí podían surgir miedos y preguntas incómodas.

Además, era hora de cenar.

—Venga, vamos. —Se levantó.

La tomó de la mano y la ayudó a incorporarse. Nada más salir por la puerta se encontraron a Lenin con sus hijos. Llevaba a la niña cabalgando por encima de su cabeza y a Pablito literalmente bajo el brazo, riéndose sin parar. Por detrás surgió Mar.

—¡Ay, señora, no se preocupe que de la cena me encargo yo, faltaría más!

—Es la mejor cocinera, se lo digo yo —aseguró Lenin dejando a sus hijos en el suelo.

—¡Venga, papi!

—No, se acabó. Es hora de portarse bien. Mirad que, si no, el yay... el abuelo Miquel se enfada, ¿eh?

Pablito y Maribel lo miraron con miedo y respeto.

Mar y Patro ya se iban a la cocina.

—Bueno, ¿qué? —Lenin le palmeó la espalda con desparpajo—. ¿Ponemos la radio para animarnos?

Día 3

Martes, 6 de diciembre de 1949

13

Le gustaba despertarse por sí mismo. Le gustaba hacerlo cuando se lo pedía el cuerpo, perezosamente. Le gustaba prescindir del odiado despertador que durante toda su vida laboral le había puesto en pie al amanecer por muy inspector que fuese. Le gustaba cada vez más desde que había salido del Valle de los Caídos, donde cada mañana podía ser la última y apenas dormía. Y le gustaba mirar a Patro a su lado, quieta, niña, un ritual repetido y no por ello menos hermoso y ansiado.

Todos los días, menos esa mañana.

Y quizá las próximas.

Primero fue un golpe, después un ruido, finalmente una voz.

Miquel abrió los ojos.

—¡Pablito, que vas a despertar al yayo y a la tita!

El cuchicheo de Mar era todo menos eso, un cuchicheo.

El yayo y la tita.

Volvió a cerrar los ojos y se subió el embozo de la sábana, pero ya estaba despierto, y de mala manera. Así que los abrió de nuevo y miró a Patro.

Despierta como él y con una maliciosa sonrisa en su rostro.

—Encima lo encuentras divertido. —Carraspeó.

—Yayo.

—Tita.

—Cascarrabias.

—Oh, sí. Yo.

Patro movió su cuerpo y lo pegó al de él, cubriendo la breve distancia que les separaba. Miquel le pasó un brazo por detrás de la cabeza y sintió su calor, la dura contundencia de sus formas. Siempre recordaba aquel día de enero de 1939, cuando la vio por primera vez, desnuda, amenazándole con tirarse por la ventana si daba un paso más.

Jamás había olvidado la escena, ni sus ojos.

Tanta belleza manchada por la guerra.

—El período... —No quiso emplear la palabra «regla».

—Nada.

—Vaya.

Patro alargó el cuello y le besó la mejilla.

—Voy a levantarme —dijo.

—Espera. —La retuvo a su lado.

—¿Con dos fieras salvajes por casa?

—Un minuto. Ya sabes que me gusta estar así por las mañanas. Es lo mejor del día. Y, si rompen algo, que lo rompan. Tampoco tenemos tanto.

—Bueno. —Siguió pegada a él.

Las erecciones matinales siempre eran por ella o por ganas de orinar. En el primer caso, hacer el amor por la mañana era como gritarle a la vida. En el segundo, a veces tenía que saltar de la cama para aliviarse a tiempo.

La de esa mañana era un compendio de las dos cosas.

Patro lo notó.

—Fiera —susurró.

—Te quiero.

—Yo también.

—Yo más.

—Crío, que eres un crío.

—Ya sabes lo de la edad...

—Sí, lo repites siempre, pesado: que se tiene la edad de la

persona a la que se ama. —Chasqueó la lengua—. Pues yo no estoy nada mal para ser una anciana de sesenta y cinco años. —Soltó una bocanada de aire y agregó—: Y ya ha pasado el minuto.

No pudo retenerla. Apartó el embozo y saltó de la cama, desnuda como siempre, invierno o verano.

—¡Qué frío, por Dios! —Se estremeció.

Nunca pensaba en los hombres que la habían visto así, ni en los que la habían poseído en los años del hambre. Pero en momentos como ése hubiera querido matarles, por ser capaces de mancillar algo tan bello por unas monedas. También solía pasar por su mente, de pronto, la película de su vida con ella. Efectos de la edad. Ya no era el hombre del 36, y tampoco el del 39, cuando resolvió su último caso como inspector de la República y mató a aquel hombre. Quizá el último disparo republicano de la Barcelona libre. Muertos Quimeta y su hijo, era otro.

¿Seguiría en aquella pensión de la calle Hospital, solo, de no haberse encontrado con Patro?

¿Se habría pegado un tiro?

¿Tan valiente hubiera sido?

Patro salió de la habitación y él siguió en la cama unos minutos más. La aparición de la dueña de la casa reactivó las voces de los asaltantes de su intimidad. Alegría y felicidad. Al otro lado de la ventana, Barcelona continuaba su camino bajo la implacable dictadura, a la espera de tiempos mejores. Allí, pese a que Lenin seguía estando en peligro de muerte, había risas y paz, como en todos los lugares con niños.

Tal vez a Patro le conviniese ser madre, sí.

La naturaleza llamaba.

Pronto cumpliría treinta años.

No quiso pensar en ello. Todavía no. Imitó el gesto de Patro: saltar de la cama y vestirse lo más rápido que pudo, sin ir al fregadero a lavarse. No con aquella caterva rondando por todas partes. Se afeitaría y punto. Cuando salió al exterior no vio a nadie. Caminó hasta la cocina y luego llegó al comedor. Allí estaban todos, en torno a la mesa, desayunando. Los dos niños se lo quedaron mirando, expectantes.

—Venga, decidle buenos días al yay... al abuelo —les apremió su madre.

—Buenos días, abuelo —dijo Pablito.

—Buenos días, abuelo —le secundó Maribel.

—¿Por qué no me llamáis Miquel? —se irritó él.

—Hombre, inspector, es que Miquel... —Abrió por primera vez la boca Lenin.

—No hay milagros —espetó.

—¿Milagros?

—Pedí que hoy te quedaras afónico y nada —lo remató.

—¡Muy buena, sí señor! —Se echó a reír Lenin como si la cosa no fuera con él—. Desde luego, ¡quién le ha visto y quién le ve, inspector! Aún le recuerdo cuando...

—Cállate, Agustino.

Se calló.

Miquel se sentó en una silla. No era la suya. La suya la ocupaba Pablito. Mar rompió el inesperado silencio con una explosión de agradecimiento y ternura.

—¡Ay, señor, qué bien hemos dormido! ¡Qué cama! Le juro que nunca me había sentido tan bien.

—Me alegro —fue educado.

—¿Por dónde empezaremos hoy, jefe? —Volvió a la carga Lenin como si nada.

—Empezaremos por cerrar la boca.

—¡Qué carácter! —Se cruzó de brazos haciéndose el ofendido.

—Tengo mal despertar —le advirtió—. Y no me llames jefe.

Por el momento, fue suficiente. Consiguió desayunar con calma. Lenin se tragó lo suyo casi sin respirar. Después dijo que iba a «arreglarse». Mar y Patro regresaron a la cocina, tan amigas. Pablito y Maribel seguían masticando, con toda su parsimonia, pasándose el bulto de la comida de un lado a otro de la boca.

Le miraban fijamente.

—¿Tengo monos en la cara? —les preguntó Miquel.

El niño ni se inmutó.

—¿Tienes pistola?

—No.

—Pero si eres policía...

—No soy policía.

—Papá dice...

—Tu papá se equivoca. Come y calla.

—¿Cómo es que no tienes hijos?

—Tuve uno.

—¿Dónde está?

No le contestó. Podía mirar a Lenin y fulminarlo, aunque le durara poco. Pablito tenía la piel más curtida que su padre. Tanto él como su hermana eran minúsculos.

Se preguntó cómo sería el mundo que les aguardaba.

Cuando acabó de desayunar, los dos niños seguían a lo suyo. Dejó que su madre les reprendiera, recordándoles la suerte de poder comer caliente en una casa tan bonita, y fue a afeitarse. Lo hizo con calma, para no cortarse con la cuchilla. No sabía qué era peor, si quedarse en casa con los pequeños o salir a la calle con la verborrea de Lenin.

Acabó en su habitación, con el armario abierto, cogiendo unas pesetas de la caja metálica que se había llevado de casa de Rodrigo Casamajor. Sí, seguían gastando lo mínimo; pero, aunque era mucho, aquello no duraría para siempre. Si se quedaban con la mercería de la señora Ana...

Cuando guardó la caja vio su viejo abrigo colgado de la percha.

El del invierno del 47 al 48.

Lo cogió y salió al exterior. Lenin ya le esperaba, vestido con la misma ropa del día anterior.

—Toma. —Le echó el abrigo—. Ponte esto o vas a helarte.

—¡Caray, jef... inspector! —Se le dilataron los ojos por el asombro—. ¡Esto es de primera!

—Por lo menos irás un poco abrigado.

—Es el mejor regalo...

—Es un préstamo —le cortó.

—Ah —frenó su entusiasmo.

—Pero si ya no te lo pones —le susurró al oído Patro apareciendo por detrás de él.

—Venga, andando. —Se dirigió hacia la puerta.

—¡Que se va papá! —gritó Mar.

Ni que se fueran a la guerra. Aparecieron todos. Pablito y Maribel para abrazarle y besarle. Mar como buena esposa y madre protectora. Patro para desearle suerte a él.

Su mirada final no tuvo desperdicio.

Luego bajaron la escalera los dos, en silencio, al menos hasta que llegaron al vestíbulo vacío, porque la garita de la portera estaba desierta.

—Inspector.

—¿Qué?

—Usted no me realquilaría ese cuarto, ¿verdad? Se ganaría una familia cojonuda.

Aún no habían dado un paso por la calle y ya le pesaba.

—Anda, cállate, Lenin. —Empleó su apodo de guerra una vez más.

14

A pesar del frío, fueron caminando hasta la calle Ferlandina. Miquel evitó pasar por delante del bar de Ramón y bajaron por la calle Gerona para tomar Aragón hasta paseo de Gracia. Cuando Lenin desapareciera de su vida, quedarían las preguntas, y Ramón era tan o más pesado que él. Como antaño, en sus tiempos de policía, caminar le ayudaba a pensar, reflexionar, ver cada problema en perspectiva.

Claro que una cosa era hacerlo en silencio y otra muy distinta con su compañero dispuesto a conversar de lo que fuera, por insólito que resultase.

—Dicen que, si nieva en diciembre, hace más calor en verano.

—¿Quién dice eso?

—No sé, los viejos. Yo creo...

Lo detuvo en seco antes de que se disparara.

—Agustino, ¿quieres salir de este lío?

—Sí, por supuesto.

—Pues déjame pensar.

—Hágalo en voz alta, hombre, y así le ayudo, que dos cabezas pensantes piensan más que una.

Esta vez le bastó con la mirada.

Fija.

Con cara de mala uva.

—Mire que es raro. —Se resignó Lenin sin agregar su característico «¿eh?».

Siguieron caminando y esta vez sí logró concentrarse. Le costó, temeroso de que volviera a abrir la boca, como cuando cae agua de un grifo mal cerrado y se espera la caída de la siguiente gota. Pero finalmente las preguntas fluyeron por su ánimo.

Una a una.

¿Quién sabía que Alexander Peyton Cross estaba en Barcelona? ¿Le seguían desde su lugar de partida o todo se había desarrollado aquí? ¿Habló con alguien y eso abrió la caja de los truenos a su llegada a la ciudad? ¿Cuándo se produjo esa llegada? Si llevaba días, ¿dónde estuvo y con quién? ¿Por qué matarle? ¿Para quitarle de en medio y punto? ¿Se había acercado demasiado? ¿Pudo asesinarle el nazi escondido, un coleccionista de arte, alguien más, como el tal Ventura? ¿La cartera era simplemente la prueba de que el *Monuments Man* estaba cumpliendo una misión? ¿Quería recuperarla el asesino para destruirla y en paz? ¿Había algo más escondido en ella y en todo aquello?

No estaba mal.

En la mayoría de sus casos, las preguntas eran mucho menos abundantes.

—Habrá que ir al Ritz —dijo.

—¿A qué?

—A preguntar —le reveló—. Los porteros tienen ojos y oídos, las telefonistas reciben llamadas o las hacen, y las criadas que encuentran muertos en las bañeras también ven cosas que a veces ni siquiera saben que han visto.

—¿Y cómo se meterá en ese hotel de lujo? ¿Por la cara? ¿Alquilará una habitación?

—Tenía que haber cogido la llave de la habitación de Peyton.

—¿Va a meterse en su cuarto? —Se asombró Lenin.

—Si tienes una llave, es que eres cliente. No creo que recuerden a todos sus huéspedes, y menos con los cambios de personal según las horas.

—Qué huevos tiene —ponderó—. Y parece mentira.

—¿Qué es lo que parece mentira?

—Pues cómo lo vive usted. Estará retirado, pero sigue siendo bueno. Se mete en lo que hace hasta los tuétanos. Si tengo otro hijo le pongo Miquel, se lo juro.

—Mejor te cortas el pito.

—Huy, no, que sirve para muchas cosas. —Se lo protegió poniendo las manos por delante.

El abrigo le sobraba por todas partes. Parecía un alfiler protegido por una tienda de campaña, pero algo era algo. Miquel intentó no reírse.

No servía de nada estar de mal humor.

Llegaron a la calle Ferlandina sin intercambiar muchas más palabras, por extraño que pareciera. Miquel con sus preguntas mentales y Lenin feliz con su abrigo. Cuando atisbaron la ventana del primer piso del número 9, descubrieron la maceta con el pobre geranio aplastado por la falta de sol en la estrecha calle.

—No ha habido contacto —lamentó Miquel.

—¿Subimos?

—No. Habrá que volver luego, o esta tarde.

Ya estaban casi debajo de la ventana. Al otro lado del cristal vieron la figura de un hombre.

Su rostro apenas si se intuyó un instante.

—¡Espere! —exhaló Lenin.

—¿Qué pasa?

Su compañero ya no se encontraba allí. De un salto se había subido a la acera y tenía la espalda pegada a la pared. Su rostro estaba demudado. Los ojos le bailaban en las órbitas.

—¡Es él! —gimió envolviendo cada palabra en un tenso y violento susurro.

—¿Quién?

—¡Coño, quién va a ser! ¡El tipo ese, el que me siguió desde el Zurich y al que di esquinazo en Robadors!

—¿Estás seguro? —Se parapetó a su lado por inercia—. Apenas si le hemos visto de refilón.

—¡Yo no me olvido de una cara, inspector! ¡Y menos de una así! —Le sobresaltó cada vez más el peso de la nueva realidad—. ¿Qué estará haciendo ése en casa del Wenceslao?

—Lo mismo que nosotros: buscar a Félix Centells, ¿tú qué crees?

—¿Pero por qué? —No lo entendió.

—Quizá para dar con el alemán, que es el único que necesitaría un pasaporte nuevo.

—O sea, que no trabaja para él.

—Parece que no, aunque... Sólo son conjeturas, Lenin.

—¡Ay, la hostia, la hostia, la hostia...! —Levantó la cabeza, como si desde allí pudiera ver la ventana—. ¡Hay que largarse cuanto antes! —Sus ojos fueron de inmediato a la puerta—. ¡Si sale me verá, maldita sea!

—Espera, espera. —Le detuvo.

—Mierda, inspector, ¿qué? ¡Es cuestión de segundos!

—Déjame pensar.

—¡No hay tiempo!

Logró retenerle. La puerta de la casa quedaba a un par de metros. Miquel oteó el panorama arriba y abajo de la calle y acabó tirando de Lenin hacia la izquierda, la parte más alejada de la plaza de los Ángeles. Empujó a su compañero hacia el interior de la primera tienda que encontraron y se quedaron allí, ocultos frente a la entrada acristalada.

—Escucha. —Consiguió que Lenin dejara de mirar hacia el lugar por el que debía de aparecer el hombre—. Cuando baje, voy a seguirle. A mí no me conoce. Tú vas a quedarte aquí, y pasados cinco minutos subes y miras si Wenceslao está en casa. Si no está y ése se ha colado en la vivienda, le esperas. Más que nunca necesitamos dar con Félix Centells, porque ahora mismo es la única pista.

—Y ese tipo, el rico.

—¿Rojas de Mena? ¿Crees que puedo ir a verle y preguntarle si tiene diecisiete cuadros robados por los nazis? Necesitamos a Centells, aunque es probable que él no sepa dónde están sus clientes y se limite a hacer su trabajo.

—¿Va a dejarme solo? —dijo Lenin temblando.

—Es necesario.

—¿Y cuándo nos vemos?

—En casa, a la hora de comer, y si no aparezco, por lo que sea, por la noche.

—Preferiría ir con usted. —Se puso trágico.

—No seas burro... —Cambió el tono y le empujó hacia adentro, hasta que tropezaron con el cristal del escaparate—. ¡Ahí sale!

El hombre lo hizo en dirección contraria, hacia la plaza de los Ángeles.

—¿Recuerdas lo que te acabo de decir? —insistió Miquel.

—Sí, el piso, Wenceslao...

—¡Suerte!

No le dio tiempo a más. Abandonó su momentáneo refugio y se fue tras los pasos del gigantón, que le precedía a unos quince metros de distancia. Desde luego, si de algo tenía pinta era de gorila, de secuaz a sueldo, de buen servidor de alguien con más poder. Pudo verle bien, desde la otra acera, en el primer semáforo, y lo mismo en un instante en el que se volvió, tal vez para buscar un taxi.

Si se subía a uno allí, le perdería, porque difícilmente encontraría otro de inmediato dado el escaso tráfico de la zona.

—Vamos, llega a las Ramblas, o a Pelayo —suplicó Miquel.

El hombre era una roca, alto, cuadrado, con sombrero calado sobre los ojos, abrigo de talle bajo, manos como mazas y pies que debían de calzar al menos un 45. Si llevaba un arma en el pecho, desde luego no iba a detectarla desde tan lejos. La duda era si se había contentado con registrar el piso de Wenceslao o si le había acortado la vida.

Félix Centells pasaba a ser «el deseado», «el buscado».

Miquel se acercó un poco más a la espalda de su perseguido, que definitivamente enfiló el camino de las Ramblas.

Por lo menos no tenía la voz de Lenin pegada a su cerebro.

15

Para cuando detuvo un taxi, en la misma plaza de Cataluña, el riesgo de perderle había dejado de contar. Miquel se subió al de atrás.

—Siga a ese taxi —pidió.

El taxista le obedeció sin abrir la boca.

De momento.

Lo hizo un minuto después, largo, tenso, tras observarle un par de veces por el retrovisor y apurar al máximo un cruce antes de que el guardia urbano diera paso a los que circulaban en perpendicular.

—Creía que los policías tenían coches con sirenas —dijo.

Miquel contuvo el sarcasmo.

La gente le veía y seguía pensando que era inspector, como si llevara un anuncio pegado a la frente o mantuviera un sello indeleble que le identificaba.

—Tenemos un montón de coches estropeados y no hay dinero para arreglarlos. —Soltó lo primero que se le pasó por la cabeza.

—Si es que las cosas están mal, ya se lo digo yo a la parienta.

—Oiga, ¿cómo sabe que soy policía y no un marido celoso siguiendo al amante de su mujer?

—Caray, jefe, no le veo yo de marido celoso.

—Porque soy viejo.

—Porque no tiene pinta, así, tan tranquilo...

—No le pierda de vista, ¿quiere?

—No se preocupe. Toda la vida he esperado esa frase, «Siga a ese taxi». Para una vez que me la dicen, le juro que voy a cumplir. Ya empezaba a pensar que eso sólo pasaba en las películas americanas.

—Ya ve.

—Yo, cuando he visto subir al hombre ese al taxi de mi compañero, ya he pensado que menudo mastodonte era, ¡y con esa cara de palo!

Salía de las garras orales de Lenin y le tocaba un taxista hablador.

Optó por no darle palique.

Y de momento fue suficiente.

El taxi del inesperado personaje subió por el paseo de Gracia hasta el cruce con la avenida del Generalísimo. Una vez en ella torció a la izquierda y, ya en Vía Augusta, tomó la derecha. El único semáforo que casi le detuvo fue superado por la rápida intervención de Miquel.

—Pase, pase, yo pago la multa si le sorprenden.

Abandonaron Vía Augusta por Balmes y siguieron subiendo por media Barcelona, acercándose a la falda del Tibidabo. Al final de Balmes los dos taxis giraron de nuevo a la izquierda, para rebasar la plaza de la Bonanova y adentrarse por el paseo del mismo nombre.

Pasaron por delante de la casa de los Cortacans, la misma en la que él había matado a Pascual Cortacans la mañana del 26 de enero de 1939.

No había estado allí desde entonces.

—¿Se encuentra bien, jefe?

—Sí, ¿por qué?

—Está un poco pálido.

—Mucho trabajo.

—Seguro que sí, que mire que corre cada uno por ahí...

Ya no rodaron mucho más, apenas doscientos metros. El

taxi al que seguían se detuvo frente a una mansión señorial, en la parte derecha, y su ocupante bajó de él. Miquel hizo que el suyo se parara a unos veinte metros.

Esperó.

Cuando el hombre desapareció de su vista, pagó la carrera e hizo lo propio.

—Suerte, jefe —le deseó el taxista.

—Gracias.

—Por lo menos no ha habido tiros —bromeó.

Miquel caminó por la acera y pasó por delante de la casa. Era regia, elegante, dos plantas cuidadas y con un hermoso jardín envolviéndola. Una auténtica maravilla. Ya no se veía ni rastro de su perseguido. En la calle había aparcado un coche negro, no menos sobrio. Un Citroën Pato, con su largo morro. No le prestó más atención aunque era el único de los alrededores.

Caminó unos metros más, por entre solares y casas regias, y se dio la vuelta, para volver a pasar por delante de la mansión. El tráfico del paseo de la Bonanova era ya relativamente constante, señal de que la ciudad crecía imparable dispuesta a absorber las zonas antes consideradas lejanas. Observó que, aunque esporádicos, circulaban taxis, algo que seguramente necesitaría para regresar.

Un cartero se acercaba por la misma acera, recto hacia él.

Aguardó a que pusiera el correo en el buzón de la cancela de la casa y le abordó cuando se apartó de su visual.

—Menuda villa. —Se hizo el anciano hablador.

—Y que lo diga.

—¿Quién vive ahí?

—Los Rojas de Mena.

Hizo lo posible para no cambiar de expresión.

—No me suenan —mintió—. ¿Ricos?

—¿No ve ese palacete? De morirse, digo yo.

—Vaya, vaya.

El cartero se deslizó por su lado, con el cuerpo encorvado por el peso de la bolsa llena de cartas, dispuesto a seguir con su trabajo.

—Buenos días.

No se atrevió a pasar más veces por delante de la verja de entrada. No se veía a nadie en las ventanas, pero conocía las normas de la precaución. Cruzó al otro lado y se parapetó detrás de un árbol. Caminar le agotaba menos que quedarse de pie, inmóvil, sin hacer nada. Dio algunos pasos cortos hasta que optó por apoyarse en el árbol para descansar.

A los quince minutos le dolían los pies.

A los veinte pensó en sentarse en el bordillo.

A los treinta una nube oscureció el sol de la mañana y fue como si la temperatura descendiera varios grados.

Finalmente, a los treinta y cinco, cambió el panorama.

Se abrió la puerta de la casa y primero apareció un hombre, elegante, traje de buen corte, en torno a los cincuenta o cincuenta y pocos años. El abrigo, que hacía juego con el sombrero, lo llevaba colgado del brazo.

El que salió inmediatamente detrás sí llevaba puesto el abrigo.

Miquel lo reconoció sintiendo una descarga eléctrica en el espinazo y un frío gélido en la cabeza.

Un hombre de unos cuarenta años, ya sin cabello en la parte superior de la cabeza. Ojos duros, de acero, mandíbula recta, barbilla hundida formando un plano de 45 grados con la papada y nariz prominente. Elegante, muy elegante.

Amador.

El comisario Amador.

«Si vuelvo a verle una tercera vez, será la última, Mascarell.»

Se parapetó tras el árbol. Después de la descarga y el frío, llegó el sudor. Jamás había tenido miedo. Rabia sí. Miedo no. Ni en el Valle. Ahora, feliz con Patro, con una vida recuperada, la figura de su peor enemigo sí le llenaba de algo parecido al pánico, o quizá a la precaución extrema. Aquellas dos bofetadas, la de julio del 47 y la de mayo del 49, apenas medio año antes...

«Si vuelvo a verle una tercera vez, será la última, Mascarell.»

Habían ganado la maldita guerra y todavía les odiaban.

Asomó la nariz para ver qué estaban haciendo.

El hombre elegante estrechaba la mano del comisario. Sonreían. Incluso le palmeó el brazo con la otra mano. Había en ellos la familiaridad de la complicidad. Una vez cumplido el ritual, Amador subió al Citroën Pato aparcado frente a la mansión. No llevaba conductor. Eso implicaba algo personal, algo que no merecía ser compartido por ningún subalterno. Lo puso en marcha y arrancó.

El dueño de la casa se quedó en la acera, esperando.

No lo hizo más allá de un minuto, por eso no llegó a ponerse el abrigo. Una criada abrió la cancela de la mansión y por el jardín apareció un nuevo automóvil, éste mucho más lujoso, gris, probablemente un Packard americano o algún modelo parecido. Lo conducía el tipo alto y cuadrado al que acababa de seguir hasta allí.

Iban a marcharse.

Cuando Jacinto José Rojas de Mena, porque estaba seguro de que era él, subió al coche, Miquel salió de detrás del árbol.

El automóvil se alejó, despacio.

Ningún taxi.

—Maldita sea...

Bajó a la calzada. Circulaban bastantes vehículos por la zona que conectaba el viejo Sarriá con la parte alta de Barcelona. Pasó un taxi ocupado. A lo lejos vio uno libre.

El vehículo de Rojas de Mena estaba ya a más de treinta metros.

—Vamos, vamos...

Levantó la mano para que el taxista le viera y aguardó impaciente que llegara a su altura. Cuando lo hizo se precipitó adentro como un toro. El taxista le observó con las cejas alzadas.

—¿Ve aquel coche negro?

—Sí, señor.

—Pues sígalo, rápido.

Aceleró de inmediato, sin hacer preguntas. En julio del 47, en las mismas circunstancias, le había dicho a un taxista que su perseguido acosaba a su hija. Un rato antes le había dejado entrever a otro que era policía.

Esperó la pregunta, pero el taxista no la hizo.

Discreto.

No era de los que corrían, más bien todo lo contrario, pero tuvo suerte: el conductor de Rojas de Mena tampoco le pisaba mucho al acelerador. Coche elegante, conducción serena. Los ricos no tenían prisa. Llegó a estar a menos de diez metros de ellos y, aunque se quedaron cortados en un cruce, los recuperaron luego.

Fue un trayecto de unos quince minutos.

El presunto asesino de Alexander Peyton Cross paró en la esquina de la calle Calabria con Infanta Carlota. Salió del puesto del conductor y le abrió la puerta a su jefe. Jacinto José Rojas de Mena se apeó. Tampoco ahora se puso el abrigo. Mientras su coche se alejaba con el subalterno al volante, él caminó apenas unos metros y se metió en un portal.

Miquel pagó su carrera y echó a correr.

Su perseguido aún no había desaparecido escaleras arriba. Esperaba el ascensor con calma, abrigo y sombrero en la mano. Miquel se puso a su lado. El portero no le preguntó nada, como si interpretara que iban juntos. El camarín, de los lentos, madera vieja, llegó al vestíbulo unos segundos después. El hombre que acababa de estrechar la mano del comisario Amador entró el primero.

—Voy al ático, ¿y usted? —le preguntó cortés.

—Yo al penúltimo —dijo Miquel al azar.

Subieron en silencio, sin comentarios estúpidos. Jacinto José Rojas de Mena se miró en el espejo y se pasó la mano por la sien derecha. Olía bien, porte impecable. Luego se tocó el nudo de la corbata para centrarlo aún más.

El ascensor se detuvo.

—Buenos días —se despidió Miquel abriendo las puertas.

—Buenos días. —Le correspondió su compañero de viaje.

Cerró la puerta metálica del rellano. El otro hizo lo mismo con las del camarín. Mientras el aparato ascendía un piso más, Miquel se pegó a la pared más alejada del hueco de la escalera. Escuchó los pasos de Rojas de Mena por encima de su cabeza y cómo abría una puerta.

Al cerrarse, subió a toda velocidad.

En el ático sólo había una vivienda, así que no tuvo que preguntarse su paradero. Pegó la cabeza a la madera y escuchó una leve y difusa conversación, quizá mantenida allí mismo, en el recibidor, o en el pasillo.

Una voz de mujer melosa y sensual.

—Creí que no vendrías...

Y la del recién llegado, segura, dominante.

—He tenido un par de problemas, cariño.

—¿Y cuándo no?

—Venga, no empieces, Cristina. Estoy aquí, ¿no?

—No empiezo, pero... ¿qué, lo haces, te corres y te vas?

—Ven aquí...

No hubo más.

Miquel no utilizó el ascensor, parado en el rellano del ático. Bajó a pie un piso y entonces sí lo llamó. Cuando se metió en él, no lo hizo solo. Una mujer abrió una de las dos puertas de la planta y, al verlo, la cerró a toda prisa.

—¡Ay, espere, gracias!

Descendieron los dos juntos, y esta vez no pudo evitar el ritual.

—¡Qué frío que está haciendo!, ¿verdad?

—Sí, sí, señora.

—Yo creo que más que otros años.

—Es posible. —Tuvo una idea—. La señorita Cristina, la del ático, no se llamará por casualidad Martínez, ¿verdad?

—No, Roig. Cristina Roig. —Se lo aclaró—. ¿La conoce?

—La he visto un momento...

—Muy guapa, aunque...

—¿Sí?

—No, nada. —Levantó la barbilla con dignidad.

Llegaron al vestíbulo. El portero saludó a su vecina. Era un hombre con cara de piedra tallada.

Ya en la calle, Miquel se despidió de su fugaz acompañante.

Cristina Roig, guapa, aunque...

De momento era suficiente.

16

El taxi le dejó en la calle Pelayo, delante mismo de *La Vanguardia*. La muchacha de la recepción era joven y parecía vital. Le regaló una sonrisa, algo hermoso siempre. Miquel le hizo la pregunta:

—¿Agustín Mainat, por favor?

—Sí, ¿de parte?

—No me conoce. Me llamo Miquel Mascarell. Dígale que soy un amigo de su padre.

La sonrisa no menguó, pero se fijó con menos entusiasmo en su rostro. Le pidió que esperara y desapareció por la puerta que conducía a la redacción. No tardó en regresar.

—Sale enseguida —le informó.

Miquel esperó. De una mesita tomó el periódico del día. Como era costumbre casi usual, en la variada portada aparecían seis instantáneas, y en ellas no faltaban uniformes y sotanas. Una imagen de varios ministros en una misa para celebrar la festividad de Santa Bárbara. Una segunda del capitán general de Barcelona pasando revista a unas tropas. Una tercera de Jerusalén y el pequeño incendio declarado en la basílica del Santo Sepulcro. Una cuarta tomada en Karachi, Pakistán, con los tenistas de un torneo. Una quinta con dos personas sentadas a la puerta de la Administración General de Loterías en Madrid, y la sexta con una multitud congregada frente a la jaula del elefante en el zoo de Barcelona, con motivo de los festejos promovidos por la sociedad El Arca de Noé.

El periódico ya costaba cincuenta y cinco céntimos.

Ni siquiera se habían esperado al año nuevo para subir el precio un diez por ciento.

—Hoy cuesta cinco céntimos más —le dijo la joven como si le leyera el pensamiento.

Iba a preguntarle el motivo justo cuando apareció Agustín Mainat.

La última vez que le había visto, allá por 1938, era un chico de unos trece o catorce años. Ahora estaba ya en los veinticinco. Su padre, Rubén, era redondo, calvo, ojos de águila y bigote frondoso. Agustín no se le parecía en nada, alto, delgado, con el insultante atractivo de la juventud.

—¿Mascarell? —Le tendió la mano mientras fruncía el ceño.

—¿Me recuerda? —Le correspondió.

—Vagamente, pero de eso hace...

—Una eternidad.

—Usted era amigo de mi padre.

—Sí.

—Claro, claro, el policía.

—La última vez que vi a Rubén fue en enero del 39, aquí mismo, en esa salita. —Señaló a su izquierda—. Esperábamos la entrada de las tropas, pero él... al pie del cañón.

—Le fusilaron en abril.

Lo acusó.

Aunque era lo lógico.

Lo ilógico era que él siguiese vivo.

—Yo estuve preso ocho años y medio.

—Lo siento.

Miquel intentó recuperarse.

—¿Podría hablar con usted cinco minutos?

Agustín Mainat le echó un vistazo a su reloj.

—Estoy escribiendo un artículo, pero... sí, sí, no importa. Pase.

La misma salita. Otro tiempo. Otro Mainat.

—La primera vez que vi su apellido en *La Vanguardia* me quedé... petrificado. Luego me di cuenta de que el nombre no era Rubén, sino Agustín.

—Siempre quise seguir sus pasos, ya ve.

—Mi hijo en cambio no quería seguir los míos.

—Entiendo. —Le bastó con el hecho de que hablara en pasado—. Siéntese, por favor. No volverá a ser policía, ¿verdad?

—No, claro.

—¿En qué puedo ayudarle?

Tomó aire, ordenó sus ideas y se confió a él.

—Un conocido está metido en un lío y le estoy ayudando a salir de él. Lo único que necesito es cierta información que sólo un periodista puede darme.

—De momento estoy en cine y espectáculos, no sé.

—Agradeceré lo que sea. ¿Le suena de algo el nombre de Jacinto José Rojas de Mena?

—Hombre, hasta ahí llego. ¿Cómo no va a sonarme? ¿Usted no lee *La Vanguardia*?

—Sí, la leo, pero no...

—Suele aparecer en los ecos de sociedad.

—Esa parte la paso.

—Bueno. —El periodista sonrió—. Pues, para empezar, déjeme decirle que si su conocido tiene problemas con él está listo. Y le daré un consejo: no se meta. Máxime si ha salido de prisión.

—¿Tan importante es?

—Yo diría que, ahora mismo, es uno de los diez hombres más influyentes y posiblemente ricos de la nueva Barcelona.

—¿Una ascensión rápida y fulgurante?

—Ni más ni menos. Por lo que sé, prestando atención aquí y allá o pillando comentarios al vuelo, comenzó a medrar al poco de acabar la guerra. Su mujer es una dama de la alta sociedad, muy de misa. También ella suele aparecer en fotografías de actos benéficos, roperos, recolectas... Rojas de Mena está muy metido en las altas instancias. La mitad de lo que se construye en Barcelona, y mire que se construye, tiene que ver con alguna de sus empresas, porque anda por todas las ramas.

—¿Algo que ver con cuadros?

—¿Bromea?

—No.

—Es coleccionista, y de los buenos.

—Vaya —asintió.

—¿Sabe lo que significa ser coleccionista cuando se está forrado? —Agustín Mainat hizo un gesto de evidencia.

—Lo imagino.

—Ese hombre puede comprar lo que quiera sin pestañear, porque encima los coleccionistas, de lo que sea, piensan únicamente en su pasión. El director de *La Vanguardia* fue a una cena en su casa hace unos meses y se lo comentó al jefe de redacción y él a nosotros. Su mansión es un museo, y se dice que en el sótano, a prueba de bombas, es donde están sus más preciados tesoros y... probablemente más de uno ilegal, eso fijo.

—¿Quién es su mujer?

—Manuela León Rivadaura, de los Rivadaura-Enrich. Tienen una hija, Enriqueta, aunque todos la llaman Queta. Ella es la mano derecha de su padre en los negocios. Piel dura, según parece. Rondará los treinta y sigue soltera, fiel a papá. —Hizo una pausa—. Todo esto, más o menos sabido hace unas semanas. Si en ese tiempo ha habido algún cambio...

—¿Le suena el nombre de Cristina Roig?

—Una actriz no muy buena, pero muy guapa, sí. Hace como tres o cuatro años que apenas si se la oye nombrar.

—Es la amante de Rojas de Mena.

La cara de Agustín Mainat reflejó su sorpresa.

—¿En serio?

—Sí.

—El muy... —Movió la cabeza de lado a lado en un gesto de resignación—. No tiene mal gusto el hombre. Quizá por eso el otro día me llegó la información de que va a rodar una nueva película.

El hijo de Rubén Mainat parecía una buena persona.

Habían fusilado a su padre.

—Escuche...

—No me llame de usted, se lo ruego.

—Bien, entonces... Necesito confiar en alguien, ¿sabes?

—¿Lo del conocido no es verdad?

—Sí, sí lo es, pero el lío crece por momentos.

—¿De qué se trata? —El periodista se inclinó sobre la mesa.

Habían pasado los cinco minutos.

—Si tienes trabajo, puedo volver luego, o por la tarde.

—Siga, no importa. Ha despertado mi curiosidad.

—Lo llevas en la sangre, como tu padre —reconoció Miquel.

—Ser periodista es una droga —se lo confirmó él.

Miquel también se inclinó sobre la mesa. Allí hacía calor, pero no se quitó el abrigo. La complicidad con los ojos del joven se acentuó. Por un momento pensó en su hijo, enterrado tan lejos, en el Ebro.

Por un momento.

—Si me prometes no mencionar mi nombre pase lo que pase, me gustaría contarte una historia.

—Mientras no haya matado a nadie...

—No. —Soltó un pequeño bufido.

—Es broma. Adelante.

Miquel ya no perdió ni un segundo.

—El domingo, un inglés apareció muerto en el Ritz —comenzó a decir.

—¿El que se suicidó?

—No se suicidó: lo mataron.

—¿Cómo lo sabe? —Mostró su expectación.

—Es mejor no entrar en detalles de momento. —Abrió las dos manos en señal de calma—. Ese hombre se llamaba Alexander Peyton Cross y pertenecía a los *Monuments Men*. —No esperó a que le preguntara qué era eso—. Son personas que tratan de recuperar las obras de arte expoliadas por los nazis durante la guerra, y que siguen escondidas por media Europa, en cuevas, sótanos o ya en colecciones privadas. Vino a Barcelona siguiendo un rastro, probablemente a un oficial alemán llamado Klaus Heindrich. Según creo, ese tal Heindrich puede estar en posesión de diecisiete cuadros de grandes pintores. La otra opción es que esos cuadros estén ya en poder de Jacinto José Rojas de Mena, aunque mi instinto me dice que no es así, que es él quien va detrás del nazi para conseguirlos.

—¿Sólo es su instinto?

Miquel pensó en el tipo que había atendido la llamada de Lenin en el Ritz, y que luego le había seguido desde el Zurich, y que un rato antes estaba en el piso de Wenceslao para acabar apareciendo junto a Rojas de Mena en su casa.

—Klaus Heindrich puede estar oculto en Barcelona, por eso Peyton estaba aquí. En medio de todo este lío aparece el nombre de un famoso falsificador de documentos, Félix Centells. Eso encajaría con la primera teoría: que Heindrich busca la forma de salir de España con los cuadros.

—¿Quién mató al inglés?

—Aún no lo sé —mintió con aplomo—. Pero estoy seguro de que le asesinaron. Si la policía ampara la falsedad del suicidio, es porque hay alguien muy poderoso manipulando los hechos.

—¿Rojas de Mena?

—Supongo. Sería lo más lógico. Hoy le he visto con el comisario Amador.

Agustín Mainat silbó.

Los ojos se le abrieron un poco más.

—Esto parece una bomba. —Suspiró.

—Lo es. Por un lado, al régimen no le conviene la noticia de que en España se mata a súbditos ingleses, así que un suicidio es mucho más conveniente. Y por el otro, si la propia policía miente en lo que respecta al suceso, es porque hay intereses muy específicos en torno a él.

—Como diecisiete obras de arte millonarias.

—Exacto.

Se quedaron callados unos segundos. Agustín Mainat tamborileó la mesa con los dedos de su mano derecha. Su mirada se perdió por un instante en algún lugar impreciso.

—Tengo otro nombre, Ventura, y junto a él la frase «Friday out».

—No sé qué puede significar.

—Lo imaginaba.

Siguiente pausa, más breve.

—Oiga, para no ser policía...

—Una cosa lleva a otra. —Se encogió de hombros—. Pero ya ves el resultado: nombres demasiado peligrosos, dinero, un crimen... Me consta que nada de esto podrá escribirse.

—¿Cómo ha llegado a descubrirlo todo?

—Mi conocido se encontró con uno de los catálogos de Hitler. Los *Monuments Men* los usan para buscar lo sustraído.

—¿Se lo... encontró?

—Sí. Y con anotaciones donde aparecían los nombres de Heindrich, Rojas de Mena, Félix Centells, Ventura...

—Curioso.

—Anecdótico. —Quiso corregirle—. Está muy asustado y teme por su vida.

—¿Podría ver ese catálogo? Tal vez la noticia arranque con eso. Encima si perteneció a Hitler... Imagínese.

—Lo intentaré. Y aunque no puedas publicar nada, si averiguas algo o te llegan más noticias sobre Peyton, te agradecería que...

—De acuerdo. ¿Dónde le encuentro?

Le anotó sus señas, y le dio el número de teléfono del bar de Ramón, por si acaso.

—Te he robado demasiado tiempo. —Se puso en pie.

—Para nada. —El tono del periodista fue sincero—. Es una historia apasionante: nazis, cuadros, un inglés muerto, altas instancias metidas en el ajo... ¿Qué edad tiene?

—Sesenta y cinco.

—Un desperdicio de talento, con lo necesarios que serían policías como usted.

—Soy un residuo, Agustín.

—¿Casado? —Señaló su anillo.

—En segundas nupcias, hace muy poco.

—Supongo que la vida sigue. —Le acompañó a la puerta.

—No sé si en línea recta, pero sí, sigue —asintió Miquel dejándose llevar.

17

La alternativa era doble: regresar a casa para comer o hacerlo en cualquier parte y continuar con lo que tenía entre manos.

La primera opción implicaba lidiar con los hijos de Lenin y con la incontinencia verbal de su padre. La segunda, adelantar en lo posible y sacar algo en claro del lío en que se había metido su inesperado compañero y en el que se estaba metiendo él mismo.

Optó por lo segundo.

—¡Encima va y me dice que le realquile la habitación! —refunfuñó en voz alta.

—¿Cómo dice, señor?

Tenía a una mujer al lado, justo esperando para cruzar al otro lado de la calle Pelayo. Era mayor, más o menos de su edad, enlutada de pies a cabeza. Su cara era bondadosa.

—Nada, perdone —se excusó—. Hablaba solo.

—Yo también lo hago —le dijo ella—. Cuando no se tiene a nadie, ¿verdad?

Echaron a andar y aceleró el paso.

¿Y si Lenin seguía apostado frente a la casa de Wenceslao?

Volvió sobre sus pasos y se dirigió a la calle Ferlandina.

¿Cómo había entrado el secuaz de Jacinto José Rojas de Mena en el piso? ¿Le había abierto Wenceslao? ¿Lo estaba registrando, aprovechando que no había nadie?

Algo no le cuadraba, pero se resistía a ir más allá.

Llegó al número 9 de Ferlandina en menos de diez minutos. El geranio seguía en el mismo lugar. Fue a la acera de enfrente y miró la ventana. Nada. Esperó cinco minutos, sin perderla de vista, con el mismo resultado. Luego fue a la puerta del edificio y, para su sorpresa, la encontró entornada.

Se coló dentro y subió a la primera planta. El timbre era muy agudo, o quizá rebotase por paredes vacías. Redondeó su acción dando golpes con los nudillos.

Silencio.

De nuevo en la calle, caminó hasta el bar del día anterior. El chico joven que había llamado «meado de vaca» a su vaso de leche se quedó muy sorprendido al verle. Miquel se sentó en la misma mesa. No podía ver la ventana del piso de Wenceslao, ni la puerta de la calle, pero dejó de importarle.

—¿Se puede comer algo?

—Sí, sí, señor —asintió el muchacho, muy serio.

—¿Qué tienes?

—Tortillita, calamarcitos, *cocretas*...

—Se dice croquetas —le corrigió.

El apabullamiento fue mayor. Volver a sentirse inspector de policía, de pronto, le gustó mucho.

—Ah.

—Tráeme un poco de todo, y pan, y agua para beber —le pidió.

—Sí, señor.

—¿Tienes algún periódico? —Le detuvo antes de que se fuera.

—*El Mundo Deportivo*, pero es de ayer.

Como en el bar de Ramón. Fútbol.

—Entonces nada.

Eso fue todo. Se quedó a solas con sus pensamientos, desordenados, caóticos. Un inglés muerto, el más que probable asesino trabajaba para uno de los nuevos elegidos de la nueva Barcelona, éste tenía una amante y era amigo del poderoso comisario Amador, un nazi andaba suelto, un falsificador se escondía. Demasiados cabos para la misma madeja.

¿Y si los cuadros estaban ya en poder de Rojas de Mena y por esa razón había hecho matar al inglés, para que no husmeara?

Si era así, Klaus Heindrich se iría con un buen dinero.

Mucho dinero.

—Entonces nadie volverá a ver esas diecisiete pinturas. —Suspiró.

¿Caso cerrado? ¿Podría volver Lenin a su vida?

Pero si era así, si el amante de Cristina Roig ya tenía los cuadros, ¿qué hacía su secuaz en el piso de Wenceslao?

No, si alguien iba tras Félix Centelles era para dar con el alemán; y siendo así, los cuadros seguían en su poder.

Movió la cabeza de arriba abajo para dar más énfasis a sus pensamientos.

—Su agua, señor. —La jarra y un vaso aterrizaron en la mesa—. La comida se la sirvo en un minuto.

Miquel miró la calle a través del ventanal del bar. En momentos así, de sosiego y reflexión, se sorprendía de la calma y serenidad de la gente, que aceptaba lo que ya era evidente: la instauración de la dictadura. Diez años eran diez años. Poco o mucho, según la perspectiva. Poco para olvidar. Mucho para pensar en la lucha. Ninguna resistencia es eterna. Las personas iban y venían, serias o riendo, hablando o en silencio. Por eso todavía se sentía extraño, con apenas dos años y medio de libertad. Extraño y aturdido. Extraño como el día del reencuentro urbano en julio del 47 y extraño como la mañana del 26 de enero de 1939, viendo cómo los catalanes salían a las calles para ver y celebrar la llegada de Franco y sus tropas victoriosas, tal vez hartos de hambre y frío, bombas y muertes.

Pero ¡Dios, cómo le habían dolido aquellos vítores y aquella bandera gigante colgada de la fachada de la iglesia de Pompeya! ¡Y el maldito fervor de este 31 de mayo, con Franco recorriendo en su coche descapotable las calles del puerto!

De haber salido bien aquel estúpido y loco complot...

—¿Y ahora por qué pienso en todo esto? —gruñó a media voz.

¿Era por la Navidad?

¿Tiempo de paz y amor?

Incluso hacía más de un año que no hablaba con Quimeta, desde que Patro y él salieron con vida de la trampa de Benigno Sáez y decidió buscar la tumba de Roger.

—¡Hay que joderse! —gruñó de nuevo.

Recuperó el ánimo con la comida. O al menos la predisposición a sentirse mejor. ¿De qué se quejaba? ¿Todavía le latía la culpa por estar vivo y ser feliz?

¿Era ésa la trampa de las Navidades?

La tortilla no era como la de la mujer de Ramón, pero las croquetas y los calamarcitos... ¿Cuánto hacía que no comía calamarcitos? Y no parecían del mercado negro. A lo mejor era que por todas partes había ya más cosas y menos restricciones.

Tenía que salir más con Patro.

No sólo al cine: a cenar, a recuperar otras alegrías.

Acabó de comer y llamó al chico. Decidió no ser más duro con él. Le pagó la comida y le dejó propina tras decirle que todo estaba muy bueno y que felicitara a la que había hecho las croquetas. El camarero le dijo que era su madre.

De nuevo en la calle, lo primero que miró fue la ventana del piso de Wenceslao.

El geranio estaba allí, inamovible.

Caminó hasta la puerta. Seguía entornada, sin cerrar. Se coló dentro y entonces observó que la cerradura estaba rota. Debía de estarlo ya en su primer intento, apenas media hora antes. Subió al piso, llamó al timbre y repitió el gesto con los nudillos.

Casi estuvo a punto de irse.

Pero dejó caer la cabeza sobre el pecho, abatido, y entonces la vio.

La mancha oscura, emergiendo por debajo de la puerta, como lava paciente que ganase terreno milímetro a milímetro.

Se agachó, aunque ya sabía qué era aquello.

Todas las manchas de sangre eran iguales.

La tocó. Fría. Ya espesa.

Wenceslao tenía que estar cerca de la puerta, sorprendido por su asesino nada más abrirle. Había caído allí mismo, unos segundos antes de que aparecieran Lenin y él y el asesino se dedicara a husmear por su piso.

En la puerta había una mirilla óptica. Trató de atisbar al otro lado pese a la deformidad de la imagen. Intuyó una forma humana caída en el suelo, en mitad de alguna parte, y reconoció los pantalones y los zapatos de Wenceslao.

Era imposible que la sangre hubiera llegado hasta el rellano.

¿Quién estaba entonces tras la puerta?

No tuvo más remedio que tumbarse boca abajo para tratar de ver por el hueco inferior. No lo consiguió. Se deslizó por los escalones y entonces sí, con el cuerpo más abajo que el nivel del rellano y la cabeza a ras de suelo, consiguió intuir la forma de una falda, unas piernas embutidas en unas medias gruesas y unos zapatos de mujer.

El secuaz de Rojas de Mena había asesinado también a la más que probable esposa de Wenceslao.

Se levantó más rápido de lo que era aconsejable y no esperó ni un segundo. Si alguien le veía allí y le describía al comisario Amador, sería el fin. Por una vez lamentó no llevar sombrero. Salió a la calle con las solapas del abrigo levantadas, con aire de conspirador, y se alejó nervioso, cada vez más alterado.

Después de matar a la pareja, su asesino se había ido a casa de su amo. Y allí estaba Amador.

¿Lo sabía el comisario?

¿Encubría los crímenes o eso era cosa de Rojas de Mena?

Y lo más importante: si Wenceslao conocía el paradero de Félix Centells, ¿se lo había dicho al gorila?

—No, los han matado nada más abrir la puerta. Ese hijo de puta ha ido a ver a su jefe para recibir instrucciones; de lo contrario, habría ido ya a por Centells.

Tenía la cabeza hecha un lío.

Porque no esperaba aquello.

Ahora todo eran conjeturas.

Un taxi dejó a dos hombres en la plaza de los Ángeles y lo aprovechó. Se sentía cansado. Quizá impotente. Cuando era inspector de policía los casos desmesurados, los que exigían paciencia y orden, le apasionaban. Eran como un veneno. Ahora le pesaban.

—Ya no eres policía —se dijo.

—¿Diga, señor? —Se encontró con los ojos del taxista.

—No, nada, hablaba en voz alta.

—Yo también lo hago a veces, no se preocupe. Todos estamos un poco majaras, ¿no? —Le sonrió el hombre.

No hubo conversación. Hizo el corto trayecto sumido en sus pensamientos y se bajó en su chaflán, Valencia con Gerona. La portera salió de su garita acristalada nada más verle.

—Señor Mascarell...

Sabía qué iba a decirle.

—Son del pueblo, parientes. Estarán un par de días.

—Ah, ya, bueno. —Se hizo la digna.

—Gracias.

—Pero dígales a los niños que no bajen la escalera como si fueran indios.

Miquel subió a su piso.

Los «indios» estaban silenciosos.

Falsas esperanzas. Nada más abrir la puerta aparecieron por el pasillo y esta vez le tocó a él ser objeto de sus risas, ya con toda confianza y sin miedo o respeto por su cara avinagrada.

—¡Abuelo, abuelo!

Por lo menos ya no le llamaban «yayo».

Su madre y Patro aparecieron por detrás.

—¿Está Agustino? —preguntó tratando de que Pablito y Maribel no se colgaran de él y le derribaran al suelo.

—¿No estaba con usted? —Se alarmó Mar.

—Nos hemos tenido que separar para seguir dos pistas distintas. Creía que ya habría terminado con la suya.

—Pero estará bien, ¿no?

—Claro —aseguró con cara de póquer, haciendo equilibrios.

—¡Niños, dejad al abuelo, que vais a tirarle! —les recriminó la mujer.

—Voy al retrete. —Fue rápido.

Patro fue tras él. En el pequeño espacio del retrete no cabía más que una persona, así que le esperó fuera. Cuando salió se encontró con su cara de recelo.

—¿Estás bien?

—Sí.

—Cuenta.

—No, nada.

—Miquel, que te lo veo en los ojos.

—¿Qué les pasa a mis ojos?

—Cuando estás triste o preocupado parecen dos puestas de sol.

—¿Y cuando estoy feliz?

—Dos amaneceres. —Se cruzó de brazos acorralándole—. Va, cuenta. ¿Qué sucede?

No podía ocultárselo. Con Quimeta lo había hecho. Nunca hablaba del trabajo en casa. Su mujer vivía en una urna de cristal, a salvo de todo mal. Patro era distinta, más joven, más vital e intuitiva. Y además, «el trabajo» lo tenían en casa: Lenin y su familia.

—El asesino del inglés ha matado a dos personas más, una pareja.

Patro tragó saliva.

—Ahora sí te pido que lo dejes. —Fue terminante.

—Ahora...

—Les ocultamos aquí unos días, hasta que todo pase, y luego se acabó.

—No creo que esto se acabe así como así.

—¿Por qué?

—Porque he visto a Amador con el jefe del asesino, todo un pez gordo, y tan amigos.

Se encontró, primero, con sus ojos atemorizados. Después con su abrazo, fuerte, intenso, tan vibrante como protector.

—No te cruces con ese hombre otra vez, por favor, por favor, por favor... —le suplicó al oído.

Iba a besarla, pero no pudo.

—Abuelo, ¿jugamos? —Le arrancó de la paz la voz y la presencia de Maribel.

18

Descubrió que la mejor forma de no pensar en el caso ni amargarse durante un rato era retroceder hasta la infancia.

Y, durante veinte o treinta minutos, lo agradeció.

Jugó con Pablito y Maribel, los persiguió y fue perseguido, hizo el burro, pero de verdad, a cuatro patas y con ellos encima, machacándole los riñones. Se descubrió a sí mismo riendo, haciéndoles cosquillas. Y cuando ya no pudo más, les contó un cuento, el de sant Jordi, el dragón y la rosa. Los dos pequeños le escucharon atentamente. Encima lo hizo bien, teatral, cambiando de voces según los personajes, como si fuera actor o llevase toda la vida contando cuentos. La última vez que había narrado el de sant Jordi, Roger debía de tener unos pocos años más que aquellos dos diablos.

En un momento de aquel rato, caído en el suelo, boca arriba, jadeando porque ya no podía más, se encontró con los ojos de Patro.

Una mirada diferente.

La recuperó, aún más intensa, mientras les contaba el cuento.

Tan especial.

Ella tenía las manos cruzadas sobre su vientre, tal vez por casualidad, tal vez por intuición.

Finalmente se rindió. Les dijo que ya no podía más y, mientras su madre retenía a los dos inagotables monstruos, él se refugió en su habitación.

Examinó de nuevo el contenido de la cartera.

—¿Dónde diablos te has metido, Lenin? —rezongó.

¿Por qué todos los nombres anotados por Peyton tenían apellido menos Ventura? ¿Quién era Ventura? ¿Qué significaba lo de «Friday out» junto a él?

¿Y si era un apellido y no un nombre?

—Coño, la de Venturas que habrá en Barcelona —masculló.

Miquel apretó los puños.

Si al día siguiente, en el Ritz, no sacaba nada en claro, llegaría a un callejón sin salida. Fin. Con Amador de por medio no podía arriesgarse.

Encima con Patro...

¿Embarazada?

—Ay, Dios —gimió.

Un viejo ex policía y un delincuente loco. Eso es lo que eran. El equipo más insólito del mundo.

—No eres viejo —se oyó decir a sí mismo, como riñéndose.

Una voz interior, burlona, grave, le dijo que sí.

Miró la hora. Media tarde. Y Lenin sin aparecer. Empezaba a tener malos presagios.

No pudo seguir en silencio, dejándose llevar por el cúmulo de sus pensamientos, porque Patro metió la cabeza por el quicio de la puerta.

—Hola.

—Hola. Pasa.

Dejó el catálogo y los papeles de Peyton a un lado y permitió que su mujer se sentara junto a él en la cama. Ella le tomó las manos y las envolvió en su guante de seda.

—¿Cansado?

—Agotado —reconoció.

—Son dos bichos.

—La portera los ha llamado «indios».

Patro le apretó las manos.

A veces era como si el mundo no existiera más allá de aquellas cuatro paredes, las de su habitación, las de su intimidad. Para todos era un hombre mayor casado con una mujer joven. Para todos, menos ellos. Nadie sabía nada de las necesidades de cada cual, ni del significado del amor para cada persona. El universo entero podía encerrarse en un cuarto de matrimonio.

—¿Recuerdas en octubre del 48, cuando aquel cerdo nos llevó a desenterrar a su sobrino?

—Claro que lo recuerdo.

—Pensé que moriríamos allí.

—Lo sé.

—He recordado muchas veces ese amanecer.

—Y yo.

—No fue el último, sino el primero de nuestra nueva vida, porque me parece que todo fue distinto desde ese momento. A partir de aquel día me siento... no sé, bien, en paz, como si ya nada pudiera hacerme daño o importara o...

—¿Inmortal?

—Casi.

—¿Por qué hablas ahora de eso?

—Porque vuelvo a tener miedo, y hace un rato, viéndote jugar con esos niños, he comprendido que lo que tenemos es tan increíble que...

—¿Dices que vuelves a tener miedo?

—Sí. —Se aferró a él temblando.

—No me lo parecía.

—El simple nombre de ese comisario me aterra, y si encima ya hay tres muertos en todo este lío...

—Tranquila, ¿de acuerdo?

—¿Cuándo no he confiado en ti?

—Te sientes vulnerable, eso es todo. Mientras no te venga la regla...

—¿Qué haremos si estoy en estado?

—Ya lo has visto. —Señaló la puerta de la habitación—. Jugar, contar cuentos y acabar reventados, con la diferencia de que no me llamará abuelo.

—Serías un padre estupendo, Miquel.

—Lo fui.

—¿Cómo era tu hijo?

Nunca hablaban de eso. Ni ella preguntaba acerca de Quimeta. No porque fuera tabú, ni por respeto a su pasado o por incomodidad propia. Simplemente era por vivir el presente.

—Un gran chico —asintió Miquel con dulzura—. Una buena persona, honrada, digna, trabajadora, leal... ¿Y, sabes? —Buscó el amparo de sus ojos—. A veces no recuerdo ni su rostro. Lo intento pero... se desvanece. —Sintió aquel peso en el alma—. No me dejaron nada, Patro. Ni una foto. Los muy hijos de puta me lo quitaron todo. Es como si no hubieran existido.

—Existen aquí. —Le tocó la frente.

—Si no consigo recuperar su imagen, no.

—Hace mucho que no tienes pesadillas.

—Lo sé.

—Al comienzo tenía que despertarte a cada momento.

—Ahora me basta con extender la mano, rozarte en la oscuridad y saber que estás a mi lado. Entonces me siento en paz.

—Dos años y medio de libertad no pueden suplir los ocho y medio que estuviste preso, siempre con la amenaza de ser fusilado, ni los tres de guerra.

—Patro...

Se abrazaron y, por encima del silencio, prolongado más allá de un minuto, oyeron el timbre de la puerta y el alboroto de los niños.

Lenin.

Mientras salía de la habitación a la carrera, Miquel sintió una mezcla de alivio y furia.

No sabía si abrazar a su nuevo compañero o asesinarlo.

Fue Mar la que abrió la puerta. Pablito y Maribel se echaron sobre su padre, pero éste no les hizo el menor caso en esta ocasión. Buscó la presencia de Miquel, y, al encontrarla, excitado, exclamó con asombro:

—¡No diría lo que he hecho!

—Pues no, a ver, pero rápido que hemos de irnos. —Recuperó su punto de seriedad y control.

—¿Adónde? ¡Niños, que me tiráis!

—A por tu hermana.

—¿Por qué?

—Luego te lo cuento. Primero tú.

—Mar, llévatelos, anda. Cómo se nota que aquí comen bien. —Esperó a que su mujer le obedeciera, con ellos refunfuñando, y se volvió hacia el dueño de la casa—. Pues nada, que cuando usted se ha ido siguiendo a ése... Por cierto, ¿qué tal?

—Sigue.

—Yo os dejo, voy a ayudar a Mar —dijo Patro, que seguía allí.

—He subido al piso. —Los ojos de Lenin brillaron—. Resulta que la puerta de la calle estaba rota. Entornada, pero rota. No había nadie y he vuelto a la calle para esperar. Oiga. —Alzó las cejas—. Se me habrían helado hasta los colgantes si no llega a ser por este abrigo, porque me he tirado casi tres horas, ¿sabe? Y sin apartar los ojos del portal.

—¿Y?

—No diría lo que ha pasado.

—¿Quieres soltarlo de una vez y no darle tantas vueltas? ¿Cómo voy a saber qué ha pasado?

—Bueno, ¡qué carácter! —Se amilanó un poco más al ver el chispazo en los ojos de Miquel y lo soltó de carrerilla—.

Pues que en éstas ha aparecido un chico por la calle, como de dieciocho o diecinueve años, se ha dado cuenta de lo del geranio, se ha parado, ha mirado calle arriba y calle abajo, yo disimulando... pero de fábula, ¿eh?, y él que ha subido al piso del Wenceslao. Como no estaba, ha bajado otra vez y se ha ido al bar donde estuvimos usted y yo ayer. El camarero estaba en la calle, barriendo, y eso me ha permitido escuchar la conversación. «¿Has visto al Wences?» «No», le contesta el mozo. «De acuerdo», le dice el chico. Y se va. Y yo detrás. ¿Sabe hasta dónde?

—No, no lo sé.

—Hasta el puerto. —Lo anunció como si fuera algo extraordinario—. Se ha metido en lo de aduanas y allí le he visto hablando con un tipo clavadito a él, su padre, por lo menos. Alto, bigote... Ah, y manco. Le faltaba la mano izquierda. No he podido oír lo que decían, porque estaba lejos, pero han discutido, eso fijo. Discutido bastante. Luego el chico se ha vuelto a donde el Wenceslao, conmigo detrás, y a todo esto sin comer, ¿eh?

—¿Cuándo ha sido eso?

—Hace un rato.

—Y el chico ha salido corriendo.

Los ojos de Lenin se dilataron.

—¿Cómo lo sabe? —Se quedó con la boca aún más abierta que ellos—. ¡Pero oiga, como si le persiguieran mil lobos hambrientos o un pelotón de fusilamiento! ¿Es usted adivino o qué?

La sangre que asomaba por debajo de la puerta se había hecho visible del todo. Hasta un ciego se habría dado cuenta de ella.

—Vamos, te lo cuento por el camino.

—¿Nos largamos ya? —Se angustió—. ¡Tengo hambre!

—¿No quieres ser ayudante de inspector? ¡La de días que he pasado yo sin comer ni cenar!

—Coño, señor Mascarell. —Ahora no le llamó inspector.

—¡Patro, nos vamos!

La vio asomar la cabeza por el pasillo.

Pero no le dio tiempo ni a darle un beso.

Empujó a Lenin al otro lado de la puerta y la cerró tras de sí.

19

No había tenido más remedio que pasar por el bar de Ramón. Era el más cercano y el único de confianza. Lenin caminaba ahora por la calle zampándose un glorioso bocadillo de tortilla. Tenía hambre, porque le daba unos mordiscos de primera división. Pero ni con la boca llena dejaba de hablar.

—Simpático, el Ramón ese.

—Mucho.

—Y se ve que le quiere, ¿eh?

—Mucho.

—Es que usted es un gruñón, pero de puertas afuera. Se hace querer, sí señor.

La mirada que le lanzó era de todo menos amorosa.

—¿Por qué está mosca, hombre? —Se disgustó Lenin.

—¿Pero tú no ves el lío en que me has metido con lo de esa dichosa cartera?

—Le juro por mis hijos que...

—No jures, y menos por tus hijos. Llevamos dos días y tres muertos.

—¿Cómo que tres? —Se atragantó.

—¿Por qué te crees que ha salido corriendo ese chico? Nuestro hombre ha matado al Wenceslao y a su mujer.

Abrió la boca, y la tenía llena de pan y tortilla a medio masticar.

—¡No joda!

—Eso, tú grita y acabamos en chirona por soltar palabras soeces.

—¿Cómo sabe usted que los han *apiolao*?

—Porque he vuelto a casa de Wenceslao y por debajo de la puerta ya asomaba la sangre. He mirado por la mirilla óptica, por debajo de la puerta, y allí estaban los dos cadáveres, un hombre y una mujer.

—Me deja...

—Ahora resulta que el contacto es un chico que tiene que ver con las aduanas del puerto.

—Ya ve.

—¿Tú crees en las casualidades?

—No sé. ¿Qué quiere decir?

—Imagínate que eres Heindrich y tienes en tu poder diecisiete cuadros que caben en un baúl, o en una maleta, sin los marcos, claro. A pesar de tener una nueva identidad, ¿vas a irte en avión, en tren?

—¡En barco!

—Ésa es mi teoría, pero...

—¿Pero qué? —Arrancó otro buen pedazo al bocadillo.

—Nada. Las cosas, por orden. De momento vamos a por tu hermana.

—Ah, sí, ¿para qué la quiere?

—¿Te has olvidado del Saturnino?

—¡Huy, es verdad! Mire que es usted cumplidor, ¿eh?

—¿Por qué acabas la mayoría de frases con un «¿eh?»?

—¿Ah, sí? No me he dado cuenta. —Vio pasar un taxi vacío cerca y lanzó una furtiva mirada en dirección a su compañero—. ¿Vamos a pie?

—¿El señor quiere ir en taxi?

—Ya sabe que le colaboro.

—¿Has vuelto a robar una cartera? —Miquel se detuvo en seco.

—No, no, palabra.

—¿Para qué quieres ir en taxi si ya estamos a mitad de camino?

—Era para tomarme una cervecita rápida, o una malta, o lo que sea, porque así, a palo seco... —Agitó lo poco que le quedaba de bocadillo.

Miquel apretó el paso y consiguió que se callara unos minutos.

Lenin remató el bocadillo.

—No me ha contado qué ha hecho.

—No.

—¿No quiere compartirlo conmigo? Ha seguido al asesino, digo yo.

Pensó en callar, silenciar lo de Jacinto José Rojas de Mena y el comisario Amador, la amante y sus deducciones. Pero, si hablaba él, a lo mejor Lenin dejaba de hacerlo. Y, a veces, contar en voz alta las cosas le ayudaba a verlas en perspectiva.

Se oía a sí mismo, su cabeza ronroneaba como un gato en brazos de su dueño.

Se lo contó.

Del asombro, Lenin pasó al desconcierto y la inquietud. Por fin empezaba a darse cuenta de que todo aquello les venía un poco grande a él y a un ex policía republicano que estaba en el punto de mira de la legalidad vigente.

La legalidad de una dictadura que sometía a los vencidos.

—¿Por qué sigue investigando si la cosa está tan jodida? —quiso saber su compañero.

—Ya puestos... —Se encogió de hombros.

—Puro sabueso, ¿eh?

—¿Tienes algo mejor que hacer?

—No es lo mismo esto que estar paseando con mi Mar y los niños por el parque, qué quiere que le diga. Y usted, con su señora...

—La próxima vez que sueltes un «¿eh?» yo te suelto un capón.

—Sí, hombre.

Se apartó de un salto porque Miquel levantó la mano derecha.

Y se echó a reír, inocente.

Dieron una docena de pasos más.

—¿Sabes por qué creo que sigo en esto? —preguntó Miquel de pronto. Y sin esperar a que Lenin le respondiera continuó hablando—: ¿Has oído hablar de lo que hicieron los nazis en la guerra?

—Matar gente.

—Me refiero a los campos de exterminio.

—¿Lo de las cámaras de gas y los hornos crematorios?

—Sí.

—¿Pero eso es verdad?

—¿Tú qué crees?

—Pensaba que era propaganda, como los de aquí con nosotros: que si quemamos iglesias y matamos curas, que si éramos la horda roja... ¿Qué van a decir? Yo es que eso de que los judíos iban como corderos al matadero no me lo creo. Y como tampoco es que salgan las noticias en el periódico o las digan por radio... Más bien son rumores, uno que dice, otro que sabe, otro más que asegura haber estado allí y se libró...

—Esos hijos de puta asesinaron a muchas personas, mujeres y niños incluidos. —Su rostro se inundó de sombras—. Hubo un juicio en Nuremberg, hace poco, pero ahí sólo estaban los líderes. Se les condenó a todos, a muerte o cárcel. ¿Qué hay de los Klaus Heindrich que escaparon y están escondidos, y encima con las manos llenas, como lo de esos cuadros? ¿Qué clase de justicia va a atraparles, si todavía mueren los Alexander Peyton que van tras ellos?

—Es usted el Llanero Solitario.

—No seas burro.

—En serio. ¿Ve lo bien que va el ser menos listo? Usted sabe cosas, y cuanto más sabe uno, más se le complica la vida. Yo en cambio... —Caminó mirándose las puntas de sus gastados zapatos—. Aquí nos las hacen pasar canutas sin que a nadie del exterior le importe, los americanos echaron esa bomba y como si tal cosa, y ahora me dice que lo de los alemanes es cierto. Pues sí que... Menudo mundo, ¿no?

—Menudo mundo, sí.

—Bueno, si usted es el Llanero Solitario, yo entonces debo de ser su ayudante, Toro, el indio.

—Lo de indio te cuadra.

—Disfruta metiéndose conmigo, ¿eh?

Le soltó el capón prometido. Y fue más rápido que él, porque le acertó de lleno en el cogote.

—¡Eh, venga ya! —Lenin se echó a reír de nuevo, ni mucho menos enfadado.

Entonces, de pronto, Miquel sintió una infinita pena.

Por todo.

Pero especialmente por Lenin, el chorizo de toda la vida, el ratero de antes y de ahora, el inocente, el resultado de unas circunstancias, de una guerra, de un país inculto atrapado entre militares y curas, una tierra llena de diferencias y odios. Pena por un destino marcado y sin esperanzas.

Eso último le hizo mucho daño.

Sin esperanzas.

¿Las tenía él con Patro?

¿Vivirían de espaldas a todo, encerrados en su piso, en su habitación, cerrando los ojos para atrapar la poca felicidad que les quedaba?

—¿Qué le pasa? Se le ha puesto cara de funeral —dijo Lenin.

—Nada, y perdona por el golpe.

—Eso hace camaradería, no se preocupe.

—Estamos cerca —se limitó a decir sin muchas energías.

Para esa hora, oscureciendo ya, la calle Robadors estaba bastante animada. Las mujeres en sus puestos, los paseantes todo ojos, los clientes valorando a unas y otras, algunos marineros riendo y un par de residentes, pese al frío, asomados a sus ventanas viendo el espectáculo. Por la falta de luz, la casa parecía más gris y fea que la mañana anterior. Subieron a la primera planta y no vieron ningún aviso, ninguna cinta atada al pomo de la entrada. Lenin llamó y se anunció:

—¡Consue!

Nadie abrió la puerta.

—¿Un servicio a domicilio? —Se extrañó Miquel.

—Venga.

Volvieron a la calle y el hermano de la prostituta caminó hasta uno de los bares, El Puerto. Consue estaba allí, acodada en la barra, con su pecho por delante, el escote abierto hasta lo indecible y el desparpajo de su oficio. Hablaba con un hombre de mal aspecto y peor estofa.

—Si está trabajando, no le gusta que la molesten. —Se detuvo Lenin al otro lado de los cristales de la puerta.

—Llámala.

—Que no la conoce, y tiene un pronto...

—Llámala.

—Bueno, pero se las apaña usted con ella, ¿eh?

Lenin entró en el bar. Miquel esperó en el exterior. La vio discutir con él, de forma airada. Cuando el presunto cliente se apartó de su lado, la disputa fue mayor.

Pero logró sacarla a la calle.

—¡Maldita sea! —Se encaró con Miquel—. ¿Qué pasa? ¡No están los tiempos como para perder clientes, que ya lo tenía medio adobado!

—Te necesitamos dos horas.

—¿A mí, para qué? —Se inquietó sin perder su tono aguerrido.

Miquel le enseñó un billete de veinticinco pesetas.

—Haber empezado por ahí. —Se calmó extendiendo la mano.

—Después de que te diga qué has de hacer. —Cerró la suya él.

—¿Qué he de hacer? Pues alguna guarrada, supongo.

—No es ninguna guarrada, pero el tipo está en un hospital, muriéndose. Es su última voluntad.

—Una vez uno se me quedó en la cama. —Lo proclamó como si fuera un trofeo de guerra, pero en sus ojos reapareció la desconfianza—. ¿No tendrá nada contagioso?

—No, tranquila. ¿Llevas bragas?

—Sí, claro.

—Quítatelas.

—Entonces subamos un momento a casa. No voy a llevarlas en la mano. ¿O quiere guardármelas en el bolsillo?

—Subamos.

Lo hicieron. Mientras subía aquellos escalones, Miquel soltó un pequeño bufido de admiración hacia sí mismo. ¿Era el mismo policía de antes de la guerra? Más parecía un Humphrey Bogart barato, a la española. Una faceta suya que no conocía.

La influencia de Lenin era perniciosa.

Si no hubiera coincidido con él aquella noche en la Central...

Cuando entraron en el piso, Consue empezó a desnudarse.

—Coño, que estoy aquí —protestó su hermano.

—Pues no mires.

—Mira que eres puta. —Chasqueó la lengua.

—No me digas.

—Ya que estamos, ponte algo provocativo, pero que sea fácil de quitar, por si acaso —dijo Miquel—. No creo que puedas encamarte con él.

—¿Un trabajo manual? Entonces ¿para qué quiere que me quite las bragas?

—Para lucirte, Consue. —Miquel imitó a Lenin y se puso de espaldas—. Necesitamos algo más de ese moribundo y tú eres el cebo.

—La madre que os parió a los dos —farfulló ella mientras se echaba por encima una colonia apestosa.

20

En el hospital de San Pablo, con el mismo baluarte en forma de enfermera que la primera vez, sólo que ahora mucho más alucinada por la presencia inequívoca de Consue, se repitió la escena del taxi que les había llevado hasta allí. Un hombre bien vestido, otro sospechosamente inquietante y estrafalario pese al abrigo, y una prostituta hicieron que el taxista estuviera a punto de chocar un par de veces, por las ganas de mirarla de reojo o a través del retrovisor.

La cuadrada enfermera no supo qué hacer ni qué decir. Recordaba perfectamente el tono de Miquel al decirle: «¿Quiere que le enseñe la placa?». Después de todo, Saturnino Galán se estaba muriendo.

—Esta señora es su hermana —le explicó Miquel—. Ha venido de Almería a despedirse de él.

—Pasen —exclamó con un hilo de voz.

La dejaron atrás. Nada más asomarse a la habitación, vieron que uno de los cuatro no era el mismo de la otra vez. La parca se los llevaba rápido. Miquel y Consue se acercaron a la cama de Satur. Lenin corrió la cortina para aislar al enfermo, que estaba con los ojos cerrados respirando con fatiga.

—Hostias... —gimió la prostituta al verle—. ¿Y si se me muere?

—Irá al infierno con una enorme sonrisa. —Miquel tocó su hombro y le llamó—: Satur.

Quizá fuese demasiado tarde. El lamento estuvo acompañado por un ronco estertor de muerte.

—Satur, mira qué te hemos traído. Abre los ojos —insistió Miquel.

Saturnino Galán le obedeció a duras penas.

Vio a Consue, provocativa, todo carnes, labios pintados, maquillaje excesivo, cabello suelto, pechos como rocas, piernas gruesas.

—Jo... der... —exhaló.

—¿Te gusta? —le preguntó Miquel.

—Vaya señora —asintió—. ¿Es para mí?

—Toda. Y para lo que resistas.

—Como si he de correr la maratón esa. —Se agitó en la cama.

—Antes de catarla, hemos de hablar. —Miquel se puso entre ella y él.

—¿De qué? —Saturnino Galán frunció el ceño.

—Esperadme fuera —les pidió a Lenin y a su hermana.

—¿Adónde van, hombre? —Se alarmó el futuro cadáver.

Miquel no pudo evitar oír los comentarios de ambos.

—¿Pero cómo se le va a levantar a ese saco de huesos?

—Venga, que tú eres la mejor, Consue.

—¿Y se puede saber qué os lleváis entre manos tú y ese hombre?

—Calla, que estamos investigando un caso y me ayuda.

—¿A ti? ¿Él?

Miquel dejó de prestarles atención.

—Satur.

—¿Qué?

—Tienes que decirme cómo encontrar a Félix Centells.

—¿Otra vez? Ya le conté...

—Wenceslao ha muerto, y su mujer también.

—Cagüen... —Los ojos le bailaron en las órbitas—. ¿Qué dice, hombre?

—Les ha matado el mismo hombre que está buscando a Félix. Y si le encuentra antes que yo, le asesinará a él también. Depende de ti.

—Yo no sé nada.

—Sí sabes, venga.

—¿Y qué me importa a mí ya todo? Me estoy muriendo, joder.

—Puedes irte a lo grande. ¿Cuánto hace que no tienes a una mujer como ésa entre las manos?

—Ya ni me acuerdo.

—Pues piénsalo, pero rápido. Yo la pago, pero va como los taxis, con un contador.

Saturnino miró la puerta de la habitación. La figura de Consue se recortaba contra la pared del pasillo.

—Inspector, que Félix tiene muy mala leche. Es capaz de salir del agujero y pegarme un tiro.

—¿Y a ti qué más te da que te pegue un tiro?

—Debe de doler, ¿no?

—Así que está escondido.

—Bajo tierra, o casi.

—¿Dónde?

—¡No lo sé, en serio!

—¿Quieres que me la lleve?

—¡No!

—Pues habla.

—¡Usted me dijo que me la traería si le decía cómo contactarlo, y lo hice! ¡Ya cumplí!

Miquel volvió la cabeza hacia la puerta.

—Consue, ven.

La prostituta reapareció en la visual de Saturnino Galán. Se detuvo junto a él.

—Súbete la falda —le pidió.

Consue no objetó nada. Se la subió y le enseñó el sexo al enfermo.

Tuvo que tragar saliva con estrépito.

—La hostia... qué grande... —Se quedó muy impresionado.

—Tócalo.

—¿Puedo?

—Sí —insistió Miquel.

Lo hizo. Movió la mano y acarició el frondoso vello púbico. Púbico y público. Sus dedos fueron delicados, como si rozara la piel de un bebé. Los ojos se le llenaron de lágrimas.

Consue se abrió un poco de piernas, separó sus labios vaginales.

Se produjo el milagro.

Bajo la sábana, apareció un hermoso conato de erección. Dado que allá todo era piel y huesos, el pequeño bulto fue manifiesto.

—Vaya, amor —colaboró Consue—. No está mal. Y no estás del todo muerto, eso fijo.

—Ya está bien. —Les cortó la comunicación Miquel.

—Inspector...

—Habla y te quedas a solas con ella.

—Quiero verle las tetas.

—Consue.

Le obedeció. Se bajó el escote y las liberó de su cárcel. Los pezones estaban arrugados, dos islas sobre el rosetón oscurecido por el uso o la edad. Consue había sido una mujer guapa, y retenía todo su poderío. Para un tipo como el Satur, era Miss Universo.

El moribundo fue a tocarlas, pero Miquel lo impidió.

—Habla.

—¿Seguro que me la deja?

—Que sí. Lo que quieras, lo que resistas, una hora, o más. Venga, suéltalo, Satur. Te hará lo que quieras, ¿verdad, Consue?

—Te van a enterrar con los ojos muy abiertos, querido —aseguró ella.

—Vete afuera —volvió a pedirle Miquel.

Saturnino Galán estaba rendido.

—Antes no utilizaba... estos métodos. —Forzó una sonrisa.

—Nuevos tiempos —se excusó Miquel.

Era la resistencia final. El enfermo se pasó la lengua por los resecos labios. Después hizo dos cosas: movió hasta la nariz la mano con la que había tocado el sexo de Consue y finalmente se llevó los dedos a la boca.

—Ambrosía —proclamó poético.

—Félix Centells —pidió Miquel.

—Verá... Hay mucha gente escondida, inspector. Más de la que imagina. Muchos no pudieron ir al exilio. Están ocultos, detrás de las paredes de sus casas, en sótanos, en refugios cavados a pico y pala. Primero creían que Franco no duraría mucho, que ellos mismos se devorarían entre sí. Después pensaron que Europa no dejaría a España a su suerte al acabar la guerra. Ahora ya no hacen más que esperar, y esperar, y esperar... pero no saben qué.

—Y Félix es uno de ellos.

—Claro. Imagínese: Félix Centells. El mejor. Mucha gente ha podido irse gracias a él.

—¿Y por qué no se larga él mismo?

—No lo sé.

—¿Es por dinero?

—Antes era por patriota. Ahora ya no lo sé. Está desencantado. Hay cosas que ni el mejor comunista traga. Lo único que sé es lo que me han dicho. —Respiró con fatiga, miró a la puerta y luego se enfrentó de nuevo a los ojos de Miquel—. Oiga, inspector, ¿a qué viene todo esto? ¿Por qué busca a Félix? Y no me diga que es para que le haga papeles falsos a usted.

—¿Por qué no?

—Porque usted es de los que se quedan aquí, no huye. Usted es de los que resisten.

Miquel sintió una extraña desazón.

—De acuerdo —concedió—. Creo que va a falsificar o ha falsificado papeles para un nazi prófugo.

—¿Un nazi? ¿Un alemán de ésos?

—Sí.

—¿Y qué, si lo hace?

—Wenceslao y su mujer han muerto. Félix puede ser el próximo. Se trata de un asunto complicado, pero así están las cosas.

Saturnino Galán empequeñeció los ojos. Volvió a pasarse la lengua por los labios. La erección ya no existía.

—Menudo mundo se nos ha venido encima, ¿eh, inspector? —dijo con la voz cada vez más débil—. Usted retirado, yo muriéndome, ellos mandando, los muy cabrones... Déjeme que le toque el coño otra vez.

—Ya falta poco.

—No sé nada más, se lo juro. —Desfalleció por momentos.

—¿Quién es el chico de dieciocho o diecinueve años que hace de enlace, el que ve el geranio y va con el parte?

—El nieto de Félix, Conrado.

—¿Va directo a su abuelo?

—No, creo que pasa por su padre, Martín. Yo... —Se vino abajo por completo—. Hable con ellos, es todo cuanto puedo decirle.

—¿Y dónde para Martín Centells?

—Trabaja en el puerto, aunque no sé dónde. Se ocupa de algo relacionado con los barcos.

—¿Aduanas?

—No sé.

—¿Le falta un brazo?

—El izquierdo, sí. ¿Cómo sabe...? —Se le iluminaron los ojos de pronto—. Consue...

Miquel vio a la prostituta a su lado, de nuevo con la falda subida y los pechos al aire.

—Déjele en paz, hombre, que lo va a matar. —Se puso del lado del moribundo mientras le aproximaba el sexo para que lo tuviera al alcance de la mano—. Vamos, Satur, toca, cariño. Es todo tuyo.

—Quiero besártelo...

—Claro, para ti, enterito y mojado.

Se subió a la cama, sin más, y se abrió de piernas ante su rostro. Con la mano extendida por detrás le buscó el sexo bajo las sábanas.

—Vámonos ya, inspector —le reclamó Lenin desde la puerta.

Miquel se puso en marcha.

—Te la voy a chupar tanto que se te meterá la sábana por el culo, cielo. —Fue lo último que escuchó mientras se retiraba—. Por Dios, menuda tranca tienes; qué desperdicio que te la lleves.

—Es buena, ¿eh? —le susurró al oído Lenin lleno de amor fraterno.

21

La enfermera cuadrada seguía en su lugar. No parecía tener mucho trabajo. Y, desde luego, a los moribundos ni tocarlos, que morirse era cosa suya.

—No les moleste en una hora o dos, que se han de contar muchas cosas del pueblo —le advirtió Miquel.

—Sí, señor.

Salieron de San Pablo. Ya había oscurecido y la noche, de nuevo, se presentaba fría. Los dos se subieron el cuello del abrigo.

Miquel tomó la iniciativa marcando el rumbo.

—Lo que no consiga Consue...

—Digna hermana tuya.

—Lo tomaré como un elogio.

—Lo es, lo es.

—La pierde su mal carácter, y lo avinagrada que está, pero en el fondo es un trozo de pan. Ya ha visto que el Satur le ha dado lástima. En el pasillo no paraba de decirme «Pobre hombre, pobre hombre». Por eso ha vuelto a meterse.

Ya no era un mal Humphrey Bogart. Ahora era un chulo. Antes de la guerra a Consue la hubiera detenido por mucho menos. Y, de pronto, era él quien se servía del sexo para recabar información. Iba cuesta abajo. Denigrado. Si perdía las proporciones...

—¿En qué piensa? —interrumpió su silencio Lenin.

—En nada. Vamos a casa.

—He oído lo del puerto y los Centells.

—¿Y?

—¿No va a buscar a ese hombre, Martín, el manco?

—¿A esta hora? —Le mostró el reloj—. La gente normal suele tener un horario y luego adiós. Hay que saber cuándo parar o te acabas convirtiendo en un esclavo de lo que haces.

—Yo lo decía por resolver el lío cuanto antes, ahora que vamos por buen camino...

—¿Buen camino? ¡Por Dios, Agustino, no tenemos nada!

—¡Caray, con todo lo que ha descubierto hoy! —Movió la mano derecha de arriba abajo en señal de admiración—. Yo es que no quiero que termine harto de mí.

—¿Harto de ti? Nooo...

Lenin captó su intención.

—Encima con guasas.

—Necesito un poco de calma, eso es todo. —Miquel suspiró arrepentido de su arrebato—. Antes he jugado con tus hijos y me han dejado muerto.

—¿En serio? ¿A que son majos?

—Todos los críos lo son.

—Ah, no, que algunos son insoportables, se lo digo yo. —Vio que era mejor no discutir y cambió rápido de tercio—. ¿Así que iremos mañana a ver si encontramos a Martín Centells?

—Mañana a primera hora iré al Ritz.

—Irá solo, porque yo en un lugar así no puedo entrar.

—Pensaba ir solo.

—¿Por qué es tan importante descubrir qué hizo el inglés?

—Porque saber a quién vio, cuándo y cómo, nos desbrozará el camino. Los círculos no se cierran hasta que se habla con todos los implicados. Tengo una vaga idea de lo que pudo suceder, por qué Rojas de Mena supo de su existencia y mandó matarle. Pero una vaga idea no es la certeza total.

—Está claro que los cuadros los tiene el ricachón.

—Yo creo que el ricachón, como le llamas, sigue buscando a Heindrich. Si no, su secuaz no habría matado a Wenceslao.

—Entonces Wenceslao le habrá dicho lo de los Centells y para mañana estarán muertos si no vamos antes a alertarles.

—Wenceslao nos dijo que no sabía nada, salvo que Félix estaba vivo, que él sólo ponía el geranio en la ventana por indicación de Saturnino. Era un enlace. Y conozco un poco cómo van las cosas para saber que decía la verdad. Pura lógica. El camino hasta Félix Centells pasaba por él y por esa razón el asesino lo encontró, pero nada más. Le mató para que no fuera alertando al personal si lo dejaba vivo o para no dejar rastros. ¿Por qué te crees que fui a buscar a Saturnino? Félix Centells puede estar oculto bajo tierra, y somos pocos los que podemos hallarle en su laberinto. Pienso que Martín y Conrado Centells están a salvo de momento. Por eso necesito cuadrar antes lo relativo al inglés.

—¿Y cómo es que el Satur ese sigue vivo si forma parte del engranaje?

—No lo sé —admitió Miquel—. Puede que nadie sepa que está en el hospital. Si no llega a ser por Sebas, tampoco lo sabríamos nosotros.

—Yo creo que la gente mata cuando persigue algo y lo ha conseguido —opinó Lenin.

—O cuando se protege y no quiere dejar rastros —insistió Miquel.

Lenin le dio una patada a una piedrecita que salió disparada y por poco no impactó en un taxi aparcado en la calle.

—Qué complicado es ser policía, oiga.

—Bienvenido a la realidad.

—Conmigo y los míos lo tenía más fácil. Pero con asesinos... ¡Qué gente! ¿Cogemos ese taxi?

—Tú y los taxis.

—Ya lo pago yo.

Se envaró de golpe.

—¿Has robado otra cartera? —le preguntó muy serio.

—Que no, que aún tengo parte de lo de ayer.

—Lenin, déjalo ya, ¿de acuerdo?

—¡Si no he hecho nada! Lo que pasa es que lo de ayer fueron un poco más de noventa pesetas.

—No te creo. —Se sintió furioso.

—Es la verdad.

—¿Por qué ibas a mentirme?

—Porque si le digo que saqué trescientas igual se me enfada más.

—¿Qué más da que sean noventa o trescientas, por Dios?

El taxi se había marchado. Caminaban solos por la calle, y encima era un tramo oscuro, con dos descampados a la derecha. Edificios que no habían sido reconstruidos todavía después de las bombas.

Los dos hombres salieron del segundo.

Miquel se dio cuenta del peligro cuando Lenin hizo un inútil conato de echar a correr, nada más verlos. No lo consiguió porque uno de ellos le puso la zancadilla muy rápido.

Mientras él caía al suelo, el otro sujetó a Miquel.

—Tú quieto, abuelo.

Sintió ira.

De pronto, todo el mundo le llamaba abuelo.

—Vaya, mira a quién tenemos aquí —habló el que acababa de derribarle.

Lenin reculó por el suelo, arrastrando el trasero hasta que se hizo un lío al pisar el faldón del abrigo y quedó atrapado. Su cara denotaba el pánico que sentía.

—Cosme, yo...

—¡Cállate!

Lo que no había logrado él lo consiguieron los dos hombres.

Lenin cerró la boca.

—Oigan... —quiso intervenir Miquel.

El que lo sujetaba le enseñó una navaja. Movió la cabeza de lado a lado.

—Chist, chist, chist... —cuchicheó en su oído.

El llamado Cosme dio vueltas en torno a Lenin. La calle seguía estando vacía. Los coches que circulaban por la calzada ni les miraban, y si lo hacían, optaban por no detenerse.

—El gran Agustino Ponce —aplaudió su agresor—. ¿Has visto, Mariano? ¡Y por estos barrios, de paseo, como si tal cosa!

—Esperad, yo...

La patada de Cosme le dio de lleno en el estómago.

Lenin se dobló sobre sí mismo, gimiendo y llorando.

—Gol —dijo Mariano sin el menor énfasis.

Miquel se revolvió un poco. Sólo un poco. La navaja se le incrustó en el flanco.

—No... se meta... —le advirtió Lenin desde el suelo—. Por favor, señor..., no se meta...

—Soy policía —les previno un tanto ilusoriamente.

—¡No le... hagáis... caso! —suplicó Lenin—. Lo fue... pero ya no... Si queréis algo, es... conmigo.

—Fíjate, ahora es un héroe —dijo Cosme.

—Increíble —asintió Mariano.

—Os juro que... os pagaré. —Siguió retorciéndose de dolor—. Necesito...

—¡Necesitas cara dura, mierdecilla! —Volvió a patearlo una, dos, tres veces.

Miquel cerró los ojos.

—¿Lo llevamos al descampado? —preguntó Mariano señalando a su derecha.

—No. —Cosme se encogió de hombros—. Total...

La paliza duró unos diez o quince segundos. Cosme solo. Patadas, puñetazos y más patadas, en el vientre, la espalda, la entrepierna. Lenin ya ni gritaba, sólo gemía de forma ahogada con cada impacto.

Miquel ya no pudo más.

—¡Vais a matarle! —Se desesperó.

—¿Y qué? —Cosme dejó a su víctima y pegó su nariz a la de él, respirando con fatiga—. ¿Alguien va a llorarle?

—Por favor —suplicó Miquel.

Cosme regresó junto a la piltrafa humana en la que había convertido a Lenin. Le registró. Le vació los bolsillos. Se mofó de la cantidad encontrada, los restos de las trescientas pesetas tras los taxis y comidas del día anterior. Miquel pensó que le tocaba el turno, pero no fue así. Mariano se lo dijo:

—Tranquilo, abuelo. No somos ladrones, pero si va con un estafador... Tenga cuidado.

La navaja dejó de incrustarse en su flanco.

Cosme y Mariano se apartaron.

—Buenas noches. —Se despidió el primero.

Echaron a andar, como si tal cosa, despacio, dándoles la espalda, seguros y tranquilos. Miquel se arrodilló junto al malherido. Pensó que estaría inconsciente, pero no. Lenin entreabrió su único ojo medio sano.

—¿Se... han ido?

Su cara ya no se parecía a la del líder comunista. Más bien era una máscara sanguinolenta. Un ojo cerrado, el labio inferior partido, la nariz desviada hacia la izquierda, la boca inundada por la sangre... Lo peor, sin embargo, era lo que no se veía, el cuerpo.

—Mierda, Lenin, mierda. —Lo enderezó Miquel.

—Le... apuesto algo a... a que le he roto... el pie con la... nariz o las... costillas —quiso bromear.

—No seas burro.

—Eso... por tacaño... —le soltó—. Por no... querer... coger un taxi.

—No te muevas, voy a buscar uno.

—A buenas... horas... mangas... verdes...

Lo apoyó en un árbol y salió a la calzada. Pasaron tres coches. A lo lejos vio la luz de «libre» que señalizaba su objetivo y empezó a levantar los brazos. A su espalda, la voz de Lenin le llegó envuelta en jadeos, porque ni así estaba dispuesto a callar.

—Menudo... barrio..., oiga... Para que... luego digan... de los... míos...

22

Lo difícil no fue meterlo en el taxi. Lo difícil sería luego sacarlo y conseguir que subiera a casa. El taxista se había mostrado reticente a recogerlos en cuanto vio a Lenin. Dijo que le dejaría el interior del coche perdido. Miquel le quitó el ya manchado abrigo al herido y lo hizo servir de «envoltorio». Después, el conductor se extrañó de que no quisieran ir al hospital. Miquel le mintió diciéndole que era médico y que lo atendería perfectamente en la consulta de su piso. La denuncia por el asalto la cursarían luego. Otra mentira, pero plausible. La suerte definitiva fue que, dada la hora, la portera ya hubiera abandonado la garita. Le costó subir a Lenin, sujetándole por debajo de los brazos, pero podía andar a pesar de los dolores y puso de su parte lo que le quedaba de fuerzas hasta coronar con éxito la odisea. Cuando se detuvieron frente a la puerta de la vivienda, llegó lo peor.

—Los niños... —gimió Lenin—. No quiero que me vean así.

—Espera aquí, quieto. —Le apoyó en la pared—. Entro y veo qué puedo hacer.

—Quieto me quedo. —Le costaba hablar, pero lo hacía.

Miquel abrió la puerta despacio, muy despacio, sin hacer ruido. No se oía nada, ni la radio. Antes de cerrarla apareció Patro, que tenía el oído fino.

—¿Miquel? —Se extrañó de su aire de conspirador.

—¿Y los niños?

—Ya duermen. Hoy han acabado agotados.

—Bien. —Soltó la tensión retenida—. Llama a Mar y ayudadme.

—¿Qué pasa? ¿Y Agustino?

—Ahí afuera, algo magullado.

No hubo que llamar a la esposa de Lenin. Les oyó hablar y también salió al pasillo. Miquel le puso las manos en los hombros, para afianzar sus palabras.

—No te asustes. Está bien, pero...

—¡Agustino! —Se precipitó hacia la puerta.

Cuando le vieron ya empezaba a resbalar hacia abajo, con las fuerzas al mínimo y las piernas de gelatina. No sangraba, tal vez porque al ser un montón de huesos con piel y poca carne no tenía demasiado de nada en su cuerpo. Mar le sujetó conteniendo el deseo de gritar, consciente de que estaban en mitad de la escalera.

—¿Qué te han hecho, por Dios? —gimió.

—Nada, un... malentendido... —Siguió con su humor negro y lo remató con otra frase lapidaria—: Menos mal que no me.... no me quieres por guapo...

Entre los tres le llevaron a la habitación más pequeña de la casa, la que había pertenecido a la hermana muerta de Patro. En la que ocupaban ellos ya dormían Pablito y Maribel y no era cuestión de correr riesgos, aunque durmieran como troncos. Tendieron a Lenin en la cama y él soltó un profundo suspiro de alivio.

—¿Quién le ha hecho esto? —Patro miró a Miquel aterrorizada—. ¿Cómo es que a ti no...?

—No ha tenido que ver con el caso. —La detuvo él—. Nos hemos encontrado con unos... amigos suyos. Yo ni siquiera he podido hacer nada.

—¿Quién ha sido? ¿Quién ha sido? —Mar lloraba acariciando el rostro tumefacto de su marido.

—Los... Menéndez. —Se encogió de hombros levemente—. Ha sido... mala suerte.

—¿Cuándo hemos tenido suerte?

—Yo te tengo a ti, y a los niños, y tú también. —Movió una mano para pellizcarle la barbilla—. Eso es suerte.

—¿Qué hacemos? —continuó Patro—. ¿Por qué no habéis ido al hospital?

—¿Y qué les digo a los médicos? Ésos llaman a la policía a la más mínima.

—Pero aquí...

—Pensaba en el doctor Gómez, el de arriba.

—¿Y si hace preguntas?

—Las hará, pero es un buen vecino. Además, también estuvo preso al acabar la guerra. Si él nos dice que tiene algo mal por dentro, entonces sí, lo llevamos al hospital y que sea lo que Dios quiera. Quédate con Mar.

—No, ya voy yo. —Se arregló el pelo—. Siempre me dice lo guapa que soy y me mira encandilado.

—Eso no lo sabía. —Esbozó una sonrisa cansina.

Patro salió de la habitación. Miquel se quitó el abrigo. Mar seguía acariciando a su marido.

—Mira cómo te han dejado...

—Eso se arregla, mujer.

—¡Me matarás a disgustos!

—No seas... tonta.

—Mar, ve a buscar toallas y trae una jofaina de agua. Pon a calentar una olla con más, por si se necesita caliente —le ordenó Miquel.

—Sí, señor.

Se quedaron solos. Miquel se sentó a su lado, en la cama. El único medio ojo de Lenin se fijó en su cara seria.

—¿Sabe qué le digo? —Escupió un poco de sangre, ya en vías de coagulación—. Que tiene una cara más avinagrada que la mía.

—Los tienes cuadrados. —Bufó él.

—Esto no es nada. En un par de días... como nuevo. Anda que no me he... no me he llevado tundas yo. En la guerra...

—Si vuelves a hablarme de Durruti, te sacudo.

—Fueron... los mejores días. —Forzó una sonrisa—. Si no le matan... de buenas... a primeras...

—¿Por qué no dejas de hablar y descansas? Hemos ido a buscar a un vecino que es médico. Y cruza los dedos. Como tengas el bazo jodido o una costilla rota perforándote un pulmón o lo que sea que ponga en peligro tu vida, habrá que llevarte al hospital.

—Oiga, si me pasa algo, los niños...

Miquel sintió un sudor frío.

—¡Quieres callarte, pesado!

La reaparición de Mar le liberó del peso. Ella misma empezó a limpiarle la sangre del rostro. Quedaba lo peor: desnudarle, quitarle la ropa y examinarle el cuerpo. Florencio Gómez, el vecino, apareció casi de inmediato, vestido y con un maletín en la mano. Al ver a Lenin sus cejas subieron en ascensor hasta el límite de su cuero cabelludo.

—¡Santo Dios! —gritó—. ¿Pero qué le ha pasado a este hombre?

—Una paliza. —Fue sincero Miquel tendiéndole la mano—. Gracias, señor Gómez.

—No me las dé. —Le previno—. Como esté herido con arma blanca...

—No, no. Ha sido un encuentro desafortunado, nada más.

—¿Y por qué no le ha llevado al hospital?

—Por precaución.

Los dos hombres intercambiaron la mirada definitiva. Miquel serio. El doctor rendido. Ya no hubo más.

—Voy a examinarle. Ayúdenme a desnudarle, por favor.

Durante los siguientes minutos, nadie habló. Ni siquiera Lenin. Una vez desnudo, y más agotado por los gemidos de dolor que exhaló mientras le quitaban la ropa, el médico palpó su cuerpo centímetro a centímetro. En una procesión de Semana Santa con personas vivas en lugar de figuras o estatuas, Lenin habría podido perfectamente hacer de Cristo colgado de la cruz. Como tenía las costillas marcadas, no hubo problema alguno en descubrir cuáles estaban rotas.

—Dos, ésta y ésta —señaló el doctor Gómez.

Continuó el examen.

Acabado el cuerpo, pasó a la cara, ojos, oídos, labios... Cuando le colocó la nariz bien, sin decir nada ni avisarle, el chasquido de los huesos coincidió con el grito de Lenin.

—Ya está. —Dio por finalizado su examen el médico.

Se puso en pie y prescindió del herido. Se dirigió a ellos.

—Su amigo tiene suerte, señor Mascarell. Mucha suerte. Es pronto para descartar complicaciones, pero a primera vista no tiene por qué haberlas. Dos costillas rotas es un balance bastante positivo, dentro de lo que cabe. Un par de días de reposo, ver cómo evoluciona... Ahora voy a vendarle el torso. Lo que no tengo en casa son las medicinas que necesita, y mejor le iría empezar a tomarlas ya, sin esperar a mañana.

—Si me extiende la receta, voy a una farmacia de guardia —dijo Miquel.

—Será lo mejor.

—Gracias.

—No me las dé. —Miró a Patro—. Conozco a su mujer desde que era pequeña y siempre me ha parecido una persona valerosa. Usted y yo también hemos compartido experiencias parecidas. Los tiempos serán nuevos, pero nosotros hemos de ayudarnos, ¿no?

—Sí.

—Otra cosa es que hubiera estado herido por arma blanca o de fuego. Entonces me habría jugado la licencia.

—Lo entiendo.

Le extendió la receta y se dispuso a vendarle, con ayuda de

Mar. Miquel y Patro salieron de la habitación. Ella intentó quitarle el papel de la mano al llegar al recibidor.

—Voy yo —dijo Miquel.

—No, déjame a mí. Tú llevas todo el día de acá para allá. Has de estar agotado. Y encima con el susto.

—¿Cómo voy a dejarte ir sola, de noche, en busca de una farmacia de guardia? No seas tonta.

—Hay una aquí cerca, y ya soy mayorcita.

—Que no.

Iba a ponerse el abrigo, pero ella fue más rápida. Primero le dio un beso en los labios, fugaz pero consistente. Le quitó la receta de la mano mientras lo hacía. Al separarse, ya descolgó su abrigo del perchero, junto a la puerta.

—¡Patro!

—Ve a ayudar al doctor. Vuelvo en diez minutos.

No logró impedirlo. Abrió y cerró la puerta dejando tras de sí su halo de ternura habitual y el embrujo de su intensa belleza. Miquel sintió el ramalazo de impotencia en su mente y en su estómago. De pronto sentía que quería vivir.

Vivir.

Los gemidos de Lenin mientras era vendado llegaron hasta él.

Regresó a la habitación, les ayudó en lo posible. Volvió a agradecerle a su vecino el auxilio prestado, le preguntó si quería cobrar algo, o al menos que le pagaran el material empleado, vendas y mercromina, y cuando éste se negó le acompañó a la puerta. Una vez solo, ya no volvió junto a Lenin y Mar.

Caminó hasta la ventana y se asomó a la calle, despreciando el frío.

El cruce estaba silencioso, vacío.

Un coche, otro más, y las ventanas del entorno casi cerradas al cien por cien.

Ojos en la noche.

Pasaron los minutos, cinco, diez.

Patro ya llevaba fuera veinte o más.

Se le aceleró el corazón al reconocerla, caminando con el paso vivo, sosteniendo un paquetito en las manos. La vislumbró por entre las ramas de los árboles, y luego en la calle, acercándose al portal. También vio al sereno, que quizá se la hubiera encontrado al salir y la esperase, solícito.

Cuando la puerta del edificio se cerró, Miquel respiró tranquilo e hizo lo mismo con la ventana, dejando el mundo al otro lado.

Otro día más en el paraíso.

Día 4

Miércoles, 7 de diciembre de 1949

23

Tenía los ojos cerrados, pero ya estaba despierto.

Aquel silencio...

No se oía a los niños. No se oía nada. Únicamente la respiración de Patro, a su lado, así que en cuanto los abriese la vería a ella en la penumbra, como cada mañana, como siempre desde que estaban juntos.

¿Qué mejor forma de empezar una jornada?

Lo hizo.

Entreabrió los párpados.

En lugar de ver el rostro dulce de Patro, con lo que se encontró fue con la carita de Maribel casi pegada a la suya. No menos dulce pero diferente.

Miquel dio un respingo.

Se medio incorporó y localizó a Patro al otro lado de la niña.

—Será posible... —masculló envolviendo sus palabras en un susurro.

Podía levantarse, rodear la cama, meterse bajo las sábanas y las mantas por el lado de Patro, abrazarla como solía hacer todas las mañanas y recibir el calor de su cuerpo desnudo.

Pero ¿cómo se acaricia a la mujer que amas y deseas con una niña al lado, por dormida que esté?

Volvió a dejarse caer boca arriba.

¿Cuándo había invadido Maribel su espacio? ¿Lo sabía

Patro? ¿Por qué diablos estaba allí la hija de Mar y de Lenin?

—Esto es demasiado —repitió lo de hablar en voz alta para sí mismo.

Dejó transcurrir unos segundos, tal vez un minuto o dos, antes de levantarse de la cama. Ya de pie, las miró de nuevo a las dos.

Patro y Maribel.

Patro y una niña de apenas cuatro años.

Miquel se estremeció, y no por el frío.

Si Patro estaba embarazada, esa misma escena sería normal en muy poco tiempo. La misma, exactamente; sólo que en lugar de una desconocida intrusa, sería su hija.

Su hija.

¿Era justo ser padre a los sesenta y cinco años?

¿Era justo tener un hijo al que difícilmente vería crecer, salvo que viviera hasta los noventa o más?

¿Era justo que un hijo creciera sin un padre?

Eran demasiadas preguntas. O, a lo peor, era la misma. Ser o no ser. Tener o no tener. Lo malo era que ya no dependía de él, sino de la naturaleza y de su curso. Un embarazo no tenía marcha atrás, y menos en la España nacionalcatólica.

Salió de la habitación y fue al fregadero para lavarse. La casa continuaba sumida en el silencio. El agua fría le activó la necesidad de orinar y caminó hasta el retrete. Nada más iniciar la micción, y pese a la estrechez del lugar, apareció Pablito, a su lado.

No se cortó un pelo.

Le miró el sexo.

—¿Pero se puede saber qué haces? —Intentó ponerse de lado en aquel angosto espacio.

Como si nada.

—Papá lo tiene...

—¡Que te calles! —Le cortó la explicación.

La mirada fue de su sexo a los ojos.

—Bueno —dijo como si tal cosa.

—¿Quieres largarte de aquí?

—¿Qué le ha pasado a papá?

—Ya te lo contará él.

—Cuando no duerme con mamá, es porque están enfadados. Pero en la otra cama, más que enfadado, parece muerto.

—No está muerto.

—¿Cómo lo sabe?

—¿Respira?

—Sí.

—Entonces no está muerto.

Acabó de orinar como pudo, se anudó de nuevo el pantalón del pijama y se cobijó en su habitación seguido por la mirada de Pablito.

Patro ya estaba despierta. Acariciaba la frente de Maribel.

—Miquel —susurró en voz muy baja al verle aparecer.

—No me lo digas. —Le puso una mano por delante a modo de pantalla—. Es una monada.

—Sí, y con ese padre...

—Es lo que hay. —Se quitó el pijama y empezó a vestirse tratando de dominar su furia.

El día empezaba con mal pie.

—Cuando ha venido a dormir con nosotros me ha dicho que siempre lo hace entre papá y mamá, uno a cada lado, porque así se siente segura, y que como papá no estaba y tenía un lado vacío, ha pensado que lo mejor sería estar con nosotros —Patro suspiró—. ¿No es maravilloso?

—Casi le toco el culo a la niña en lugar de tocártelo a ti, mira lo maravilloso que es.

—¡No seas así!

—Patro, si es que...

—Vamos, ven.

La obedeció, como un corderito. Llegó hasta ella, se sentó

a su lado y se inclinó para darle un beso. Fue como si lo hicie-ra con testigos, a pesar de que Maribel seguía dormida como un tronco. Patro le acarició la mejilla como siempre solía hacer.

—Anoche pudieron haberte golpeado también a ti.

—Eran chorizos legales. Ésos tienen un código. Lo que me extraña es que Lenin no esté muerto o en la cárcel. Es asombroso que pueda vivir así.

—Creo que es de los que caen de pie siempre, y siguen andando aunque tengan un tobillo torcido. —Patro lo dijo casi con admiración—. ¿Cuántas veces le encerraste?

—No lo recuerdo.

—Y lo bueno es que te aprecia.

—¡Oh, sí!

—Acudió a ti en busca de ayuda.

—Tenía que haberle dado una patada en salva sea la parte.

—¿Tú?

—Sí, yo, ¡qué manía tenéis todos con eso de que soy una buena persona!

Llamaron a la puerta con los nudillos. Miquel pensó en Pablito.

—¿Qué?

—¿Está ahí mi Maribel? —preguntó la voz ansiosa de Mar.

—Sí, está aquí, dormidita, tranquila —anunció Patro.

—Gracias. Lo siento. Ay, si es que por las noches...

—Ahora salimos —habló de nuevo Miquel.

Mar se retiró.

El segundo beso fue rápido. Uno y otra se incorporaron. Miquel acabó de vestirse y Patro recogió su bata. Cuando salieron de la habitación y llegaron a la cocina, se encontraron con Mar preparando algo de desayunar y a Pablito con las manos extendidas hacia la lumbre recién prendida.

—Siento lo de Maribel —se excusó su madre con cara de

pena—. Eso es que les ha cogido cariño, porque, si no, no lo habría hecho.

—¿Cómo está Agustino? —se interesó él.

—Duerme, y creo que respira bien. Las medicinas siempre le aplacan mucho.

—Pues debería darle cada día. —Miquel fue mordaz—. ¿No puede evitar que se meta en líos?

Se arrepintió al momento.

Mar se echó a llorar, con el rostro hundido entre las manos. Patro fue hacia ella para abrazarla. Lo mismo hizo el niño, asustado. La mirada que le lanzó Patro a Miquel hubiera atravesado la coraza del *Potemkin*.

—Vamos, calma, todo irá bien —la consoló.

—Si es que... —Mar habló entrecortadamente, sin dejar de sollozar—. Son ustedes muy buenos, mucho, y lamento causarles estos quebrantos... Pero Dios se lo pagará, ¿saben? Eso fijo.

A Miquel sólo le faltó oír eso.

—No meta a Dios en esto, señora, que aquí no tiene crédito.

Patro le hizo un gesto para que se callara y se fuera de la cocina. Tuvo que obedecerla. Los ojos de Pablito tampoco eran amigables. Había hecho llorar a su madre.

—Empezamos bien el día —rezongó Miquel.

Se dirigió a la habitación de Lenin. Metió la cabeza por entre la puerta y, para su sorpresa, se lo encontró con su medio ojo abierto, fijo en el techo.

—Inspector...

Tuvo que entrar. Su aspecto era tremendo, hinchado, ya tumefacto, con una intensa gama de violetas, ocres, amarillos, cárdenos y marrones en las manchas del rostro. Se acercó a él y evitó preguntarle cómo se encontraba, porque saltaba a la vista.

—¿Se nos cayó el Tibidabo encima anoche?

—Más o menos.

—No recuerdo nada, oiga.

—Los Menéndez te felicitaron el cumpleaños.

—Pero si no cumplo hasta... —Captó la ironía—. Oh, ya. ¿Los Menéndez?

—Eso dijiste. Cosme y Mariano.

—Jesús. —Se abatió de nuevo.

Por la puerta abierta se coló Pablito, que ya había consolado a su madre. Se acercó a su padre y se lo quedó mirando.

—¿Te duele? —le preguntó muy serio.

—No, no demasiado. Tropecé, ¿sabes?

—¿Como aquella vez?

—Sí, es que me caigo mucho.

El niño señaló a Miquel.

—Tiene el pito más pequeño que tú —anunció.

Miquel emprendió la retirada. La voz de Lenin le alcanzó en la puerta.

—Inspector... —musitó—, no creo que pueda acompañarle hoy.

—Pues mira que lo siento. —Salió del cuarto sin más.

Fue a su habitación, cogió la bolsa, extrajo la cartera, buscó la llave del Ritz y se la guardó en el bolsillo. De nuevo en la cocina, le hizo una seña a Patro. Se reunieron en el pasillo.

—¿Te vas?

—Sí.

—¿Sin desayunar?

—Lo haré en el bar de Ramón. No aguanto a más niñas dormidas, ni a más niños mirándome el pito o llamándome abuelo.

—No te enfades.

—No me enfado.

—Has estado brusco con Mar.

—¿Y qué quieres? Me siento... invadido.

Patro le besó en la boca. Más para hacerlo callar que como despedida.

—Cuídate —le pidió.

—Lo hago siempre.

—Sabes que te espero.

—Por eso me cuido.

Fue ella la que le abrió la puerta del piso.

—¿Tu vida anterior era siempre tan animada? —bromeó con tristeza.

—Más, pero sin Lenin en casa.

—¿Y cómo lo resistía Quimeta?

—Era una santa, como tú. Pero ya ves, se murió.

—Yo no me moriré.

—Te lo prohíbo. —Le dio el último beso.

—Anda, vete a trabajar.

—¿Tú también de coña?

Patro le empujó al rellano, pero él se resistió. Sentía una especial ansiedad, un nervio interior, desconocido. Si era miedo, lo tamizaba con rabia. Si era rabia, conocía de sobras la causa. Volvía a estar metido en un lío de proporciones épicas y no le quedaba más que apretar los dientes. La calma de Patro era ficticia; sus bromas, desesperadas. «Vete a trabajar.» Incluso que acabase de mencionarle a Quimeta era extraño. Nunca lo hacía, y menos en circunstancias como aquélla.

Así que la abrazó, como si fuera a la guerra y no supiese cuándo volvería a verla.

El mismo diálogo que acababan de mantener era más propio de dos adolescentes tontos.

Enamorados.

Algo tan extraño...

Mientras la besaba apareció aquella voz.

—¿Hacéis cochinadas?

—La madre que los parió... —Gimió mirando al inevitable Pablito, digno hijo de su padre, quieto como una estatua a su lado.

Se apartó de Patro y comenzó a bajar la escalera. Mientras

se cerraba la puerta del piso la oyó a ella explicándole que cuando dos personas se daban besos era porque se querían y...

Aterrizó en el bar de Ramón sin darse cuenta de que había llegado a él. Pura inercia. Se encontró allí y de pronto reaccionó. El sonriente dueño ya caminaba en su dirección, con la sonrisa habitual colgada de oreja a oreja.

—Maestro...

—Ramón. —Le frenó en seco—. Tengo un día atravesado, así que hoy no estoy para palique.

—Bueno, hombre, bueno. ¿Se ha peleado con la parienta?

—No.

—Yo cuando me peleo con la mía...

—¡Ramón!

—Me callo, me callo. ¿Quiere *El Mundo Deportivo* para ver cómo anda la cosa y así se entretiene?

La última mirada fue mortal.

¿Cuántos Lenin había esparcidos por el mundo?

—Le sirvo y silencio, descuide. —Se retiró el hombre, más rápido de lo que debía de haberlo hecho en años.

24

Mientras se dirigía al Ritz pensó en si se estaba volviendo huraño y cascarrabias o si era cosa del malestar que le producía todo aquel lío en el que se había metido con calzador por culpa del inefable Lenin. No supo sacar nada en claro y tuvo que aparcar sus sentimientos en cuanto atravesó la puerta del sacrosanto templo de la elegancia hotelera barcelonesa. El engalanado portero sólo le miró de reojo. El lío podía multiplicarse por diez a partir de ese instante. El simple hecho de tropezarse con el comisario Amador sería decisivo para que su cabeza rodara.

Así que caminó tenso, con los ojos muy abiertos.

Con la llave de la habitación 413 visible en la mano.

Nadie le dijo nada.

Caminó hasta el ascensor y se puso de espaldas al resto del mundo. Con un dedo hizo girar la llave y la especie de guirnalda que estaba unida a ella, como si fuera un molinillo. Tuvo la suerte de hacer el viaje solo.

—Vuelve a casa —se dijo a sí mismo en voz alta—. En unos días, todo olvidado. Y al diablo con los cuadros, los nazis, los...

El caso llevaba tres muertos.

El primero, un inglés dispuesto a sacrificar la vida por rescatar unas obras de arte. Un sacrificio... ¿inútil?

Lo sería si él abandonaba.

—Mierda —dejó ir.

Salió al pasillo de la cuarta planta. Por la mañana las asistentas arreglaban las habitaciones, así que buscó a la que se ocupaba de aquélla. La encontró limpiando la 401, con el carrito en el exterior. La mujer enderezó la espalda al verle aparecer, y más cuando Miquel, con voz grave, le dijo:

—¿Hay alguien en la 413?

Mencionarle la habitación del «suicidio» la puso nerviosa.

—No, no señor, está vacía.

—¿Puede venir un momento?

Seguía pareciendo un policía. Y si no, lo reflejaba su voz. Ni por un instante la criada le puso la menor objeción. Tampoco le dio tiempo. Caminó hasta la habitación 413 con la llave en la mano seguido por ella. Y, si tenía la llave, era porque abajo, en recepción, se la habían dado. Era una mujer de rostro pálido, cabello muy negro, rasgos andaluces y cuerpo firme. Vaciló un par de segundos frente a la puerta abierta, así que él la cruzó primero.

Todo estaba en orden, la cama hecha, ningún rastro del paso por allí de Alexander Peyton Cross.

—Entre, por favor.

Le obedeció llena de respeto.

—Lo siento. —Intentó tranquilizarla Miquel.

—No... no importa —sacó fuerzas de flaqueza.

—Tarde o temprano habrá otro cliente, y usted tendrá que limpiarla y hacer la cama, ¿verdad?

—Sí, sí señor, pero no creo que olvide nunca lo que vi. Siempre estará ahí, ¿sabe? —Señaló la puerta del baño.

—Así que le encontró usted —lo confirmó.

—Me encargo de esta planta, sí señor.

—¿El muerto estaba en la bañera? —Abrió la puerta él mismo.

—Lleno de sangre, sí. —Se puso blanca de nuevo y juntó

sus manos a la altura del pecho, apretándoselas con fuerza.

—¿Mucha sangre?

—Mucha, sí señor.

—¿Llenó la bañera de agua?

—No.

—¿No?

—Pues... no, estaba dentro y nada más, sólo eso.

Miquel se acercó a la bañera. Cogió el tapón del desagüe y lo incrustó en el orificio. Encajaba perfectamente. Se aseguró de que no tuviera pérdidas y abrió el agua.

Ni una gota se filtró por el desagüe.

Los suicidas solían llenar las bañeras, con agua caliente, para dejarse ir.

El asesino no había pensado en eso.

Miquel se incorporó.

—Siento hacerle pasar por esto y tener que formularle tantas preguntas —se excusó de nuevo.

—Bueno, hoy es la segunda vez ya. La señorita me ha hecho las mismas preguntas.

—¿Qué señorita? —Intentó no parecer ansioso.

—La novia del muerto.

—¿Está aquí?

—Creo que llegó anoche, supongo que para el papeleo y todo eso, llevarse el cadáver... No sé. Estaba muy afectada la pobrecilla. Se notaba que se querían mucho.

—¿Sabe su nombre?

—No.

—¿Cómo es ella?

—Pues... —Hizo memoria—. Alta, muy guapa, cabello rojo...

—¿Pelirroja?

—Sí, eso.

—¿Inglesa?

—Hablaba español bastante bien, pero tenía un acento

de fuera, eso seguro, aunque no sé si era eso que dice usted.

—¿Sabe si se hospeda aquí?

—Sí, pero no sé la habitación. Desde luego, en esta planta no está. Pregunte en recepción.

Hora de dejar en paz a su primer objetivo. De momento, y gracias a sus nervios, parecía no sospechar de que un policía no supiera lo de la llegada de la novia del muerto.

Porque la criada acababa de describirle a la mujer de la fotografía que Peyton guardaba en su cartera.

—¿Conoce a la telefonista?

—Sé que se llama Amalia. A la que atiende por la noche no.

—¿Le importa que la llame desde aquí?

—No, no señor, hágalo.

Era un riesgo añadido, pero mejor hacerlo desde la habitación, a salvo. Miró en la hojita de información situada junto al aparato, encontró el número y descolgó el auricular. Nada más discarlo escuchó la agradable voz de una mujer un tanto velada por la duda.

A fin de cuentas, llamaba desde la habitación 413.

—Telefonista, ¿diga?

Recuperó su voz más firme y autoritaria.

—Amalia, buenos días y perdone que la interrumpa. Soy el teniente Crespo, estoy en la habitación de los incidentes.

—Diga, señor.

—Ya sé que le han preguntado antes, pero necesito unas confirmaciones.

—Lo que usted diga, señor, faltaría más.

La criada seguía en medio del cuarto, inmóvil, sin saber qué hacer. Miquel prefería no perderla de vista, así que le hizo una seña para que se sentara en la cama.

Ella lo hizo en una silla.

—¿Cuántas llamadas realizó el señor Peyton?

—Nada más llegar me preguntó dónde y cómo podía enviar un telegrama a Londres.

—¿Cuándo fue eso?

—El viernes. Yo misma le tomé nota.

—¿Qué decía?

—Bueno, estaba en inglés y... Poca cosa. Que había llegado bien, que se alojaba aquí y que la esperaba. Era para Patricia Gish.

—¿Llamadas locales?

—Una a la comandancia del puerto y otras dos a números de Barcelona, todas el mismo viernes.

—Si hizo llamadas de noche, le atendería otra telefonista, claro.

—Sí, pero no hay nada registrado, señor. Nosotras pasamos los datos a recepción, para la factura. No me consta que el señor Peyton utilizara el teléfono de noche.

—¿Me puede dar los números de las tres llamadas?

—Se los di ya a un comisario...

—Yo soy de otro departamento, por eso la molesto tanto.

—No es ninguna molestia, señor.

—Verá, el señor Peyton era inglés, y eso tiene que ver con relaciones exteriores, líos de consulados...

—Claro, claro. —Pareció revisar algo, quizá un listado, porque por el auricular se escuchó movimiento de papeles—. En la comandancia me hizo pedir por el señor Carlos Soto y le pasé la llamada. Los otros dos números los marcó directamente él, así que no sé a quién se dirigió. Si quiere tomar nota.

Miquel sacó su pluma y un papel del bolsillo. Anotó los dos números que le dio Amalia. Buscó por su cabeza alguna pregunta olvidada y no encontró ninguna.

Tenía más de lo que esperaba.

—Gracias. —Se despidió de la mujer.

—No hay de qué, señor.

Se levantó y la criada hizo lo mismo. Miquel la invitó a

salir con un gesto de la mano. Una vez en el pasillo, también se despidió de ella.

—Ha sido muy amable.

—Vaya con Dios, señor.

No tomó el ascensor para regresar al vestíbulo del hotel. Prefirió hacerlo por la escalera. Al llegar abajo caminó despacio, sin llamar la atención, hasta la puerta de la calle. En la esquina de Roger de Lauria con la avenida de José Antonio Primo de Rivera, la eterna Gran Vía manipulada por la nueva nomenclatura de las calles, el solitario portero del Ritz parecía un general de cinco estrellas, atento a las entradas y salidas del hotel.

Miquel se detuvo a su lado.

—¿Recuerda usted al señor que se mató el sábado por la noche?

—Sí. —Frunció el ceño.

—¿Le llamó algún taxi?

—Ya le dije al...

—Responda, por favor. —Endureció el tono.

—El sábado por la mañana, temprano.

—¿Adónde fue?

—Me enseñó un mapa de Barcelona. Iba a la calle Entenza con Consejo de Ciento. Como no hablaba muy bien español, yo mismo le di la dirección al taxista.

—¿Volvió a verle?

—En mi turno no, señor.

—Una pregunta más. ¿Ha visto entrar o salir esta mañana a la señorita Gish, la novia del muerto?

—Ha salido hará cosa de una hora, temprano, pero se ha ido a pie.

—Gracias. —Movió la cabeza de arriba abajo dando por terminado el interrogatorio.

Al engalanado portero no le faltó más que saludarlo militarmente.

Miquel echó a andar por la calle Lauria, como si se dirigiera a la Central de Policía.

No tomó el taxi hasta llegar a la esquina de la calle Caspe.

Y no se puso a temblar hasta uno o dos minutos después, comprendiendo lo mucho que se la había jugado.

25

Bajó en el cruce de Entenza con Consejo de Ciento y contempló las cuatro esquinas. Era un albur, y daba la impresión de que la inesperada pista moría allí mismo. Escrutó los rótulos de las tiendas y luego oteó los edificios, en busca de algo que su instinto pudiera convertir en su siguiente paso. Le quedaba poco más.

Entonces lo descubrió.

«Construcciones Rojas de Mena.»

En un caso de asesinato no había casualidades. Peyton había estado allí.

El porqué...

Cruzó la calle y entró en el edificio. Las oficinas de la constructora ocupaban dos plantas, el entresuelo y la principal. Subió a pie hasta el entresuelo y se encontró con la típica recepción, defendida como un castillo por la no menos típica recepcionista joven y atractiva. Se acodó en el mostrador aprovechando que no había cerca nadie más, se tocó la solapa como si detrás hubiera una insignia policial, y se lo soltó sin ni siquiera darle los buenos días.

—¿Recuerda al inglés que vino el sábado por la mañana?

La sonrisa de bienvenida se le congeló a la muchacha.

—Sí, sí señor.

—¿Sabe si se dejó aquí una cartera de piel, con un asa, dos cintas, el cierre...?

—Yo le vi salir con ella, lo recuerdo bien. Era un hombre tan elegante y distinguido.

—Vaya por Dios. —Fingió lamentarlo.

—El señor Rojas no está, pero su hija sí. ¿Quiere hablar con ella, señor...?

—No, no, gracias. Tengo un poco de prisa.

—Sabe que el señor inglés murió, ¿verdad? Esa misma noche. Lo supimos el lunes.

—Lo sé, sí. Y extravió esa cartera, por eso la estamos buscando. ¿Telefoneó antes de pasar a ver al señor Rojas de Mena?

—Sí, lo hizo primero.

—Muchas gracias.

Le dio la espalda y se retiró como una sombra, por si las moscas.

Después no se detuvo hasta dos calles más allá.

Alexander Peyton Cross había ido a ver a Jacinto José Rojas de Mena. Es decir: él mismo se había metido en la boca del lobo. Probablemente lo había alertado de la existencia de los cuadros, quizá preguntándole si los tenía él, quizá para saber si Heindrich se los había ofrecido, quizá...

Las opciones no eran pocas.

¿Por qué no había ido directamente Peyton a por Klaus Heindrich?

—Te movías a oscuras, ¿verdad, amigo? —le preguntó al viento.

Rojas de Mena no había esperado a que Peyton diera con Heindrich. Mejor asegurar que nadie más metería las narices en eso. O eso, o ya tenía él los cuadros y...

—No, no los tienes, seguro. —Apretó las mandíbulas Miquel—. Fuiste a por Wenceslao, así que vas tras Félix Centells, porque es el único que puede saber dónde está el alemán. Peyton te lo contó todo, hijo de puta. Y tú te moviste rápido, con Amador de tu lado...

Buscó un bar con teléfono público y lo encontró otras dos

calles más allá, en Conde de Borrell. Pidió las fichas en el mostrador y se puso de espaldas a la gente para hablar con un mínimo de intimidad. Sacó el papel donde había anotado los números de las tres llamadas de Peyton y marcó el primero.

La voz de la recepcionista que acababa de ver en la constructora de Rojas de Mena le tintineó en el oído.

—Construcciones Ro...

Cortó sin dejarla acabar la frase.

Marcó el segundo número. Esta vez fue la voz de un hombre la que irrumpió por la línea.

—¿Diga?

Miquel tomó aire.

—Disculpe, señor. Su número ha aparecido en una investigación policial. ¿Podría decirme con quién tengo el gusto de hablar?

—¿Una investigación? ¿Quién es usted?

—Teniente Crespo. Le ruego responda, por favor. ¿Su nombre?

—Santiago Coll Prats.

Miquel hizo memoria. Le sonaba.

—Un inglés llamado Peyton fue hallado muerto en su habitación del hotel Ritz y estamos tratando de ordenar sus pasos.

—¿Alexander Peyton Cross?

—El mismo. ¿Le conocía?

—Me llamó por teléfono porque teníamos un amigo común en Londres. Quedamos y vino a verme.

—¿Qué quería?

—Saber si me habían ofrecido unos cuadros robados por el ejército alemán durante la guerra.

—¿Qué le dijo?

—Que no, por supuesto. —Su tono se revistió de dignidad—. Soy amante del arte, tengo una buena colección, pero jamás compraría arte robado, y menos para tenerlo oculto, sólo para mis ojos, sin compartirlo con nadie. Si alguien viniera a ofrecerme algo así, le denunciaría, por ética.

—¿Le dijo algo más el señor Peyton?

—No, charlamos un rato y eso fue todo.

—¿Cuándo tuvo lugar su encuentro?

—El sábado por la mañana, aquí, en mi casa. Llevo un mes convaleciente a causa de una operación.

—¿Le comentó si había ido a ver a otros coleccionistas?

—No.

—Ha sido muy amable, gracias.

—Oiga...

No le dio tiempo a más.

Colgó y realizó la tercera llamada.

Esta vez, por lo menos, conocía el nombre.

—Comandancia, ¿dígame? —le saludó otro hombre.

—El señor Carlos Soto, por favor.

—No está. Hoy no ha venido a trabajar.

—El viernes le telefoneó un señor inglés llamado Peyton. Podría...

—No sé nada de eso, señor. —Notó su envaramiento.

—Disculpe, ¿qué cargo ocupa el señor Soto en la comandancia?

—Dirige el movimiento portuario, ¿por qué? —El envaramiento se hizo más grave—. ¿Quién le digo que ha llamado?

Colgó de nuevo.

Se mordió el labio inferior y le pidió la guía telefónica al camarero. Buscó el número del Ritz y lo marcó. Reconoció la voz de Amalia, la telefonista.

—¿Me pasa con la habitación de la señorita Gish, Patricia Gish? —Cambió un poco el tono para pasar inadvertido.

—Un momento, por favor.

La espera se hizo larga. Tras varios tonos, reapareció Amalia.

—Lo siento, señor. La señorita Gish no responde.

—Gracias.

Podía estar todo el día fuera del hotel.

Miquel se quedó pensativo.

Un bar ruidoso no era el mejor lugar para hacerse un mapa mental de la situación, sus preguntas, sus dudas, los nombres que iban saliendo en la investigación y las implicaciones de todo ello. Algunas piezas empezaban a encajar. Otras todavía bailaban. Cuando ejercía de inspector sabía que tener un setenta o un ochenta por ciento de la resolución de un misterio no era nada. Ni siquiera un noventa y nueve por ciento. Los casos se cerraban cuando todo encajaba al cien por cien.

Le quedaba Martín Centells.

¿Otra «casualidad» que Carlos Soto trabajara en la comandancia y él en aduanas?

Tomó el taxi a la salida del bar y le pidió que le llevara al puerto. El taxista, un hombre mayor, cansado, se limitó a cumplir con su cometido. El día era desapacible, nuboso, pero el frío parecía haber menguado. Haberse librado de Lenin le permitía estar más tranquilo y centrado.

El pobre Lenin vapuleado por la vida.

El taxi se movió por el centro, sus calles impregnadas de Navidad, y luego bajó por las Ramblas, en dirección a Colón.

Las aguas del puerto eran grises, plomizas.

Un reflejo de su Barcelona aplastada por el desánimo.

¿O en medio de la zozobra el desánimo era suyo y Barcelona salía adelante como podía, siempre a la espera del futuro?

26

Nunca había estado en las aduanas del puerto. Ninguna investigación le condujo hasta el enorme edifico situado junto al monumento a Colón, frente al muelle de las Atarazanas. Pero si Lenin había visto a los Centells, padre e hijo, hablando, era porque Martín Centells no trabajaba en las oficinas de los pisos superiores, sino en la planta baja, en la entrada o cerca de una ventana.

Se aproximó al largo mostrador y esperó a que alguien le atendiera. Lo hizo finalmente una mujer mayor, sin cintura, cabello recogido en un aparatoso moño, con aire de llevar en el mismo lugar toda la vida, guerra incluida. Su piel tenía idéntico color que las paredes y casi las mismas grietas a causa de la desvencijada pintura.

—¿Qué desea?

—¿El señor Martín Centells?

Ella miró en dirección a una mesa, junto a una de las ventanas, para cerciorarse de que su objetivo no se encontraba a la vista. Volvió hacia su visitante su rostro serio.

—No está.

—¿Sabe cuándo regresará?

—Está inspeccionando unas cargas. —Hizo un gesto vago—. Como media hora, digo yo, salvo que la cosa se complique, porque aquí...

—¿Puedo esperarle?

—Lo que quiera. —Indicó unas sillas junto a la pared de la entrada.

Miquel caminó hasta ellas y se sentó en la primera, al lado de la puerta. Por lo menos sabía que buscaba a un hombre manco, así que no tenía que esforzarse mucho. La espera se hizo tediosa y se prolongó más allá de los treinta minutos iniciales. Miraba la hora por cuarta vez, cuarenta y cinco minutos después de su llegada, cuando Martín Centells apareció por la puerta con una carpeta debajo de su único brazo, el derecho.

Se levantó y no le dio tiempo a que llegara a la zona del personal.

—¿Señor Centells?

—¿Sí?

—Me llamo Miquel Mascarell. —Le dio su verdadero nombre—. ¿Podría hablar con usted unos minutos?

El empleado de la aduana no mostró la mejor predisposición.

—¿De qué se trata? —quiso saber.

—Un tema personal.

—No tengo mucho tiempo hoy, lo siento. —Frunció el ceño y agregó—: ¿Personal?

—Cuando digo «personal» me refiero a usted, no a mí. Se trata de su padre.

Resistió bien el golpe. Sus facciones no se alteraron.

—Mi padre murió hace años —dijo.

—Escuche. —Bajó la voz como un conspirador—. Usted no me conoce, es lógico que no se fíe, pero ayer mataron a su contacto, Wenceslao, y también a su mujer. A Saturnino no han llegado porque está muriéndose en el hospital y a lo mejor ni le tienen localizado. —No le dejó hablar aunque lo intentó—. Su hijo Conrado descubrió lo de Wences al subir al piso la segunda vez por lo del geranio en la ventana. Luego se lo contó a usted.

—¿Cómo diablos...? —Se quedó sin aliento.

—Lo sé, y es suficiente —insistió Miquel—. Ahora de lo que se trata es de salvarle la vida a su padre, y probablemente también a usted y a su hijo, porque cuando los que mataron a Wences den con su rastro, si no han conseguido lo que buscan, vendrán a por los dos. No me diga, pues, que no sabe de qué le hablo, porque si me voy de aquí sin más ya no habrá vuelta atrás.

A Martín Centells se le doblaron las rodillas.

—Vuelvo a preguntárselo —musitó sin mucho fuelle—. ¿Quién es usted?

—No voy a mentirle. —Le mostró sus papeles—. ¿Ve? Miquel Mascarell. Fui policía en la República. Inspector. Al acabar la guerra me condenaron a muerte, acabé en el Valle de los Caídos, tuve una amnistía y salí hace dos años y medio para convertirme en lo que soy ahora: un viejo retirado pero amante de los problemas. Dicen que quien tuvo retuvo, así que será eso. Hace quince años, Félix Centells habría sido un premio. Hoy no. Hoy estamos del mismo lado. Por lo tanto, vuelvo a repetírselo: ¿podemos hablar a solas unos minutos?

—¿Qué interés tiene en esto, lo que sea?

—Se lo explicaré. Si quiere, primero hablo yo y le cuento lo que sé y lo que pienso. Luego usted me echa o me ayuda, que es tanto como ayudarse a sí mismo y a los suyos.

No tenía escapatoria.

Y había recuperado un poco la estabilidad emocional.

Sin miedo, sólo precaución.

—¿Puede aguardar media hora? He de hacer unas diligencias urgentes.

—Si trata de escapar o hacer algo...

—¿Adónde quiere que vaya? —Le mostró el inexistente brazo izquierdo, irritado—. Hay un bar aquí cerca. Es donde suelo comer. Si quiere, espéreme en él. Se llama La Barca. Salga, cruce y vaya al Portal de Santa Madrona. Lo verá enseguida.

—De acuerdo —se avino Miquel—. Hay una cosa más que necesito saber ahora.

—¿Qué es?

—He telefoneado al señor Carlos Soto y no estaba en su despacho. Me han dicho que hoy no ha ido a trabajar. Trate de localizarle. Él también está en peligro.

Martín Centells no fingió. No le preguntó quién era Carlos Soto.

Lo sabía.

Aduanas y comandancia. Una buena alianza.

—Bien —se rindió.

—Se lo repito: si yo sé esto, ellos también lo saben o lo acabarán descubriendo.

No hubo más. El hijo de Félix Centells reanudó el paso y Miquel salió del edificio. Cruzó la calle, rebasó las Atarazanas y llegó al Portal de Santa Madrona. Su último interlocutor llevaba razón. El bar se veía desde la esquina. Y tenía teléfono público. Iba a entrar en él cuando cayeron las primeras gotas de lluvia, no muy abundantes, sólo un preludio, o quizá un tímido intento que tal vez no llegase a más, porque las nubes no daban la impresión de ser amenazadoras.

Se sentó en una de las mesas más alejadas de la barra, al lado del ventanal que anunciaba las excelencias del lugar, y le pidió al camarero una cerveza y unas aceitunas. Un capricho. Con tantos taxis yendo y viniendo, no le importaba ya gastarse unas pesetas más. A veces sentía que su vida y la de Patro eran tan pragmáticas que no disfrutaban más allá del hecho de estar juntos saboreando la libertad.

Mientras esperaba, sacó el papel del bolsillo inferior y la pluma del superior.

Llevar una pluma todavía era un signo de calidad.

Anotó en el papel los nombres de todos los implicados y los cruces que los relacionaban a unos con otros. Los estudió. Faltaban nexos, pero el cuadro se hacía más nítido.

En el centro estaba Alexander Peyton Cross.

Con la cerveza a medias, pero ya sin ninguna aceituna en el plato, se levantó para llamar por teléfono. Pidió la ficha al mismo camarero y recuperó el número del Ritz. La voz de Amalia reapareció en su oído.

—Con la habitación de Patricia Gish, por favor. —Volvió a modificar su tono de voz.

La espera fue la misma, y la respuesta de Amalia la obvia. La novia de Peyton seguía lejos del hotel.

Mientras regresaba a su mesa, vio acercarse a Martín Centells.

27

Martín Centells se quitaba el grueso tabardo, con la habilidad de valerse con una sola mano desde hacía años, cuando el camarero ya estaba allí saludándole.

—¿Qué tienes hoy, Quique?

—Una sopita de pescado de las buenas. Y de segundo sardinitas, pero de las que anoche estaban en el mar tan tranquilas, que las ha pescado mi suegro.

—Pues sea —asintió el recién llegado.

—¿Usted va a comer, señor? —le preguntó Quique a Miquel.

—Lo mismo.

—¿De beber?

Pidieron agua los dos, y al quedarse solos se hizo el silencio entre ellos. Martín Centells parecía tranquilo, pero le traicionaban sus ojos mitad inquietos mitad asustados. Lo disimulaba con su seriedad. Se inclinó sobre la mesa, puso su brazo sobre ella y, aunque los parroquianos más próximos estaban a un par o tres de metros, bajó la voz al decir:

—De acuerdo, ahora dígame lo que cree saber.

Miquel apuró la cerveza. No tomaba alcohol, pero le gustaba aquel sabor amargo. La disfrutó antes de ordenar sus ideas y tratar de ser lo más claro posible con el único hombre que sabía el paradero del falsificador más deseado de Barcelona.

—Voy a contarle cuatro historias, una a una, por separado. —También él se inclinó sobre la mesa, uniendo ambas manos en el centro—. Después le tocará a usted, ¿le parece bien?

—Adelante.

—Primera historia. Un inglés llamado Alexander Peyton Cross llega a Barcelona la semana pasada. Es un *Monuments Man*, es decir, un miembro de un grupo encargado de recuperar las obras de arte que los alemanes expoliaron durante la guerra mundial, sobre todo cuadros. Peyton le sigue el rastro a un oficial nazi llamado Klaus Heindrich, que, lo más seguro, está oculto en Barcelona y posee diecisiete pinturas muy valiosas de algunos grandes pintores. Pinturas que valen millones. —Se lo aclaró para ser más preciso—. Peyton lleva una cartera con documentación y un catálogo que perteneció a Hitler. Un catálogo con los cuadros que el Führer coleccionaba como si fueran cromos. Entre la documentación, hay algunos nombres, y uno de ellos es el del más famoso falsificador barcelonés conocido: Félix Centells. —Su hijo tragó saliva al oír el nombre de su padre—. También están los de un empresario adinerado y coleccionista, Jacinto José Rojas de Mena, y un tal Ventura, sin apellido. Desde la habitación de su hotel en el Ritz, Peyton hace una llamada telefónica a Carlos Soto, ignoro el motivo, y otra a dos coleccionistas de arte, el ya citado Rojas de Mena y Santiago Coll Prats. ¿Mi teoría? Que Peyton quiso estar seguro de que Heindrich no les había vendido los cuadros a ellos. —Se tomó un respiro antes de agregar—: Y aquí, sin saberlo, firma su sentencia de muerte, porque la noche del sábado un secuaz de Rojas de Mena le asesina en su habitación, aunque la realidad acabe disimulándose como un suicidio. Por si eso fuera poco, el mismísimo comisario Amador, flagelo de la dictadura en Barcelona, resulta ser amigo de Rojas de Mena, así que, o bien la policía lo encubre, o bien no se investiga y se mira para otro lado para no tener que revolver entre la mierda. —Hizo una última pausa en su primera exposición—. Lo malo de todo esto, la guinda, es que la cartera de Peyton, con el catálogo y la documentación, ha desaparecido justo antes de su muerte, por lo cual su asesino no la encuentra en la habitación.

—La cartera... —Pareció perderse Martín Centells.

—Sigo con ella —asintió Miquel—. Segunda historia. ¿Por qué Peyton ya no tiene esa cartera? Pues porque, mientras presencia un accidente, un ladronzuelo de poca monta se la ha robado del taxi. Es muy bonita, y parece contener algo valioso, máxime siendo su dueño un inglés. ¿Dólares? ¿Libras esterlinas? ¿Documentos que vender en el mercado negro? El ladrón se queda muy frustrado cuando descubre que el contenido es de lo más vulgar: ese catálogo y un montón de papeles en inglés, además de la llave de la habitación del Ritz, unas tarjetas con el nombre del dueño... Esa misma noche, llama al hotel para decir que se la ha encontrado en la basura y ganarse una recompensa; pero al aparato no se pone Peyton, sino su asesino, que se encuentra con la sorpresa de que lo que está buscando tras matar a Peyton le cae del cielo. Quedan en un sitio al día siguiente y el ladrón, taimado, llega antes a la cita y lo observa todo desde la distancia. El inglés, por supuesto, no acude, y en su lugar hay algunos sospechosos, uno de ellos real. Aunque lleva la cartera en una bolsa, el asesino lo descubre en su retirada y le sigue. El ladrón se da cuenta, le da esquinazo y deja la cartera a buen recaudo en casa de su hermana. No se limita a desaparecer. No es tonto. Empieza a intuir que se ha metido de cabeza en algo raro. Va al Ritz y ve cómo sacan el cadáver de Peyton. También escucha los rumores, lo del suicidio. Entonces cae en la cuenta de que el hombre con el que habló por teléfono no tenía acento inglés y ata cabos. Le entran sudores fríos y busca ayuda. ¿A quién? Pues no se le ocurre nada mejor que ir a ver a un viejo inspector de policía, republicano, retirado, que quince años atrás le perseguía y que ahora, por nuevas circunstancias, incluso ha compartido celda con él.

—Usted.

—Ese policía comienza a investigar. —Ni siquiera respondió a lo evidente—. Descubre cosas, como lo del nazi suelto, los cuadros, que el secuaz trabaja para Rojas de Mena, que es amigo de las altas instancias... Entre los papeles del muerto ha reconocido un nombre: Félix Centells, el mejor falsificador que ha existido... y existe. Así que el viejo pies planos busca a Félix, como en sus mejores tiempos, con la única diferencia de que ahora están del mismo lado. —Hizo una pausa para que eso quedara bien claro—. Han pasado muchos años desde la guerra, pero los contactos siguen por ahí, escondidos. Logra encontrar a Saturnino Galán, que conocía a Centells. Se está muriendo en un hospital, así que ya nada le importa. Le habla de Wenceslao y el geranio, que es la forma que tienen los Centells, abuelo, padre e hijo, de saber que alguien necesita documentos. El viejo policía busca a Wenceslao, le encuentra y habla con él: el hombre le jura no saber dónde se esconde Félix y el policía le cree. Wenceslao le pide que vuelva luego, o al día siguiente, y cuando regresa ya es tarde, porque lo ha matado el mismo secuaz que asesinó al inglés. ¿Cómo lo sabe el pies planos? Pues porque lo ve en la ventana, le sigue, y llega hasta la casa de Jacinto José Rojas de Mena, que casualmente está con el comisario Amador.

Los nombres no parecían impresionarle. Los hechos sí.

—¿Por qué matar a Wenceslao si no sabía dónde estaba mi padre? —habló ya sin tapujos Martín.

—No lo sé. ¿Un sádico? ¿Se le fue la mano? ¿Mejor no dejar cabos sueltos? Da lo mismo. Los hechos son los hechos. ¿Sigo con la tercera historia?

—Sí.

No pudo hacerlo. La comida aterrizó en ese instante. Dos platos de humeante y aromática sopa, la jarra de agua y dos vasos.

—¡Que aproveche! —les deseó Quique.

Tomaron las cucharas, pero el único que probó la sopa, de momento, fue Martín Centells.

—La tercera historia comienza con un «Érase una vez el mejor falsificador de documentos de Barcelona». Un as huidizo en la paz y un prófugo más en la derrota, aunque tan inencontrable como entonces. Félix Centells finge morir en la guerra. Ideal para que se le deje tranquilo. Su hijo y su nieto mantienen la mentira. ¿Dónde puede estar oculto? En su misma casa, o en la de su hijo, en un sótano o tras un tabique falso. Tampoco es el único. España entera debe de estar llena de topos que no ven el sol pero que prefieren eso a la muerte. De todas formas, hay que vivir, y el dinero es el dinero. Cuanto peores son los problemas para salir de España, más se puede pagar por papeles falsos. Por lo tanto, Félix sigue con lo suyo. No va a pasarse años sin hacer nada. Incluso disfruta de su talento. Hay muchos republicanos que quieren escapar, pero también otras personas que han llegado a España huyendo de la guerra. Personas con posibilidades económicas. Así es como se monta su nuevo entramado: contactos por la calle, bares, lupanares, con los oídos prestos a captar una voz o cualquier necesidad, y una vez detectado un cliente... el geranio en la ventana de Wenceslao. Conrado, el nieto, lo ve, pasa por delante regularmente, se lo dice a su padre, y éste... ¿Qué hace? ¿Busca al cliente que ha captado la voz de socorro, con lo cual Wenceslao queda al margen y hace que nadie conozca el escondrijo de Félix? Es lo más lógico. Cuanta menos gente, mejor. ¿Me equivoco? El nexo final...

—Ya veo que Saturnino no se lo contó todo.

Miquel evitó traicionarse.

Satur.

El muy...

Probó la sopa, para que no se le notara la contrariedad. Estaba realmente buena.

—Coma si quiere. Ya ha dicho bastante —le dijo Martín Centells.

—¿No quiere que siga?

—Por mí...

—Falta algo muy jugoso, ¿no cree?

—¿Qué es?

—Resulta que usted trabaja en aduanas, y Carlos Soto en la comandancia del puerto. ¿No es ideal para alguien que quiera escapar en barco con papeles falsos?

Se puso rojo.

Él también siguió sorbiendo la sopa.

—Ha dicho que eran cuatro historias, y van tres —le hizo ver.

—La última historia es la del nazi, Klaus Heindrich —continuó Miquel—. Según lo veo yo, está en Barcelona, tiene en su poder diecisiete obras de arte de reducido tamaño, fácilmente transportables en un baúl o una maleta grande si se trata de lienzos. Quizá sepa que le siguen la pista o quizá no, da lo mismo. Lo que quiere es salir de España y marcharse a otra parte, donde tenga amigos y esté más seguro. Probablemente Sudamérica. Klaus se convierte en cliente de Félix Centells. A lo peor, ya está lejos. A lo mejor, no. ¿Qué sabe de él Rojas de Mena? Sólo lo que le ha dicho Peyton. Si Peyton está seguro de que Heindrich sigue en Barcelona, Rojas de Mena tiene una oportunidad. El dinero obra milagros. Ya sabe quién es Félix Centells, lo más seguro es que Amador se lo haya dicho. Si da con él, dará con Heindrich. Es cuestión de días, o de horas. El secuaz mata a Peyton, llega hasta Wenceslao... ¿Y si el nazi se ha ido ya? Lo mismo: Centells es el único que conoce su nueva identidad, porque la ha creado él mismo, y tanto usted como Soto también su destino.

Dejó de hablar y, ahora sí, atacó la sopa con regularidad, antes de que se le enfriara.

Martín Centells evaluó la situación.

Tampoco era estúpido.

—A Wenceslao le mataron ayer, y a mí nadie ha venido a verme —refirió.

—Ya le digo que hay muchos cabos sueltos, muchas preguntas sin respuesta, puntos oscuros y, de momento, sin lógica. Pero lo que le he contado no sólo son hechos, sino la situación del caso ahora mismo.

Otra pausa, menor.

—¿Y usted se ha metido en esto...?

—Por ayudar a un amigo, sí.

—¿El ladrón de la cartera? —No pudo creerlo.

—Sí. —Engulló las tres últimas cucharadas—. Y, como hemos quedado, le toca a usted.

28

Martín Centells parecía estupefacto.

—¿Hace todo esto por... un amigo? —insistió.

Miquel interiorizó la pregunta.

Y, de pronto, se oyó a sí mismo decir:

—Primero sí. Creía que sería algo más sencillo. Optimista yo, como si la experiencia no me dijera que nada es sencillo, y menos si hay un crimen de por medio. Ahora, sin embargo... —Plegó los labios en un gesto amargo—. Ahora se trata de que odio el fascismo, el de aquí y el que empujó Europa a la guerra en el 39. Lo odio y me repugna que diecisiete obras de arte en poder de un nazi con las manos manchadas de sangre acaben en un país sudamericano o en el sótano de un asesino, sólo para sus ojos.

—¿Me habla de ética en estos tiempos?

—Llámelo así, si quiere. Pero también puede ser rabia, desesperación, la punta de orgullo que no podrán arrebatarnos. Personalmente tampoco me queda mucho, así que la ética cuenta.

—¿No teme que llame a la policía?

—¿Con su padre vivo y escondido? No. Además, el comisario Amador le despellejaría vivo, y a su hijo Conrado, antes de acabar con él. ¿Le conoce?

—No.

—Es un sádico, de los que creen que han sido demasiado

buenos con los vencidos y que todavía quedamos muchos rojos vivos.

Apareció Quique. Ya traía las sardinitas. Las depositó en la mesa con el orgullo del que sabe que está cumpliendo con el más sagrado deber de un ser humano: alimentar como es debido a los demás.

—¿Qué les parecen?

—Eres el mejor —dijo Martín.

—¡Hala, a disfrutar! ¿La sopa bien?

Asintieron con la cabeza, se llevó los platos de sopa vacíos y volvió a dejarlos solos. El hijo de Félix Centells abrió la veda atacando la primera sardina.

—Vayamos por partes —reanudó la conversación—. Primera historia, la del inglés. Lo único que sabía yo de ella es que ese hombre llamó a Carlos Soto y le preguntó por un barco, el *Ventura*.

Miquel dio un respingo.

—¿*Ventura* es el nombre de un barco?

—Bandera brasileña. Parte el viernes con destino a Curitiba, en el sur de Brasil.

—Entonces es evidente que Klaus Heindrich viajará en él.

—Espere, llegaremos a eso después. —Le detuvo Martín.

—Si la policía interrogó a la telefonista del Ritz, como he hecho yo, a la fuerza han de tener ya el nombre de Soto en la lista.

—Carlos está enfermo, en su casa. Le he telefoneado al irse usted.

—¿Quién le ha dicho que está enfermo?

—Su mujer.

—¿Y si le están vigilando?

—¿Quiénes, la policía o el que mató al inglés?

—Creo que ahora mismo no hay diferencia.

Martín Centells comprendió la dimensión del embrollo.

—Mataron a Wenceslao y, según usted, deberíamos estar

en peligro todos, sin embargo... —Abrió las manos en un gesto explícito.

—Ya le he dicho que hay piezas sueltas. A lo mejor el secuaz de Rojas de Mena se ha encallado. Pero, desde luego, no van a estarse quietos ni a parar. Si ese barco sale el viernes, queda tiempo. Por si eso fuera poco, lo que se han montado ustedes no deja de ser sofisticado, por llamarlo de alguna forma. El negocio perfecto: un falsificador, un aduanero y alguien en la comandancia del puerto. Habría que aplaudirles.

—¿Voy con su segunda historia?

—Adelante.

—Wenceslao era un intermediario. No sabía nada. Le mataron, pero no pudo revelar dónde está mi padre. La pista que seguía el que le asesinó desaparecía con él. Si Saturnino sigue vivo en el hospital, la única conexión de su comisario con todo esto es esa llamada que el inglés le hizo a Soto.

—¿Cuando ha hablado con su mujer la ha notado nerviosa o preocupada?

—No.

—De acuerdo, siga.

—Tercera historia. Supongamos que Félix Centells sigue vivo, como usted insiste en asegurar, y está oculto en alguna parte. ¿Cree que yo le delataría?

—¿Y él, dejaría morir a su hijo y su nieto por protegerse?

Martín llenó los pulmones de aire. Comía las sardinas de forma pausada, manejándose relativamente bien con su única mano. Ya no estaba nervioso, sólo mantenía la cautela. Movimientos lentos, trabajo mental, contención...

—Ha de confiar en mí —dijo Miquel.

—No le conozco.

—Con todo lo que le he contado, tiene de sobras para fiarse. Soy su única esperanza.

Otra sardina.

Miquel devoraba las suyas sin apenas quitarles las espinas.

—Es en la parte final de la historia donde usted se equivoca, señor Mascarell. —Su resistencia tocó fondo—. La persona para la que mi padre falsificó documentos hace unos días es una mujer, española. Embarcará en el *Ventura* rumbo a Brasil, sí, pero va a hacerlo con su novio, también español.

Miquel acusó el golpe.

—¿Está seguro?

—Sí.

—Tengo una foto de Heindrich, con uniforme. —Recordó la imagen del alemán en la ficha encontrada en la cartera de Peyton—. Es rubio...

—El novio de esa mujer es moreno.

—Eso no significa nada. ¿Usted le ha visto?

—No, únicamente la foto, para el pasaporte.

—¿Y ella?

—Muy guapa. Espectacular, diría yo. Morena, ojos grandes, boca generosa... Fue la que aportó los datos de ambos. Mire, cuando alguien quiere irse no hay muchas preguntas que hacer.

—¿Pagaron bien?

—Generosamente, diría yo.

—¿El contacto lo hizo Saturnino?

—Sí. Ella empezó a dar voces, discretamente, sabiendo más o menos dónde dejarlas ir, y para eso está él con su pequeña red. Cuando mi hijo vio el geranio en la ventana, fue a verle y los puso en contacto.

Si Saturnino Galán no estaba muerto, lo mataría.

Contuvo su ira para no perder el hilo del interrogatorio.

—¿A qué hora sale ese barco?

—El viernes al amanecer.

—¿Cuándo embarcarán ellos?

—El jueves por la noche, con el resto de la carga.

—¿Equipaje?

—Sí, claro. Hablaron de maletas y un baúl.

—¿Cómo se llama esa mujer?

—María Fernanda Aguirre.

—¿Y el novio?

—Eduardo Llagostera.

—¿Son los nombres que le dijo ella o le enseñó algún papel?

—No, son los nombres que me dijo ella.

—¿Y los de los nuevos papeles?

El interrogatorio era ahora rápido, incisivo. Centells se dio cuenta de ello. Detuvo la respuesta, tomó el vaso de agua y lo apuró. Miquel tenía la boca seca, así que hizo lo mismo.

Todavía quedaban sardinas en los platos.

—Señor Mascarell, ¿qué pretende hacer? ¿Detenerlos?

—No puedo detener a nadie.

—Aunque diera la alarma, en plan anónimo, esos cuadros se quedarían en España. Un botín para el régimen. Así que, si tiene razón, se irán en el *Ventura*. O eso o se destapa todo y mi padre, mi hijo y yo, además de Soto, acabamos en la cárcel.

—O muertos.

—Ya está bien, ¿no? —Se incomodó con ira.

—Estoy intentando ayudarles —dijo Miquel.

—No, usted ayuda a ese amigo y ahora, además, va de justiciero. ¿Un nazi, cuadros? ¿Por qué no vive y deja vivir?

—Porque el mundo no puede funcionar así, Centells. Bastante mal nos ha ido. Si cerramos los ojos cuando podemos hacer algo...

—¿Hacer qué, maldita sea?

—Piénselo: Jacinto José Rojas de Mena no va a dejar que esos cuadros salgan de España.

—¿Y si ya los tiene él y lo único que hacen la mujer y ese hombre es largarse con el dinero?

—Mi instinto me dice...

—¿Su instinto de policía de hace un montón de años?

—Sí.

—¿Por qué está tan seguro de que el nazi los tiene?

—Porque Peyton puso en alerta a Rojas de Mena sin darse cuenta, y él, aun con Amador cerca, es imposible que haya dado con Heindrich en tan poco tiempo. Peyton sabía lo del *Ventura*. No sé cómo, pero lo sabía, y dudo que se lo contara a Rojas de Mena.

Martín se llevó una mano a los ojos. Le dolían. Miró el plato de sardinas y de repente pareció dejar de tener hambre. Por la calle la gente ya no llevaba los paraguas abiertos. Sólo habían sido cuatro gotas.

—¿Cuáles son los nombres de los nuevos documentos? —repitió la pregunta que había desatado aquella agria discusión final.

El hijo de Félix Centells se rindió.

—Yolanda Baruque y Bertomeus Moraes.

—¿Tiene sus señas?

—No.

—¿No?

—Fue ella la que vino siempre. Primero a contactar, después a traer las fotografías, y finalmente a recoger los papeles.

—¿Cuándo se los entregó?

—Hace una semana.

—¿No había ningún barco antes?

—Para Brasil, no. Y quería ir expresamente a ese país y a esa ciudad, Curitiba.

—¿Cómo distingue si alguien le dice la verdad y no es una trampa?

—Porque la necesidad se detecta. Si es muy urgente, a veces investigamos antes. Mi hijo es bueno haciendo eso. Pero encima ella pagó al contado, por adelantado, y como le he dicho, fue mucho dinero. A un republicano, mi padre se lo haría gratis. A un desconocido que no da razones, le cobra un buen precio.

—¿Le habría falsificado papeles de saber que él es un nazi?

—No. —Ni siquiera tuvo que pensárselo—. Mi padre sigue teniendo el corazón rojo.

Habían terminado de comer.

Y, de pronto, un inesperado cansancio les invadía a los dos.

—Yo de usted me escondería hasta que ese barco hubiera zarpado —le previno Miquel.

—También pueden cogerle a usted. Si va por ahí haciendo preguntas...

—Morir por morir, moriría con la boca cerrada —afirmó—. Hace quince años hubiera detenido a Félix Centells con gusto. Hoy más bien le admiro y le respeto. Quién sabe, tal vez algún día necesite yo también papeles falsos.

—Tengo una pregunta. —Frunció de pronto el ceño Martín.

—Hágala.

—¿Sabe cómo dio el inglés con la pista del tal Heindrich en Barcelona?

—No.

—¿Un nazi escondido, seguramente cauto, y de repente aparece alguien que le ha encontrado?

—Supongo que esa gente tendrá contactos. El nazi, el nombre de su padre... Muerto él, quizá no lo sepamos nunca.

Les envolvió un breve silencio hasta que, una vez más, Quique surgió fantasmal a su lado frotándose las manos con entusiasmo.

—Vaya —dijo al ver el plato de Martín—. ¿No estaban buenas?

—Estoy lleno. Y hoy he comido antes.

—¿Un coñac, café...?

Dijeron que no con la cabeza.

—Pónmelo en mi cuenta —manifestó el aduanero.

Quique volvió a dejarlos solos.

—Gracias —asintió Miquel.

—Si dice que me está ayudando... Es lo menos.

—Le he contado la verdad de todo.

—La verdad en estos tiempos no cuenta mucho —replicó Martín con pesar.

—A veces, lo justo.

—¿Cómo es ese hombre, el que mató a Wenceslao?

Se lo describió, paciente, con detalle. Instintivamente, Martín miró por la ventana del bar. Miquel estuvo a punto de preguntarle cómo había perdido el brazo.

No lo hizo.

Qué más daba.

¿Quién no había salido herido de la guerra, de forma visible o invisible?

—He de irme. —Dio por terminada la charla.

—¿Va a seguir investigando?

—Sí. —Miquel se puso en pie—. Tenga en cuenta algo: si Amador sabe que Félix está vivo, puede que luego vaya a por él igualmente. Así que tengan cuidado.

—Hace mucho que le digo a mi hijo que se vaya de este país —suspiró Martín.

—¿Por qué no lo hace?

—Es joven. Tiene esperanzas.

Una hermosa palabra.

—Sí, es joven —asintió con la cabeza.

Se tendieron la mano. Se la estrecharon.

—Cuídese.

—Usted también.

Miquel salió de La Barca sintiendo los ojos de Martín Centells fijos en su espalda.

29

Algo no encajaba.

El secuaz de Rojas de Mena había llegado hasta Wenceslao, y luego... ¿nada?

¿O es que Amador había atado ya los cabos sueltos? Soto en comandancia, un nazi tratando de escapar...

No tenía más que esperar al jueves por la noche y detener a los fugitivos.

Sólo que entonces, como decía Martín, los cuadros saldrían a la luz pública, y si de lo que se trataba era de que se los quedara Rojas de Mena...

Dudas y preguntas.

Como siempre.

Tenía que volver al hospital, para apretarle las tuercas a Saturnino Galán... si seguía vivo y Consue no había acabado con él la noche anterior.

Qué locura.

Se metió en un taxi y temió que el conductor le notara la guerra mental, los fuegos artificiales de su cabeza. Siempre que estaba cerca del final de una investigación, cuando le quedaban pocas piezas para cerrar un caso, le sobrevenía un punto de taquicardia que conseguía controlar. Lamentablemente, en todo aquello, lo que menos parecía era estar cerca del final.

Había algo, un muro, una pared, que le impedía llegar al desenlace.

Pero ¿qué?

Bajó en la entrada del hospital de San Pablo. Primero buscó un teléfono público. Lo encontró después de caminar unos cincuenta metros. Era un bar pequeño, lleno por la hora, con gente comiendo en las mesas y hablando en voz alta, la mayoría obreros de unas construcciones cercanas. El humo de los cigarrillos era espeso y, antes de pedir las fichas y llegar al teléfono, ya se puso a toser.

Nuevo intento.

—Hotel Ritz, ¿dígame?

—Con la habitación de la señorita Patricia Gish, por favor.

Nueva espera.

El teléfono se descolgó al segundo zumbido.

Se le tensaron todos los músculos.

—¿Diga?

—¿Señorita Gish?

—Sí, soy yo, ¿quién es?

Hablaba bien el español. Con apenas un ligero acento. Su voz era agradable, dulce incluso. Miquel intentó parecer tranquilo, pero también convincente.

Patricia Gish acababa de perder a su novio.

—Señorita Gish, ¿está sola?

—Sí, ¿por qué?

—Usted no me conoce, pero yo... bueno, tengo algo que perteneció al señor Peyton.

El silencio se apoderó del hilo telefónico.

No hubo reacción al otro lado.

—Se trata de su cartera —continuó Miquel.

—¿Quién es usted? —El tono se endureció.

—Por favor, no tema. —Suavizó la cadencia de sus palabras—. Estoy de su lado, sé lo que hacía él, sé lo de los *Monuments Men* y también sé que tal vez usted pueda estar en peligro.

—¿Yo?

—Depende de las preguntas que haga o de si se mete en problemas.

—¿Cómo es que tiene esa cartera?

—Es una larga historia. Por favor, confíe en mí. Podríamos quedar en algún lugar.

—Venga aquí.

—No, ya he estado en el Ritz y no quiero jugármela de nuevo. También yo corro peligro, ¿entiende? Ha de ser en otra parte, usted y yo, solos.

—No sé quién es. ¿Cómo puedo... —buscó la palabra adecuada— fiarme de...?

—A Peyton le mataron. No fue un suicidio.

El segundo silencio fue mayor que el primero, y mucho más dramático. Puso otra ficha en el orificio del aparato para evitar que se interrumpiera la conversación en el momento más inesperado.

—Su novio no se cortó las venas. Usted sabe que eso no tiene el menor sentido.

—Sí. —Fluyó su voz como un susurro por el auricular.

—Déjeme decirle algo: no puede confiar en la policía. Ellos están encubriendo el asesinato.

—Señor... —Parecía aturdida.

—Este caso se ha complicado mucho, y usted está sola. Créame si le pido que no haga nada, ni hable con nadie más, hasta que lo haga conmigo. ¿Ha visto al comisario Amador?

—Sí.

—¿Qué le ha dicho él, que Alexander se cortó las venas y ya está, sin más opciones?

—Sí.

—¿Qué le respondió usted?

—Que eso era imposible. Pero...

—Señorita Gish, sé quién le mató, sé quién tiene los cuadros. He de verla.

—¿Cómo sé que no es una trampa?

—No lo sabe. Sin embargo, crea en su instinto y en lo que le dicte su corazón. En la cartera de su novio había una foto de ustedes dos. Él le mandó un telegrama. Creo que usted también pertenece a los *Monuments Men*, o a las *Monuments Women*, no sé si existe eso. Klaus Heindrich embarcará mañana en un barco llamado *Ventura* con rumbo a Brasil llevándose las diecisiete pinturas que están en su poder. Eso si los que mataron a su novio no lo impiden antes, que es lo más probable tal y como están las cosas. ¿Quiere que la muerte de Alexander sea inútil?

El llanto fue ahogado.

Pero audible.

Un viento impregnado de calor y dolor que irrumpió en la línea abrasándolo todo, hasta llegar a él.

—Lo siento, señorita Gish. —Intentó parecer muy sincero.

—¿Cómo se llama usted? —Consiguió hablar ella.

—No, por teléfono no, se lo ruego. Quedemos en un lugar público y animado, cerca de su hotel si quiere. ¿Conoce el Zurich, en la plaza de Cataluña?

—Lo encontraré.

—¿En una hora?

—Escuche, ahora van a traerme los papeles para poder llevarme el cuerpo de Alex a casa. No puedo irme sin más. He estado removiendo cielo y tierra todo el día para adelantar los trámites, con las autoridades, el consulado, la policía, y si me voy...

—Entiendo.

—Deme dos horas. Les diré que tengo algunas gestiones que hacer después de las firmas.

—Dos horas. —Cruzó los dedos Miquel.

—¿Cómo le reconozco?

—Yo la reconoceré a usted. No creo que haya cambiado mucho desde que se hizo esa foto, y siendo pelirroja... Su color de pelo no es nada frecuente aquí.

—Dígame cómo es, por favor.

—Sesenta y cinco años, mayor, gastado, abrigo barato, cabello entrecano... —Puso una tercera ficha en el teléfono.

—¿Me traerá la cartera?

—Todavía no. —Calculó las posibilidades que tenía de hablar con Saturnino, sacarle el resto de la verdad, ir a casa a por la cartera y volver a salir corriendo para llegar al Zurich a la hora prevista—. No la llevo encima, pero podemos ir a buscarla.

—Está bien —se rindió Patricia Gish.

—¿Es muy importante para usted ese catálogo?

—Resume el trabajo de muchos años. Eso y los papeles de Alex.

—Gracias —convino Miquel—. Sé que en estos tiempos es muy difícil confiar en alguien, y más en un país extraño donde la persona a la que ama ha sido asesinada.

—Alex lo hacía. —Miquel creyó intuir una sonrisa al otro lado—. A veces creía que todo el mundo estaba de nuestro lado, que la bestia había muerto. —El tono volvió a endurecerse—. Pero la bestia nunca muere del todo, ¿verdad, señor?

—Siempre queda un Klaus Heindrich. —No agregó los nombres de Amador y de Rojas de Mena—. Y en esta España de hoy no hay más que un lado, el de los vencedores y los verdugos.

—Dos horas —se despidió Patricia Gish—. Intentaré llegar incluso antes si puedo.

30

Era la tercera vez que estaba allí, y la enfermera cuadrada daba la impresión de formar parte del mobiliario. Más aún, no se veía ninguna otra en las inmediaciones, como si allí, en el sector de los despojos, no hicieran falta. Cuando le vio acercarse hasta detenerse al otro lado del mostrador de su pequeño baluarte, le observó con atención y un cierto hastío, tal vez preguntándose si de verdad era policía.

—¿Otra vez usted? —Frunció el ceño.

—Ya ve. La ley no descansa nunca, y ése de ahí —señaló la habitación de Saturnino Galán con la cabeza— miente más que habla.

—Lo que sea, pero llegó aquí solo y de pronto...

—¿No está solo? —Se extrañó Miquel.

—Su hermana no se ha separado de su lado.

Hizo un esfuerzo para no delatarse, arquear las cejas o desencajar la mandíbula. Aguantó el tipo y, antes de reemprender la marcha, se limitó a decir:

—Es usted una santa.

—Espero que en el cielo no me hagan trabajar de enfermera —le soltó.

Miquel se acercó a la habitación con el paso discreto, sin hacer ruido. Los tres enfermos que compartían espacio con Satur estaban solos, miradas extraviadas, respiraciones fatigosas. Su objetivo, en cambio, tenía la cortinita de separación echada.

Metió la cabeza por el hueco.

Consue estaba masturbándole con la mano, por debajo de las sábanas, mientras le lamía la cara con su enorme y sonrosada lengua.

Saturnino, en el paraíso.

—¿Todo bien? —Fue lo único que se le ocurrió decir al recién llegado.

El enfermo pegó un respingo, abrió los ojos y miró en su dirección.

—¡Hostias, inspector, que me ha cortado, hombre!

—¿Todavía no se ha corrido? —le preguntó Miquel a Consue, que había dejado de mover la mano.

—¿Éste? —Soltó un exabrupto—. ¡No para! ¡Parece tener una fábrica de semen ahí abajo, es incansable!

—Es por la falta de uso —se excusó Saturnino sin bajar de su disgusto—. ¿Qué quiere ahora?

Miquel no le hizo caso.

Siguió hablando con la prostituta.

—¿Cómo sigues aquí?

—Ya ve. —Se puso en pie y pasó la mano por la sábana como si fuera una toalla—. Resulta que tiene unos ahorrillos y después del servicio de ayer, como quedó tan satisfecho, me los va a dejar todos si me quedo hasta que la palme.

—Virgen santa. —Miquel hundió la mirada en el moribundo.

—Pues sí —suspiró dudosa Consue—, porque con cada orgasmo parece estar mejor. Igual soy milagrosa, oiga.

—¡Eh, que estoy aquí! —protestó Saturnino.

—¿Quieres dejarnos solos? —le pidió el recién llegado a ella.

Consue se retiró.

—¡No te vayas muy lejos! —rezongó Saturnino.

—Aprovecharé para hacer pis, amor.

Se quedaron solos. Miquel se acercó a la cama, donde el

enfermo, desde luego, tenía mucho mejor aspecto que la primera vez.

—Oiga, gracias. —Rompió el momentáneo silencio—. Nunca se lo agradeceré bastante, inspector. ¡Qué mujer!

—Creo que me la voy a llevar —le amenazó.

—¡Ni se le ocurra! ¡Eso sí sería maldad, no fastidie! —Se alarmó, casi queriendo incorporarse.

—¿Por qué me engañaste?

—¿Yo?

—Sí, tú.

—¡Le dije lo que sabía, que me caiga muerto aquí mismo si le mentí! —Se dio cuenta de lo que acababa de decir y miró los aparatos a los que estaba conectado.

—¿Matan a Wenceslao y no piensas que puedan dar contigo?

—Se lo dije. Me importa una mierda. —Pareció a punto de echarse a llorar, abatido por el inevitable fin de sus días—. ¿Sabe lo que es estar aquí? Pasa un médico cada dos días y ni te mira. Lo único que hacen es preguntar: «¿Ése todavía aguanta?». Las enfermeras, lo mismo. Esto es una antesala del infierno. Por mí... ¡a la mierda con todo! Se lo repito, ¡a la mierda! Que venga Consue, va.

—A Consue me la voy a llevar.

—¡No joda, hombre!

—¡Cállate, pesado! ¡No grites! —dijo uno de los otros tres enfermos.

—Que te has pasado toda la noche gimiendo, carajo —protestó otro.

—¡A que os desconecto cuando se vaya éste! —les amenazó Saturnino.

Miquel comprendió que el tema se le estaba yendo de las manos. Se acercó a su interlocutor.

—Baja la voz, ¿quieres?

—¿Se va a llevar a Consue?

—Depende de ti.

—¿Qué quiere ahora?

—Encontrar a alguien.

—Y dale. ¿Qué se cree, que yo lo sé todo?

—Esto sí.

—¿Quién es?

—La mujer que quería un pasaporte para ella y para su novio.

—¿Ésa?

—Ésa, sí. ¿Por qué no me hablaste de ella?

—Coño, porque no preguntó —dijo con una lógica aplastante.

—Pues ahora sí lo hago. ¿Quién es y cómo fue todo?

—Cagüen... —Resopló—. Una tal María Fernanda Nosequé, guapa, pedazo de señora. Y recuerdo el nombre porque una tía mía se llama igual, que si no...

—Satur, al grano. ¿De dónde salió?

—Hizo preguntas aquí y allá, por el barrio. Ya sabe cómo son esas cosas. Cautelosa, que si alguien conocía esto y aquello, que si lo de más allá... Les faltó tiempo para venir a contármelo. Yo siempre tengo oídos sueltos por todas partes. Les digo que escuchen y, según lo que sea, que me llamen.

—¿Quién fue el intermediario?

—Un tal Isidro Fontalva. Que si papeles, que si salir de España... Parecía muy desesperada. Esas cosas se mueven con discreción, pero ella... En fin, que sí, que quedamos. Se echó a llorar diciendo que les matarían, a ella y a su novio... Hice mi parte y adiós. Wenceslao puso el geranio en la ventana. El resto...

—¿Sabes dónde vive?

—¿La señora? No.

—¿Dónde encuentro a Isidro Fontalva?

—Frecuenta una tasca en el Born, La Cala, por el lado de la estación de Francia.

—¿Nada más?

—Pues no.

—¿Y en La Cala sabrán dónde vive?

—No sé, vaya y pregunte... —Se puso la mano que no tenía el gota a gota bajo la sábana y se tocó—. Joder, oiga, menudo bajón. Suerte que ésa tiene mano de santo. Ya está, ¿no?

—Como tenga que volver...

—¡Y yo qué quiere que le diga, si no hizo las preguntas adecuadas! ¡Hágala volver, va, que usted se queda en esta mierda de mundo pero yo me voy!

Miquel se resignó.

—¿Seguro que te estás muriendo?

—Si no me mata lo que tengo, lo hará ella, así que...

Tuvo ganas de reír.

En el fondo, había cierta dignidad en él.

—Que tengas un buen viaje, Saturnino —le deseó.

—Le diré al diablo que le espere, porque usted, al cielo, tampoco va.

Miquel llegó a la puerta.

—Pasa, Consue.

La mujer se detuvo a su lado.

—No crea, que me lo gano, ¿eh? Es insaciable. Tetas, coño, paja, tetas, coño, paja... Y le quedan pocos dientes, pero sabe emplearlos. Se le coge cariño.

—¿Sabes si alguien ha dicho algo de su estado? —Bajó la voz.

—Dos, tres días... Vaya usted a saber. A este paso...

—Si aparece alguien preguntando por él...

—Yo callada, descuide.

—Suerte.

Consue se encogió de hombros y acabó de meterse dentro de la habitación. Llegó junto a la cama del enfermo.

—¿Dónde está esa cosita milagrosa que crece y crece y crece? —cantó como una niña.

Miquel echó a andar con una sonrisa en los labios. A pesar de todo. Una sonrisa en la que se escondían muchas cosas. Sentimientos contrapuestos. La diferencia entre estar del lado de la ley antes de la guerra y no tener ley en la posguerra era abismal. De pronto, ya no había buenos ni malos en su mundo, sino personas que sobrevivían como podían. El fascismo era una hidra omnívora capaz de devorarlo todo.

Pasó junto a la enfermera, la saludó con una inclinación de cabeza, llegó a la calle y comprobó la hora. Tenía tiempo suficiente para intentar encontrar a Isidro Fontalva antes de reunirse con Patricia Gish. Pero debía darse prisa.

Mientras viajaba en taxi hasta el Born, se imaginó a Saturnino Galán y a Consue, con los otros tres moribundos compartiendo habitación y gemidos. A lo mejor también tenían ahorros y Consue se hacía de oro.

El bar La Cala era un antro. No llegaba ni siquiera a bar. Como mucho, tasca, tascorro, agujero lleno de humo con olor a vino fuerte y peleón pegado a las paredes. El personal era ruidoso. Discusiones a gritos, partidas de dominó o de cartas, vapores etílicos enturbiando algunas miradas... Se acercó a la barra, donde un hombre bajo y enjuto, sin afeitar, servía lo que le pedían. Se lo quedó mirando con ojos dudosos.

—¿Está Isidro? —le preguntó él.

—¿Isidro? ¿Qué Isidro? —Se tomó su tiempo para evaluarle mejor.

—Isidro Fontalva. —Y agregó—: Me envía Satur.

—No conozco a ningún...

No le dejó terminar.

—Vamos, hombre. Satur se está muriendo en el hospital de San Pablo. Tengo un recado urgente para Isidro. ¿Tengo pinta de poli o algo así?

—¿El Satur está mal?

—Ya le digo: en las últimas.

—Siempre caen los mejores —se resignó el hombre.

Miquel nunca hubiera tildado de «mejor» a Saturnino, pero puso cara de circunstancias.

—Salga a la derecha —dijo el bodeguero—. Cien metros. La casa de los agujeros de bala y metralla que verá a la izquierda.

—Gracias.

—¿En San Pablo?

—Si quiere ir a verle...

—No, no. —Se estremeció y tocó la madera del mostrador con el índice y el anular de la mano derecha.

Miquel caminó los cien metros. La casa ametrallada estaba donde le había dicho su último interlocutor. Era baja, así que no tuvo que preguntar nada. Llamó a la puerta y esperó. La mujer que le abrió tendría unos cincuenta años y se secaba las manos con el delantal. Al fondo vio un patio lleno de ropa tendida. La primera mirada al verle fue de recelo.

—¿Qué quiere?

—Buenas tardes. —Fue educado—. ¿Está Isidro?

—No.

—Es urgente, necesito...

—¿Usted necesita? —le soltó con ira mientras empequeñecía los ojos—. ¡Mire, oiga, llevo dos días sin verle el pelo!, ¿sabe? A ver, ¿qué quiere que le diga?

—¿Desaparece a menudo? —se inquietó.

—¿Y a usted qué le importa?

—Responda, ¿lo hace? —Fue paciente pero con un deje de autoridad.

—¿Está de broma? ¡Cada dos por tres! El día que se me harte el moño... ¿Y usted quién es?

—Su amigo Saturnino se está muriendo. Le traía un recado.

—¿El Satur? —Le cambió la cara un poco, aunque su nueva expresión no fue de pena—. ¡Vaya otro! ¡No seré yo quien le llore!

Campo minado.

Inútil.

—Volveré mañana —se resignó.

—No corra —le previno—, porque cuando vuelve suele estar borracho y entonces se pasa dos días durmiendo la mona. Eso si no está en la cárcel, santo Dios bendito. —Se santiguó con frenesí.

—Buenas tardes. —Inclinó la cabeza, educado.

La puerta se cerró con estrépito.

Caminó irritado, sin escoger un rumbo. Saturnino, Wenceslao, Isidro Fontalva...

Le quedaba sólo un día antes de que Heindrich se largara o Rojas de Mena actuara de una forma u otra.

Ahora sí tenía el tiempo justo para llegar al Zurich. Buscó un taxi y tardó en encontrarlo, porque por las estrechas calles de la zona apenas si había tráfico. Cuando se subió a él, fue apremiante:

—Al Zurich, en Pelayo con la plaza de Cataluña, por favor. Y tengo prisa.

El taxista se volvió para mirarle.

—¿Usted también, abuelo? —Se le ocurrió decir.

31

Patricia Gish llegó diez minutos después que él. Sentado en una de las mesas interiores del popular café, epicentro de viajeros y visitantes de Barcelona, que en invierno quedaban allí para no hacerlo en medio de la plaza, la vio aparecer por la puerta envuelta en un halo de irrealidad. Su mata de pelo rojo brillaba como una bandera y contrastaba con su piel blanca, nacarada, pura. Los ojos, transparentes, de un gris profundo, le comunicaron, nada más verle y darse cuenta de que era él, un extraño calor y bondad. Era una mujer hermosa, diferente en todo; por eso nadie dejó de mirarla, fijamente o de reojo, mientras avanzaba por entre las mesas y Miquel se ponía en pie. Le calculó unos treinta y seis o treinta y siete años. Su ropa tampoco era usual, porque llevaba pantalones al estilo de Marlene Dietrich.

—¿Señorita Gish?

Le estrechó la mano. De cerca impactaba aún más. Ahora podía asomarse al fondo de sus pupilas y ver en ellas la humedad reciente de sus ojos. Una pátina de dolor sembraba su rostro de cenizas y confería a los labios un sesgo de tristeza.

Ella le estudió con igual atención.

—¿Cómo se llama? —quiso saber.

—Miquel Mascarell.

—Ya no sé a quién creer, señor. ¿Puede...?

—Sí, claro. —Se sacó la cartera y le mostró el reciente Documento Nacional de Identidad.

—Lo siento —reconoció la novia de Alexander Peyton Cross.

Seguían de pie. Se quitó el abrigo y entonces ella cogió la silla y la ocupó, depositándolo en su regazo. Vestía un traje chaqueta impecable. El cabello, rizado, se le extendía por encima de los hombros. Miquel recordó haber leído en alguna parte que, mientras las personas morenas tienen unos ciento cuarenta mil pelos en la cabeza, las pelirrojas sólo llegaban a los noventa mil, aunque, por contra, fueran más espesos y la sensación de abundancia más notoria.

—¿Quiere tomar algo? —Se ofreció al ver que el camarero se aproximaba.

—Un café, si hay.

—¿Tienen café? —preguntó Miquel al muchacho.

—Sí, sí señor, claro. —Pareció extrañarse por la pregunta, como si jamás hubiese habido racionamiento o escasez.

Se quedaron solos y sostuvieron sus miradas. Inquieta e insegura la de él. Decidida y firme la de ella. No daba la impresión de ser una mujer frágil. Destilaba carácter.

Una mujer de mundo.

Tenía un claro acento inglés, pero hablaba muy correctamente el español.

—¿Qué sabe de todo esto, de la muerte de Alex, de los cuadros...?

—¿No prefiere que empiece por mí?

—De acuerdo, ¿quién es usted?

—Fui policía en la República. Al acabar la guerra me condenaron a muerte, conmutaron la pena, pasé ocho años y medio preso y después, por un azar que no viene al caso, me indultaron. —Hizo una pausa—. Con esto sólo quiero decirle que soy una persona poco recomendable para las autoridades franquistas.

—Lo imagino.

—Estoy en este lío de casualidad, como suelen suceder a veces las cosas. ¿Cree en el destino, señorita Gish?

—No.

—Pues el destino me ha metido a mí en esto, y quizá, con suerte, evitemos lo peor.

—¿Y qué es lo peor?

—Que esos cuadros salgan de España en poder de un nazi o acaben en el sótano de un coleccionista privado para siempre. Algo que imagino es lo que menos desea, después del precio que pagó el señor Peyton por ello.

Mencionarle a su novio muerto le hizo endurecer la mirada.

—Dice que está en esto por casualidad. Quiero saber el cómo y el porqué.

—Por un conocido... un amigo.

—Todavía me estoy preguntando qué hago aquí y si no debería levantarme e irme. —Se impacientó—. ¿No podría ser más explícito? Me ha dicho por teléfono que Alex no se suicidó, que no confíe en la policía, que tiene la cartera y el catálogo, que Klaus Heindrich embarcará...

Se lo contó todo.

Desde el comienzo, honestamente, sin quitar nada, con nombres y datos. Todo hasta su último paso, unos minutos antes, tratando de localizar a Isidro Fontalva, el único que podía saber el escondite de aquella mujer y su novio, el presunto Klaus Heindrich. Y le contó también por qué él, a sus sesenta y cinco años, en lugar de estar en casa tranquilo con Patro, se jugaba la vida por nada.

Por unos cuadros.

Por dignidad.

Cuando terminó su relato, Patricia Gish ya se había bebido el café y pedido otro.

Una estatua en un museo no habría estado más rígida.

Entonces dejó caer los hombros y se vino abajo parcialmente.

—Dios... —Suspiró.

—Siento su pérdida —dijo él.

—Perdone.

—¿Por qué?

—No sabía...

—Lo entiendo. No se preocupe.

—Gracias.

—No me las dé. He seguido un impulso, mi instinto... Como quiera llamarlo. Ni siquiera he conseguido resolver gran cosa.

—A mí me resulta asombroso todo lo que ha hecho.

Miquel apuró el último sorbo del vaso de agua. Contar una historia en voz alta siempre le ayudaba a pensar, a ver flecos, reflexionar sobre determinados aspectos que, al escuchar su voz, se le hacían más claros. En ese instante, por contra, sólo sentía cansancio.

Mirando a Patricia Gish pensó en Patro.

Tan distintas y, en el fondo, tan iguales.

¿Qué haría Patro si él muriera?

—Habla usted muy bien español. —Quiso romper aquel inesperado silencio.

—Y alemán, francés, italiano, un poco de polaco, algo de húngaro, checoslovaco... —La pelirroja no pareció darle importancia. Su obsesión era evidente—. ¿Qué podemos hacer ahora, señor Mascarell?

—Usted es extranjera, y yo una persona amenazada. Puedo volver a la cárcel o ser fusilado en cualquier momento. El asesino de su novio trabaja para ese coleccionista de arte llamado Jacinto José Rojas de Mena, que a su vez es amigo del comisario Amador, el mismo que le ha dicho a usted que Alexander se suicidó.

—Le insistí en que eso era absurdo, y me contestó que

la policía española es la mejor del mundo y no se equivoca.

—El poder y la ley, de la mano. Eso deja pocas opciones.

—Hace un momento me ha dicho que el destino le había metido en esto y que quizá, con un poco de suerte, pudiéramos evitar lo peor, que los cuadros salieran de su país.

—El problema es que luchamos en dos frentes. Por un lado, Heindrich y los cuadros. Por el otro, Rojas de Mena y Amador. —Miquel buscó la forma de ser positivo, sin encontrarla—. Esto es una dictadura férrea e implacable, no lo olvide. Sea como sea...

—Sea como sea... —Lo invitó a seguir

—Sí tenemos alguna opción —reconoció.

—¿Cuál?

—Dar con Heindrich. Si encuentro al contacto de su novia, le localizaré a él.

—Y si no es así, subirán a ese barco y se perderán para siempre.

—Depende de Amador y de lo que sepa Rojas de Mena. Van tras la pista de Heindrich, y tienen más medios que yo. Si le pillan antes, adiós. Le mentirán y jamás encontrará esos cuadros.

Patricia Gish se dejó caer hacia atrás. Apuró el segundo café y volvió la cabeza para localizar al camarero y pedirle otro. Debía de alimentarse con ellos, para seguir despierta, viva, en tensión, mientras el cuerpo de su novio esperaba en el depósito la hora de volver a casa.

Sintonizaron sus pensamientos.

—Alex estaba tan feliz... —reconoció con suavidad—. Por ese motivo adelantó el viaje, solo, para evitar que Heindrich escapara. Quedamos en vernos aquí.

—¿Cuánto llevaban juntos?

—Cuatro años. Íbamos a casarnos al acabar esto.

El gris de sus ojos estuvo a punto de naufragar.

Se contuvo.

Esta vez sí logró que el camarero la viera y asintiera al indicarle ella su taza vacía.

—Alex siempre fue demasiado inocente —admitió de pronto.

—¿En qué sentido?

—A veces era como un niño grande, lleno de ilusiones, esperanzas. Como si la guerra se hubiera llevado todo lo malo y realmente el mundo entero empezara de nuevo.

—Una utopía.

—Él decía que era un utópico posibilista. —Sonrió con dulzura.

—Su error fue ir a ver a esos coleccionistas españoles para preguntarles si Heindrich les había ofrecido los cuadros. Uno era lo bastante ambicioso como para ver la oportunidad. Rojas de Mena puso en marcha su poder para hacerse con esas pinturas.

—Tenemos controlados a la mayoría de esos coleccionistas por toda Europa —dijo ella—. Es parte de la rutina. Los nazis que siguen escondidos y que tienen en su poder objetos de arte, o que saben dónde están ocultos, no siempre pueden moverlos. Hay piezas demasiado grandes. Por eso, mientras intentaba localizar a Heindrich, Alex siguió el procedimiento habitual. Lo malo es que tal vez habló de más, o quizá le dio a Rojas de Mena algún indicio. Una vez descubierto el pastel, se lo quitaron de en medio.

—Cuando el secuaz de Rojas de Mena vio que Alexander no tenía la cartera, y encima le llamó alguien después ofreciéndosela, comprendió que algo inesperado se les escapaba.

—¿Dónde la tiene, señor Mascarell?

—En mi casa. Sé que ya es inútil para la investigación, pero comprendo su valor. Podemos pasar a recogerla ahora mismo si quiere.

Miró su reloj.

—Mañana —dijo.

—Bien.

—Me gustaría acompañarlo.

—Puede ser peligroso.

—Por favor. He lidiado con auténticas bestias. No me asusta el riesgo.

—De acuerdo —convino Miquel.

—¿Por qué cree que un comisario de policía ayuda a ese hombre? —preguntó de pronto ella.

—Puede ser por dinero, aunque no lo creo. Amador es un fanático. Tal vez tenga aspiraciones políticas, en cuyo caso la amistad y la fortuna de Rojas de Mena sí le vendrán muy bien.

—Usted le tiene miedo a ese hombre, ¿verdad?

—La última vez me dijo que la próxima sería la última.

—Eso es muy duro.

—Lo sé.

—¿Podemos acudir a otras instancias policiales?

—No lo sé. —Hizo un gesto impreciso—. Éste es un país nuevo para mí, y yo siempre seré un ex policía republicano bajo sospecha, inexplicablemente indultado por la «generosidad» del Generalísimo. —Quiso aclarárselo y añadió—: En 1947 alguien también poderoso pensó utilizarme como cabeza de turco en una especie de complot. Por suerte, salí bien librado.

—¿Y si yo denuncio los hechos, hablo del barco, de Heindrich...?

—Se arriesga. Y no puede denunciar a Amador sin pruebas. También hay más personas implicadas que no merecen morir o acabar en la cárcel, como los Centells o el tal Soto de la comandancia. Heindrich es un asesino, pero ellos lo ignoran. Deben de pensar que es uno de tantos republicanos que buscan la libertad al otro lado del Atlántico. Por eso fue esa presunta novia la que se ocupó de todo. A él nadie le ha visto. Si damos con ellos antes de que suban a ese barco o de que los encuentre Rojas de Mena, podemos ocultar los cuadros y ver la forma de que usted se los lleve a Inglaterra para devolvérselos a sus legítimos dueños.

—Seguro que fue un buen policía —admitió ella con una sincera sonrisa.

—Supongo que sí —asintió Miquel—. Y ahora...

—¿Sí?

—Creo que es el momento de que yo le haga unas preguntas a usted, si dispone todavía de unos minutos.

La tercera taza de café aterrizó en la mesa. El camarero casi rozó con la mano la cabellera de Patricia Gish, como si pensara que era irreal. Se alejó moviendo la cabeza de un lado a otro.

—¿Qué quiere saber? —se interesó la novia de Alexander Peyton Cross.

—¿Cómo dieron con la pista de Klaus Heindrich en España y cómo sabía Alex todos esos datos acerca del barco o de Félix Centells?

32

Patricia Gish se acodó en la mesa. Cuando lograba superar el efecto de la muerte de Alex, aunque fuera por unos segundos, brillaba en ella el destello de su personalidad y la fuerza de su carácter. Se trataba de una mujer culta, preparada, viajera, que había confiado su vida a una causa. En una España sin ellas, era un símbolo y un ejemplo.

Al otro lado de las fronteras, el mundo sí iba en serio.

O lo intentaba.

Miquel se sintió embrujado por su presencia.

—Como le he dicho, Alex y yo llevábamos cuatro años juntos, desde el final de la guerra —comenzó su relato—. Él ya formaba parte de los *Monuments Men*, y por amor, para estar juntos, me afilié a su ideal. Tenía la ventaja de vivir sola y no depender de nadie: mis padres habían muerto en un bombardeo en Londres hacia el final de la guerra. Hablaba idiomas y me gustaba viajar e investigar en torno al legado de los nazis, sus barbaridades y asesinatos. Una manera como otra de sentirme viva, capaz de hacer algo positivo tras los años de amargura. De esta forma, Alex y yo empezamos a viajar por media Europa. Así fue como encontramos parte del legado de la humanidad en sitios insospechados, desde casas normales y corrientes, con obras a la vista, hasta despachos, sótanos, cajas fuertes o pasadizos subterráneos y minas. En estos últimos casos, hablamos de miles de obras que podían estar allí ocultas. Miles, ¿entiende? Hitler estaba loco, eso ya se sabe ahora, pero pocos hablan de su locura por el arte. Quería tener esos cuadros, regocijarse con ellos. Y no carecía de gusto, al contrario. Sus listados y catálogos, como el de Alex, eran famosos, y sus acólitos ponían de su parte todo lo necesario para complacerle. Naturalmente, esto acabó con el final de la guerra en 1945 y los recientes juicios de Nuremberg. Con la desbandada, las hormigas huyeron del hormiguero, y necesitamos más paciencia y medios para ir encontrando esas obras de arte, a veces siguiendo rastros e indicios muy pequeños.

—¿Cuántos *Monuments Men* hay ahora?

—Somos unas trescientas cincuenta personas.

—Una labor ingente.

—Somos buenos. —Le guiñó un ojo cómplice—. A Klaus Heindrich le seguimos el rastro hasta España. Luego... nada, desapareció. Podría estar en cualquier parte. Cruzó los Pirineos y ésa fue nuestra última pista. Creíamos que le habíamos perdido, estábamos desesperados, porque sabíamos que tenía en su poder piezas muy valiosas. Le dimos por perdido y, de pronto, cometió un error.

—¿Un nazi cometiendo un error? —pareció burlarse Miquel.

—El más estúpido e infantil, ¿puede creérselo? —Patricia Gish abrió las manos con las palmas hacia arriba, los ojos brillantes—. Se puso en contacto con su madre.

—Un buen hijo.

—¡Y tanto! —expresó vehemente—. Nosotros la teníamos vigilada de cerca. Toda una dama, alta burguesía bávara. De entre lo poco o mucho que conocíamos de Heindrich, según se mire, sabíamos de su devoción por ella. ¡La adora! Era nuestra última esperanza de dar con él y funcionó. Klaus le envió una carta desde Barcelona.

—Y la interceptaron.

—Antes de que la leyera ella, desde luego. De hecho examinábamos todo su correo, hasta los recibos, por si dentro, enmascarado, había algún mensaje. Abrimos aquel sobre con un remitente español y quedamos asombrados. Le decía que pronto se reunirían de nuevo, que tuviera paciencia. Hablaba de los «amigos» de Curitiba, en Brasil, donde se han refugiado un sinfín de nazis en estos años, y de «su tesoro», en clara alusión a los cuadros. En la carta hacía referencia al deseo de llevárselos, pero también decía que, en caso de no ser posible, tal vez, y con gran dolor, tuviera que venderlo todo a algún coleccionista. Con más razón y debido a ese comentario, Alex visitó a los posibles compradores en Barcelona. Por último, al final de la carta, daba los nombres: que un falsificador llamado Félix Centells iba a prepararle documentos falsos y que embarcaban en el *Ventura* el jueves por la noche para salir al amanecer del viernes 9 de diciembre.

—Alexander hizo algunas anotaciones a mano en sus papeles —dijo Miquel—. Ahí aparecía el nombre de Centells y el de Rojas de Mena, además de lo del *Ventura*, que al ser un nombre muy catalán, interpreté que era el de una persona.

—Queda algo más —finalizó su relato Patricia Gish—. El remite, como le he dicho, era español: Eduardo Llagostera. Pero, en la firma de la carta, Klaus se despedía diciendo: «Tu nuevo hijo, Bertomeus Moraes».

—El nombre de su nuevo pasaporte.

—Sí.

—Todo encaja, finalmente —convino él.

—Alex se vino a Barcelona de inmediato, pero yo no pude seguirle sin terminar antes unos asuntos. Él era muy minucioso, muy profesional e intuitivo. Siempre estuvo seguro de que Heindrich sacaría sus pinturas por mar. En un vuelo se arriesgaba demasiado, y por carretera, ¿hacia adónde? ¿Portugal? No, el destino tenía que ser algún país de América Latina.

—¿Cómo pudo imaginar que un coleccionista de arte fuera alguien legal? —dijo Miquel—. La mayoría de ellos son obsesivos, capaces de cualquier cosa por una pieza para su colección.

—Usted dice que contactó con dos, y que uno sí era legal.

—Imagino que Klaus Heindrich ha jugado desde el primer momento con el hecho de que esos cuadros no eran muy grandes. He visto sus medidas en el catálogo. Todos son pequeños.

—Por eso ha podido moverlos en estos últimos años. Telas, sin marcos. Basta un doble fondo en una maleta o un baúl. Abultan poco. Fue lo bastante listo como para llevarse los más transportables y renunciar a otros.

—Si no hubiera sido por esa carta...

—Heindrich estaría en paradero desconocido, y nunca habríamos sabido qué fue de él ni de las pinturas. Tuvimos suerte.

—No, no es suerte. Si vigilaban a su madre, tuvieron su justo premio.

No dijo que Alexander Peyton Cross había muerto por ese «premio».

Anochecía rápido. El Zurich se iba vaciando de quienes habían ido a pasar la tarde, calentitos, a la espera de los que preferían la noche. Las luces navideñas comenzaban a brillar. En alguna parte se escuchaba el sonido de una zambomba movida por un vendedor callejero.

—Señor Mascarell...

—¿Sí? —Salió de su leve ensimismamiento.

—Imagínese que encontramos a Heindrich —repuso ella—. No nos dará los cuadros, claro. ¿Por qué iba a hacerlo? ¿Por miedo? No tenemos ninguna autoridad. Hace un momento usted ha dicho: «Si damos con ellos antes de que suban a ese barco o de que los encuentre Rojas de Mena, podemos ocultar los cuadros y ver la forma de que usted se los lleve a Inglaterra para devolvérselos a sus legítimos dueños». Pero ¿cómo hacemos eso?

—Supongo que lo he dicho sin pensar —reconoció frustrado—. ¿Qué suelen hacer ustedes cuando encuentran obras de arte robadas?

—Es que sería la primera vez que eso se produciría en España. No tengo clara cuál es aquí la legislación vigente. Alex tampoco me habló de eso.

Miquel lo meditó.

—Podemos denunciarlo para impedir que huya, y después, a pesar de que imagino que será muy largo y complicado por el tema burocrático, que los dueños de los cuadros, el gobierno inglés o quien tenga algún tipo de autoridad sobre el caso formule la correspondiente reclamación.

—Imagine que se los robamos.

—No sé lo que haría el nazi, pero entonces tendríamos a Rojas de Mena y a Amador tras nuestros pasos. Y, en un caso como en otro, están los restantes implicados: Félix Centells, su hijo, su nieto, y el señor Soto. Amador los matará a todos.

—¿Un callejón sin salida? —dijo ella con tristeza.

—Primero metámonos en ese callejón. Luego, ya veremos si tiene salida. A veces basta con una puerta lateral o una ventana.

Patricia Gish miró de nuevo la hora.

Ya no le quedaba ni una gota de café en la taza.

—He de volver al hotel —reconoció—. No sabe el papeleo que representa llevarse un cadáver a otro país. Y según ese policía, el comisario, lo ha agilizado todo al máximo.

—Lo creo. Le interesa que nadie examine el cuerpo. Me apuesto lo que sea a que, además de los cortes en las muñecas, hay alguna clase de golpe en la cabeza o incluso el pinchazo de una aguja hipodérmica.

La pelirroja hundió sus ojos en la mesa, que era tanto como decir en ninguna parte. Los mantuvo así unos segundos. Luego se fijó en las manos de Miquel.

—Está casado —musitó.

—Sí.

—¿Mucho tiempo?

—No, apenas unos meses. Mi primera mujer murió nada más terminar la guerra.

—Es usted un hombre extraño.

—¿Ah, sí?

—Sigue siendo policía.

—Imagino que se lleva en la sangre.

Patricia Gish tomó su abrigo y se puso en pie. Sacó un puñado de pesetas del bolsillo y lo dejó en la mesa. Miquel fue a decirle que no, que pagaba él, pero ella no le hizo caso. Ni siquiera esperó a que llegara el camarero, ni un posible cambio. Tampoco le dio tiempo a él para decirle que seguían el mismo camino, por lo menos hasta el Ritz.

De todas formas, no convenía tentar a la suerte.

Si les veían juntos...

Bastante se arriesgarían al día siguiente.

—¿A qué hora mañana? —inició la despedida la mujer.

—¿Temprano?

—Tengo que ver al cónsul a las nueve. ¿Quedamos a las nueve y media, en mi hotel?

—Vivo cerca. Pasaré a por usted. Pero esté ya en la puerta. No quiero que me vean de nuevo por el interior.

Patricia Gish le tendió la mano.

—Gracias por todo, señor Mascarell.

Había perdido a su novio. Había perdido a su amor. Había perdido parte de su vida.

Aunque fuese joven y tuviera mucho por delante.

—No me las dé.

—A Alex le habría encantado conocerle.

—Y a mí conocerle a él.

Dejaron de estrecharse la mano. La de Miquel cayó a plomo. La de Patricia Gish flotó en el aire. Luego se puso el abrigo y se abrochó el cinturón.

—Hasta mañana —se despidió.

—Descanse.

Era una simple palabra, pero a ella debió de antojársele un mundo. Reapareció la tristeza en los ojos, el dolor en la expresión, el abatimiento en el cuerpo.

Mientras caminaba hacia la puerta, ningún hombre dejó de mirarla.

Desapareció en la noche, igual que una ilusión.

33

Lo mejor del día, cuando lo pasaba fuera, algo ya extraño en su nueva vida, era regresar a casa, abrir la puerta y ver correr a Patro para abrazarlo y besarle.

—Cariño...

Sí, lo mejor del día.

Como el 31 de mayo pasado, después del intento de atentado contra Franco, cuando ella regresó sin saber nada de lo sucedido tras pasar aquellos días fuera.

Miquel se dejó abrazar.

La besó en el cuello.

Su piel fina, su aroma, su presencia.

—¿Qué tal por aquí? —preguntó.

—Aquí nada, no seas bobo. ¿Qué tal tú?

¿Qué podía decirle?

—Ya casi está.

—¿En serio? —Patro abrió los ojos con desmesura.

—Bueno, un poco. —No quiso mentirle ni pretender tranquilizarla en exceso—. Mañana puede que demos con ese nazi escondido.

—¿Y luego?

—Es una buena pregunta. —Se quitó el abrigo ayudado por ella, mientras miraba pasillo arriba, pasillo abajo extrañado por no oír a los niños—. ¿Le pido los cuadros amablemente?

—Sí, hombre.

—Pues ya me dirás.

—Tienes que denunciarlo.

—Será anónimamente. Porque, si doy la cara, Amador me la parte.

—Lo que sea, pero que no se salga con la suya. Esos cuadros ya le han costado la vida a ese inglés.

—He conocido a su novia.

—¿La de la foto?

—Sí. Trajina con el papeleo para llevarse el cadáver, y también era su colaboradora.

—Debe de estar hecha polvo.

—Por completo. Es una mujer fuerte, pero...

—¿Cómo es?

—A mí me ha impresionado, y no sólo por ser guapa. Tiene carácter. Es una de esas personas con determinación y fuerza, convicciones y honradez. De haber venido con su novio, a lo peor ahora estarían muertos los dos. Le he contado quién le mató y en ningún momento ha hablado de venganza. Todo gira en torno a esos cuadros.

—¿Una mujer que no habla de vengar la muerte de su novio?

—Me he dado cuenta después, cuando se ha ido, mientras venía para aquí. Oye, ¿y los niños? —preguntó al llegar a la cocina y verla vacía.

—Se han acostado. Ya es tarde, ¿sabes? Mar también se ha metido en la cama, con ellos, para que no alborotaran.

—¿Cómo está el herido?

—Dolorido y magullado, pero bien. Ha venido el de arriba, le ha echado un vistazo y ha dicho que no pasa nada, que se recuperará. Aquí, calentito...

—Mejor que en el Ritz.

—No ha parado de preguntar por ti. Está preocupado.

—Sólo faltaría que no lo estuviera.

—Me ha dicho que, si te pasara algo, él cuidaría de mí.

—¿En serio? —Casi se atropelló al decirlo y le dio tos—. ¡Lo que faltaba!

—Le pone buena intención.

—Oh, sí, todo un caballero. En lugar de robar una cartera al día robaría dos, y cuando pasase una temporada en la cárcel...

—Si lo sé, no te lo cuento. Creía que te haría gracia. ¿Has cenado?

—No.

—Te preparo algo, vete al comedor.

—No, me quedo aquí mirándote.

—Bueno, pero déjame hacer, ¿eh?

—¿Tú también empiezas a decir «¿eh?», como él?

—No me había dado cuenta. —Partió unas astillas con el mazo, las colocó en la lumbre sobre un par de bolas de papel de periódico arrugado y prendió una cerilla—. No me has respondido a lo que te he preguntado.

—Ya no recuerdo qué me has preguntado.

—¿Qué harás si encuentras a ese nazi?

—No lo sé. Depende de ella.

—¿Iréis juntos?

—Sí.

—Ten cuidado. —Hizo un gesto ambiguo—. Ya sé que siempre te lo digo, pero... Esos tipos son peligrosos. Incendiaron Europa y puede que todavía se crean los amos, o que tengan amigos.

—Aquí está solo.

—¿Y Amador qué?

—Ésa es otra historia.

—No, es la misma historia. Si encuentras al nazi, has de denunciarlo.

—Entonces los cuadros acabarán en poder del asesino de Alexander Peyton Cross, lo cual sería una burla.

—Así que es un callejón sin salida.

—De eso mismo hemos hablado Patricia Gish y yo.

—¿Ha confiado en ti?

—Sí.

—Bueno, eso es fácil. Tienes cara de buena persona.

—Ilusa.

—Supongamos que no podéis hacer nada, o que llegáis tarde y el Klaus ese consigue huir. —Se puso a hacer de abogado del diablo.

—Imagino que ella le perseguiría hasta el fin del mundo.

—¿Tan fuerte es?

—Ella y los demás, los *Monuments Men.* —Puso énfasis en su voz—. Dedican su vida y sus fuerzas a salvar el patrimonio de la humanidad. Es... un rayo de luz en estos tiempos de oscuridad. A mí me resulta asombroso.

—Miquel... Sabe quién mató a su novio, no se irá así como así tras esos cuadros.

—¿Y qué puede hacer, con Amador protegiendo a Rojas de Mena?

—No lo sé, pero es mujer. Si alguien te asesinara a ti...

—¿Qué? Sigue.

—No me importaría morir con tal de hacer justicia.

Lo dijo muy seria, firme, con aquella rara determinación en los ojos que la hacía parecer mujer en su eterna niñez.

Miquel ya ni le preguntó si le había venido el período.

Sabía que, si fuera así, ella se lo diría de inmediato.

Por lo tanto, la incertidumbre seguía.

Y ya eran muchos días, demasiados.

—Dices que es una mujer fuerte, que los seguiría hasta el fin del mundo. —Patro volvió a hablar ante su silencio—. ¿Y tú qué?

—¿Yo?

—Te metes en esto por ayudar a un delincuente al que hace quince años perseguías, sólo porque una noche estuvo a tu lado en la cárcel. Y luego, ya hasta las cejas, porque un inglés ha muerto y un fascista le quiere robar diecisiete cuadros al mundo. ¿Te parece poco?

—Estoy loco, ¿no?

—Tienes miedo y lo sé, por Amador. Yo también lo tengo.

La sopa ya se calentaba en la lumbre.

—Ven.

—No, ahora no. ¿Te hago una tortilla?

—Necesito...

—Yo necesito que me dejes sola un minuto. Te acabo de preparar la cena, te la comes, hablamos y nos acostamos pronto, ¿de acuerdo?

Era cien por cien convincente.

—De acuerdo.

—Entonces vete a ver a Agustino, va. Hace unos minutos estaba despierto. Luego ya será tarde.

—Sí, señor —se burló él cansinamente.

Patro le dio la espalda. Miquel salió de la cocina y enfiló pasillo arriba hasta llegar a la habitación más pequeña de la casa, en la que Lenin dormía solo. Metió la cabeza por el hueco y fue suficiente.

—Le he oído llegar hace un rato —protestó la voz de su invitado—. Creí que no vendría a verme.

—Aún no eres más importante que mi mujer. —Se acercó a la cama—. ¿Cómo estás?

—Me duele todo, pero mañana ya estaré bien —respondió con falsa firmeza.

—Oh, sí, eso seguro.

—No quiero que vaya solo por ahí, que antes era muy inspector, pero ahora... Esto es otro mundo, jefe. Y además está mayor.

—Eso, tú dórame la píldora, vas bien.

—Es que hacemos un buen equipo, no diga que no.

—Tú hablas y yo escucho. Si a eso lo llamas «hacer buen equipo»...

—Cuénteme qué ha averiguado.

—Mañana.

—No, venga ya —expresó su disgusto—. Se ha pasado el día fuera, y no habrá estado de picos pardos, digo yo.

—Dices bien. Pero ahora voy a cenar.

—¡Hágame un resumen rápido!

—Si lo hago, ¿te callarás y me dejarás hablar a mí?

—Que sí, hombre.

—A la primera interrupción...

—Bueno, si tengo alguna duda o alguna pregunta constructiva...

No podía con él.

Se lo contó, rápido, pero con detalle. De un momento a otro Patro le llamaría para cenar, y Lenin era capaz de seguirle hasta el comedor, aunque le doliera todo el cuerpo e incluso el alma. Cuando acabó la exposición, el malherido se quedó pensativo.

—Así que ese Isidro Fontalva es la última baza para dar con el alemán.

—Sí, en el caso de que sepa dónde vive su clienta, la novia de Heindrich.

—¿Y si lo tiene Amador?

—Entonces también tendrá los cuadros, aunque...

—¿Qué?

—Desde que el secuaz de Rojas de Mena mató a Wenceslao, ha desaparecido del mapa. Carlos Soto en su casa, Martín Centells en su trabajo... Ésos no se rinden, Agustino. Son capaces de remover cielo y tierra. Y sin embargo... nada.

—Lo que le digo: tienen los cuadros. ¿Para qué ir matando a más gente?

Tenía sentido.

—Mañana lo sabremos. —Se dispuso a irse.

—Espere.

—¿Qué quieres ahora?

—¿Le ha dicho esa inglesa si hay recompensa por encontrar esos cuadros?

—No.

—¿No se lo ha dicho o no la hay?

—Ni me lo ha dicho, ni creo que haya recompensas.

—Pues yo soy el dueño, me devuelven un Picasso y le doy algo al que lo ha conseguido. ¡Qué quiere que le diga!

La paliza no le había afectado a las cuerdas vocales, ni a los pulmones. Volvía a hablar como un loro.

—¿Te dan recompensas por devolver las carteras que robas?

—Huy, cómo se pone.

—Ya.

—No es lo mismo. —Los ojillos le brillaron en la penumbra.

—Me da igual. —Resopló—. Y más a esta hora y con lo cansado que estoy. —Le apuntó con un dedo inflexible—. Me voy a cenar y a dormir: y si te oigo, te mato; y si te veo, además de matarte, te torturo antes. Los chinos arrancan las uñas a sus víctimas. ¿Está claro?

—Como el agua.

—Ah, y mañana no quiero ningún niño en mi cama o lo tiro por la ventana.

—Parece mentira —objetó Lenin—. Con el cariño que le han cogido...

Salió de la habitación cerrando los ojos después de mirar al techo y lo hizo justo a tiempo.

Patro ya caminaba en su búsqueda para decirle que la cena estaba lista.

Día 5

Jueves, 8 de diciembre de 1949

34

Casi temió abrir los ojos.

Lo hizo con uno.

Patro.

Perfecto. Miquel suspiró. No había un niño o una niña en medio, separándoles. Podía hacer lo que siempre hacía, una de las maravillas de amanecer al lado de ella: acercarse, pegarse a su cuerpo y acariciarla.

Alargó la mano.

La piel desnuda reaccionó a su contacto.

Un murmullo, un primer acurrucamiento, y él desplazándose para unir su cuerpo al de ella.

Levantó un poco la cabeza, para besarle el cuello y darle los buenos días, y entonces los vio.

A los dos, Pablito y Maribel, al otro lado de la cama, mirando a Patro y ahora también a él.

—Maldita sea... —Reprimió un exabrupto y retiró la mano del cuerpo de Patro, a pesar de que bajo las sábanas y las mantas ellos no podían verla.

El cambio hizo que su mujer se moviera.

—¿Qué pasa? —musitó con la voz pastosa.

—La tita duerme desnuda —dijo Pablito.

—¡Pero bueno! —Se dispuso a saltar de la cama.

Los hijos de Lenin echaron a correr y salieron de la habitación.

—¿Por qué gritas? —Acabó de abrir los ojos Patro.

—¡Porque estaban ahí, como pasmarotes, mirándonos! —Se enfureció—. Esto ya... ¡Hoy los despacho a todos! ¡A su casa! ¡Y ese camandulero, esté como esté!

—Miquel, que te va a dar algo.

—¡Si es que ya está bien!

—Ya se han ido, ven.

—¡Me han cortado el momento!

—Un par de minutitos, va, abrázame.

Se habían dejado la puerta abierta. Podían volver a aparecer, o hacerlo Mar, aunque sólo fuera caminando por delante. Y si se levantaba para cerrarla, ya no volvería a la cama.

—Esto es de locos. —Se pasó una mano por el cabello revuelto.

—Al menos dame un beso.

Se lo dio, en plan paterno: en la frente. Tuvo que ser Patro quien le sujetase la cara con las dos manos y le estampara el suyo en los labios.

—Gruñón.

—Mira, no te pongas de su lado.

—Piensa en esos pobres niños. No creo que vivan en un piso como éste, ni que tengan más familia que sus padres. Para ellos, esto es una novedad. Su abuelo y su tita.

—Patro...

—Si te vas a pasar el resto de tu vida volviéndote agrio, me divorcio.

—¿Divorciarte? Anda que no ha de llover para que eso vuelva a España, si vuelve, porque esos malditos curas...

Se miraron y eso le bastó para calmarse lo justo. Por lo menos, para no salir dispuesto a asesinarles. Alargó la mano, comprobó la hora en su reloj y se dio cuenta de que, de todas formas, no iba sobrado de tiempo. Patricia Gish le esperaba a las nueve y media.

Fue hasta el fregadero, en pijama. Se lo quitó, orinó allí mismo, se lavó, se secó tiritando, volvió a ponérselo y regresó a la habitación para vestirse. Patro ya llevaba su bata, pero estaba sentada en la cama. Mientras él se ponía la ropa se lo dijo.

—Creo que aceptaré la propuesta de la señora Ana.

—¿Quedarte la mercería?

—Sí.

No supo qué decir, así que se limitó a soltar un lacónico:

—Bueno.

—¿Estás conforme?

—Si tú lo estás, sí.

—Puede irnos bien. Le haría cambios, la mejoraría, vendería otras cosas... Ahora, sin tantas restricciones, es el momento. Si a ella, que la cuida poco, le va bien, a nosotros podría irnos mejor.

—¿Y si estás embarazada y tenemos un niño?

—Tendría una dependienta igualmente, lo he pensado. No te veo a ti todo un día detrás de un mostrador.

Él tampoco se veía.

Pero no se lo dijo.

—No podemos seguir así. —Le hizo ver Patro—. Cuando se termine ese dinero...

—Lo sé.

—Hablaré con ella, a ver qué tal.

—¿Y cuándo lo has decidido? ¿Ha tenido que ver lo que está pasando, con esta gente en casa?

—No, no, para nada. Simplemente lo he estado pensando desde que lo hablamos el domingo. Ya hay muchos bares, uno en cada esquina, que parecemos un país de borrachos; pero una buena mercería, con todo lo necesario, no se encuentra fácilmente.

—Sabes que te apoyaré en todo lo que decidas.

—Pero no quiero que lo hagas por obligación, para tenerme contenta o protegerme, ¿estamos? Ya no soy una cría y lo único que me importa es que seamos felices.

Tantos años de crueldad, miedo, privaciones y humillaciones obligaban a abrazar esa felicidad como fuera, y defenderla con uñas y dientes.

Lo sabían bien.

—He de ir a hacer pis. —Salió de pronto corriendo ella.

Miquel caminó hasta la cocina. Era pequeña, pero con Pablito y Maribel apretados uno contra otro, la cabeza baja, y su madre detrás, con una mano en cada uno, daba la impresión de serlo todavía más.

—Señor, siento lo de los niños. —Entonó el *mea culpa*—. ¡Si es que no puedo con ellos! Aparecen y desaparecen como por arte de magia.

Miquel los miró a ambos torvamente.

—No soy vuestro abuelo.

—Perdone... —Intentó volver a hablar Mar.

Se encontró con la mano del dueño de la casa frente a ella.

—Y Patro no es vuestra tía —lo remachó—. En todo caso, si es mi mujer, sería tan abuela como yo, ¿estamos?

Pablito y Maribel asintieron con la cabeza.

—¿Cómo está el moribundo? —Se dirigió a Mar.

—Ha dormido toda la noche.

—Mira qué bien.

—Ha dicho que le despierte, que se va con usted, que no quiere dejarle solo, no vaya a meterse en más problemas.

—¿Meterme en MÁS problemas YO? —remarcó con estupor las dos palabras mientras se hundía el índice de la mano derecha en el pecho.

—Lo hace con buena intención.

—Mar.

—¿Sí, señor?

—Ni se te ocurra despertarle.

—Bueno.

Era un ogro. A lo peor, los dos niños tenían pesadillas con él el resto de sus vidas.

Miquel abandonó la cocina no muy convencido. Patro ya le esperaba en el recibidor, para ayudarle a ponerse el abrigo. Ni le preguntó si desayunaba en casa.

—No estés de mal humor. —Le bañó con una mirada dulce que le derritió.

—Lo siento.

—Yo también echo en falta la intimidad.

—Puede que hoy acabe todo.

—Si me dejaras ir contigo...

—Ni lo sueñes.

—Porque es peligroso.

—Porque hay cosas que es mejor hacerlas solo —la rectificó él—. Si estoy pendiente de ti, no me concentro al cien por cien en lo otro.

—Júrame que...

La abrazó para que no siguiera.

—No he de jurarte nada. Siempre tengo cuidado y pienso en ti. Además, ya sabes que caigo de pie.

—Oh, sí.

Le dio un beso fugaz.

—Si no me viene la regla tampoco hoy, iré a que me hagan la prueba.

—Te vendrá —se le ocurrió decir.

—¿Por qué estás tan seguro? —Abrió los ojos ella.

—Porque, si se resuelve este maldito embrollo como espero, en un sentido o en otro, no todo puede salir bien. Es ley de vida.

—O sea que, si no se resuelve, es que estoy preñada.

—Yo no he dicho eso.

—Anda, vete, adivino. —Le abrió la puerta—. Y come algo.

—Que sí.

Otro beso, y después, el silencio de la escalera acariciado por el roce de sus pasos, el vestíbulo, el saludo a la portera resistiendo su mirada críptica por la presencia de intrusos en la vecindad, la calle, el frío, la mañana invernal.

En el Valle de los Caídos, las mañanas de invierno eran dramáticas. A veces los sabañones impedían siquiera poder cerrar mínimamente las manos, y a los verdugos eso no les importaba. Había que coger el pico, la pala, el martillo, y golpear la piedra. Los hombres se orinaban en los dedos como única fuente de calor, igual que Lenin aquella noche en comisaría.

Sí, lo de la mercería estaría bien.

La sola idea de que él muriese y ella pudiera volver, por necesidad, a su antiguo «trabajo»...

No, ya no. Antes se mataría. Patro no era la misma.

El amor era capaz de redimirlo todo.

—Cuando saliste del Valle, no tenías nada por lo que luchar. Ahora tienes tanto que perder... —Habló en voz alta, como era su costumbre.

Estuvo tentado de no entrar en el bar de Ramón y pasar de largo. Pero la otra opción era no desayunar o hacerlo en cualquier sitio. Con la cabeza metida en el caso, Ramón no era la mejor de las ayudas.

En el fondo se parecía a Lenin.

Estaba rodeado de unos y otros.

Cruzó el umbral, recibió el calor y los aromas propios del bar y, antes de dar tres pasos, ya se encontró con su característico y feliz recibimiento.

—¡Hombre, maestro, buenos días!

Como si hiciera un mes que no le veía.

35

Patricia Gish le esperaba en la puerta del Ritz. Puntual. Miquel le hizo una seña desde la calzada central de la Gran Vía. La pelirroja cruzó la calle con el paso firme y seguro, decidido. Seguía vistiendo pantalones, zapatos cómodos, y llevaba el abrigo desabrochado, con un pañuelo al cuello. Un bolso colgaba de su hombro. No parecía dada al maquillaje, o tal vez, en aquellas circunstancias, no le apeteciera arreglarse. Tampoco le hacía falta. Era una mujer que lucía por sí misma, capaz de brillar en cualquier parte. Desde luego, en la España gris de la posguerra, lo hacía.

—Buenos días. —Fue la primera en hablar esbozando una leve sonrisa.

—¿Cómo va todo?

—Mañana me llevo a Alex —le anunció.

—¿Lo ha conseguido?

—Sí. Ya le dije que ellos mismos quieren quitarse el muerto de encima, y nunca mejor dicho. —Hizo una mueca por su tono macabro—. Ni autopsia ni nada.

—Cuantas menos personas vean el cuerpo del señor Peyton, mejor. El golpe en la cabeza o el pinchazo han de ser demasiado evidentes.

Ella tomó la iniciativa. Echó a andar en dirección al paseo de Gracia. Miquel se puso a su lado y sincronizó el paso con el suyo. Se dio cuenta de que, por alguna extraña razón, aquella mujer le impresionaba, pese a tener casi la mitad de sus años.

Algo absurdo.

Le quemaba una pregunta en los labios, pero no la hizo. No de momento.

—Entonces, hoy es su último día. —Expresó en voz alta lo que parecía ser una inquietud.

—Sí.

—No sé si alegrarme.

—¿Por qué lo dice?

—Ha perdido al ser que ama, sabe quién le ha matado y no puede hacer nada, esos cuadros se irán a Brasil o acabarán en manos de un indeseable si hoy no tenemos suerte... ¿No son demasiadas cosas?

Se encontró con una enigmática mirada por su parte.

—Alex decía que siempre hay alguna puerta.

—Aquí las puertas están cerradas, señorita Gish.

—Llámeme Patricia. —Se detuvieron cuando el urbano del cruce les impidió seguir avanzando—. Toda puerta tiene una llave. Y si no, se empuja, o se hace saltar por los aires.

—¿Qué sabe de una dictadura como ésta?

—Sé lo necesario: que nada es eterno. —Levantó la barbilla y preguntó—: ¿Adónde vamos?

Miquel se dio cuenta de que caminaban en dirección contraria, que habrían tenido que bajar antes por Roger de Lauria o Vía Layetana para llegar al Born. La distancia no era grande, y además, de bajada, pero no quería empezar el día caminando y cansado. Buscó con la vista un taxi y levantó una mano al verlo.

La mata de pelo rojo turbó al conductor.

Miquel le dio las señas de Isidro Fontalva y, a los pocos metros, el hombre ya tuvo que frenar en seco para no llevarse por delante un carro tirado por una mula escuálida.

—El otro día subimos a un taxi y su compañero sigue en el hospital por mirar a mi esposa —le soltó combativo.

—Perdone, yo no...

Logró que Patricia Gish sonriera y hasta que se pusiera un poco roja.

El taxista dejó de asomarse al espejo retrovisor.

—Es un trayecto corto —susurró Miquel—. Hábleme de Alex.

La pilló de improviso.

—¿Qué puedo decirle?

—Perdone si la molesto.

—No, no, al contrario. —Volvió a mirarle el anillo en el dedo anular de la mano izquierda—. ¿Está usted enamorado de su esposa, señor Mascarell?

—Sí —respondió de inmediato—. Me enamoré muy joven, y he repetido ahora, muy viejo.

—Si sabe lo que es el amor, ¿qué puedo decirle de Alex, que era maravilloso, el mejor hombre, el más idealista, el más honrado...?

—Supongo que los sentimientos no cambian —reconoció él—. Los años y las circunstancias sí, pero los sentimientos no.

—Yo perdí a mi marido en la guerra, casi al inicio —le reveló Patricia Gish—. Cayó en Dunkerque. Alex también perdió a su esposa, por una enfermedad. En eso nos parecemos: usted y yo tuvimos una segunda oportunidad.

No agregó que la suya había terminado.

—Lo lamento. No sabía...

—Alex era el clásico empollón de Oxford —continuó ella, sin cerrar la herida de su alma ni apagársele la voz—. Culto, erudito, capaz, devoto del arte, buen escritor... En el 39 tenía treinta y dos años. Fue al frente, le hirieron y no pudo volver. En 1942 se pasó a los *Monuments Men*. Yo trabajaba en el servicio secreto.

—¿Era una espía? —se asombró.

—No exactamente. Dicho así, «servicio secreto», parece más de lo que es. Me asignaron a los *Monuments Men* al acabar la guerra como apoyo táctico, sobre todo por hablar idiomas. Nada más iniciar nuestra primera misión, caímos rendidos el uno en brazos del otro. Fue... pura magia. Decidimos esperar, por todo lo que se nos vino encima. Y así nos devoró el tiempo, hasta ahora.

Era el momento de hacer la pregunta, o de soslayarla dando un rodeo, para pulsar el ánimo de su compañera.

—Ayer no me dijo si se enfrentó a Amador. —Miquel se encogió en su asiento porque, en ese preciso instante, casualmente, el taxi pasaba por delante de la Central de Policía.

—He tratado con políticos, militares, policías... —desgranó la lista despacio—. Sé cómo son, y cuál es la mejor manera de hablar con ellos. No sirve de nada enfrentarse al poder. Hay que saber esperar el momento. —Hizo una pausa—. Le dije que Alex no podía haberse suicidado, porque no tenía el menor motivo, y me respondió que cortarse las venas era un indicio claro de suicidio, aquí y en Inglaterra. Me prometió investigar y escribirme a Londres con los resultados. Lo único que insinuó fue que un extranjero, solo, en una ciudad bulliciosa como Barcelona, con tantas mujeres guapas...

—¡Qué hijo de puta! —No se cortó al lanzar el exabrupto.

—Me di cuenta de la clase de hombre que era y del riesgo que corría si me enfrentaba a él. Frío, astuto... Lo único que quise, de pronto, fue llevarme el cadáver cuanto antes y marcharme de este país. —Llenó los pulmones de aire y lo expulsó despacio—. Naturalmente, eso cambió tras hablar con usted.

—¿No piensa en la venganza? Ahora sabe quién mató a Alex.

—«Venganza» y «justicia» son dos palabras opuestas.

—¿Qué quiere decir? —No la entendió Miquel.

—Hábleme de ese hombre, el coleccionista. —No respondió a su pregunta.

—Pues... es mayor, sobre los cincuenta años, rico, listo,

del régimen —bajó la voz al máximo al decirlo—. Lo tiene todo, una esposa sumisa, una hija que ya trabaja con él, una amante ex actriz...

—¿En serio?

—Cristina Roig.

—Una vida perfecta —dejó escapar ella.

—Supongo que sí —convino él—. Por lo menos para lo que un fascista entiende por perfecta —bajó todavía más la voz hasta convertirla en un susurro apenas audible para ella.

El taxista ya no apartaba los ojos de la vía pública. Rodaban por la calle Princesa, cerca del Born.

—Tenían que haber ganado la guerra —lamentó Patricia Gish.

—No nos ayudaron. —Fue terminante Miquel—. Nos dejaron solos, viendo cómo era el ensayo de la Segunda Guerra Mundial. Y así nos fue a nosotros y casi a ustedes, que les fue de un pelo.

36

Las marcas de metralla en la fachada de la humilde casa no pasaron desapercibidas para su acompañante. Miquel se dio cuenta del detalle al reparar en su asombro.

—Recuerdos del pasado —dijo.

—¿Por qué no...?

—Que las quiten ellos, los que las hicieron —se limitó a responderle.

La mujer de Isidro Fontalva parecía no haberse ido a dormir. La misma ropa, el mismo aspecto, la misma cara de amargura atravesada y rabia a flor de piel. Igual que la tarde anterior, se secaba las manos con el delantal.

Lo reconoció y su mirada se hizo aún más torva.

Ni siquiera le importó la presencia de Patricia.

—¿Otra vez usted?

—Lo siento. Es demasiado urgente, señora. ¿Ha regresado Isidro?

Consideró su respuesta.

Y se rindió.

—Sí, anoche, a las tantas, las dos o las tres —masculló con los dientes apretados y un incendio en sus ojos—. Pero, entre la borrachera que traía y la somanta de palos que le arreé, no creo que esté muy *p'allá*. ¿Qué coño quiere de él?

—Ya se lo dije. Le traigo un recado.

—Pues démelo a mí.

—No puedo, señora. —Metió un pie en el quicio de la puerta, por si ella fuese a cerrarla de golpe, y luego ya no frenó su ímpetu.

Siguió andando.

—¡Oiga! ¿Se puede saber qué hace? ¿Adónde va? —Le siguió la mujer.

Patricia Gish vaciló un instante, en la calle. Después fue tras ellos.

—¡Isidro! —llamó Miquel.

—¡A que aviso a la policía!

—¿Dónde está? ¿Ahí? —Señaló una puerta cerrada.

—¡Ahí duerme mi madre, que tiene noventa años! ¡Como la despierte se va a enterar, y no por mí, sino por ella, que le mata!

Había otra puerta cerrada. Ya no le preguntó. La abrió y se encontró con el caos. En un ambiente de difusa penumbra que olía a sudor, vino, tabaco y vómitos, con ropa por el suelo y la estrechez por bandera, vio la revuelta cama de matrimonio, y en ella, vestido, boca abajo, el cuerpo inerte de un hombre que roncaba de forma ahogada.

Miquel dominó el asco y se sentó en la cama. La esposa de Isidro Fontalva ya no protestaba.

—Isidro. —Le movió él.

Un ronquido más acusado. Una respiración más agitada. Sólo eso.

—Vamos, Isidro, despierta. —Le zarandeó con más fuerza.

—¿Qué, se convence? —Se jactó la mujer cruzándose de brazos.

—¿Tiene café? —se dirigió a ella Miquel.

—¿Qué se cree, que esto es un bar? ¿Café? ¡Muy señorito es usted!

—Es para su marido.

—¡Pues no, no tengo café! ¿Cómo voy a tener café, válgame Dios? ¡Aquí lo único que hay es mala leche! ¡De eso, la que quiera!

—¿Algún licor fuerte, coñac, anís?

—¡Que no, coño! —se desesperó—. ¿Bebida en casa? ¿Para qué, para que se la beba ése?

—Así al menos no saldría.

—Puedo ir a buscar café —se ofreció Patricia Gish.

La esposa de Isidro Fontalva la miró de arriba abajo, como si fuese la primera vez que la veía.

—Vaya, sí —le pidió Miquel—. Un vaso grande, o dos, lo que pueda. Hay un bar aquí cerca, a unos cien metros.

Desapareció de sus vistas.

—¿Y ese figurín? —preguntó la dueña de la casa.

—Señora, ¿por qué no me ayuda?

—¿A qué?

—A darle la vuelta, por lo menos.

—Desde luego... —Se arremangó, decidida.

—No la molestaría si no fuera cuestión de vida o muerte.

—¿Vida o muerte para quién? Porque seguro que nosotros seguiremos igual.

Le dieron la vuelta. Isidro Fontalva estuvo a punto de ahogarse entre ronquidos y babas. Olía aún peor boca arriba, porque se había orinado. Era un hombre enjuto, pómulos marcados, nariz aguileña y orejas de soplillo. La tunda de su mujer era visible, porque en la frente se veía una raspadura y el ojo izquierdo lo tenía hinchado.

—Un recado, un recado... —siguió protestando ella—. ¡Y del Satur de las narices!

—Ya le dije que se está muriendo.

—¡Pues que se muera de una vez y nos deje en paz, que siempre anda con líos y mete por medio a este desgraciado! —Le dio un soberano golpe en la cadera.

—Es su última voluntad —dijo Miquel, por decir algo.

—¿Y usted quién es?

—El hombre que se irá tras hablar con su marido y al que no volverá a ver nunca, se lo prometo.

—¡Señor! —Elevó las manos al cielo y se rindió definitivamente.

Los dejó solos.

No fue por mucho rato.

A los dos o tres minutos, en la puerta de la habitación apareció una anciana empequeñecida y decrépita. Era un puro hueso vertical. Vestía una bata liviana, que no debía de abrigarla nada, y llevaba una mantilla por encima de los hombros. El cabello blanco, de punta por detrás debido a que acababa de levantarse de la cama, apenas si era un estropajo despeinado.

—¿Ya se ha muerto? —preguntó fría y desapasionadamente.

—No, señora. Sólo está borracho. —Fue educado Miquel.

—Ah.

Siguió en el mismo lugar, envuelta en su halo fantasmal.

Cinco, diez, quince segundos.

—Yo le dije a mi Blanca que no se casara con él. Pero como era guapo... —Su voz parecía un murmullo frágil—. Los guapos son como armas que carga el diablo. ¿Usted es guapo?

—No.

—Pues eso. ¿A que ha sido más feliz así?

—Mucho más.

—Claro. Si es lo que digo yo. —Hizo una pausa—. ¿Seguro que no está muerto?

—¿No le oye roncar?

—Mi Gaspar roncaba igual y se murió.

Apareció su hija, de pronto.

—¡Mamá! ¿Quieres taparte? ¿Qué haces levantada? ¡Ay, Señor, si es que...!

La empujó de vuelta a su habitación.

—Este señor no es guapo, y es mayor —siguió con lo suyo la anciana—. Pero a ti te convendría más el carbonero. Cuando se muera Isidro...

La voz quedó ahogada al cerrarse la otra puerta.

Patricia Gish apareció no mucho después. Llevaba dos vasos de café, uno en cada mano. Por suerte, debía de haber dejado la puerta de la calle abierta.

—Me han prestado los vasos porque le he dicho al señor que eran para él —señaló al desvanecido.

Miquel los tomó y los dejó en la mesilla de noche, en la que había un cenicero repleto de colillas, amén de dos medicinas, un calcetín y un despertador atrasado. Ya sentía náuseas. Se levantó y cogió a Isidro Fontalva por las axilas, para subirlo un poco.

—¿Le ayudo? —se ofreció la pelirroja.

—No, sería mejor que saliera de aquí. Huele a perros.

—No importa. —Llegó a su lado.

—De acuerdo —aceptó él—. Yo le sujeto la cabeza y le tapo la nariz para que abra la boca, mientras usted le va dejando caer el café.

—¿Y si quema?

—Mejor.

Actuaron de forma sincronizada. En cuanto el inconsciente abrió la boca para poder respirar, Patricia le dejó caer las primeras gotas de café en la garganta.

El efecto fue inmediato.

Un grito, un estremecimiento, un ahogo, tos, una convulsión, el primer parpadeo...

—¡Joder..., jo... der...!

—Más —pidió Miquel.

Patricia le dejó caer un buen chorrito.

Por unos segundos, pareció que se moría. La tos y el atragantamiento le hicieron ponerse rojo como un tomate. Cuando por fin se recuperó mínimamente, se dejó caer hacia atrás. Entonces la vio.

Dilató las pupilas y alzó las cejas.

—Hostias, me he muerto —farfulló.

—Isidro —dijo Miquel—. No es un ángel. Mírame.

No le hizo caso.

—Más —volvió a ordenarle a ella.

Fue la definitiva. Primero, porque tragó varias veces antes de volver a ahogarse. Y segundo, porque ya no pudo volver a cerrar los ojos. Quedó sentado en la cama, mitad alucinado mitad sonámbulo, regresando de un largo, muy largo viaje por el otro lado de su consciencia.

—Isidro, mírame —repitió Miquel.

Lo hizo. Logró apartar los ojos de la pelirroja para centrarlos en él.

—Te traigo un mensaje de Satur.

—¿Satur?

—Saturnino Galán, sí. Se está muriendo.

—Hace días que... no le veo.

—Ya te lo digo: se está muriendo.

—Mierda. —Continuó con la dura tarea de sincronizar su mente con la realidad.

—Bebe un poco más. —Le puso el vaso en la mano.

—Es café solo.

—Sí, solo.

—Con un chorrito de coñac...

—Bebe o te lo hago beber yo.

Bebió. Volvió a mirar a Patricia. Luego, de vuelta a él.

—¿Quién es...?

—Eso no importa. Por lo que a ti respecta, lo único que necesitas saber es que vas a responder a un par de cosas y después nos iremos tal cual. De ti depende que lo hagamos bien, por las buenas. ¿Me sigues?

—Yo no sé nada —se apresuró a manifestar.

—Dime dónde vive María Fernanda Aguirre.

—¿Quién?

—Sabes perfectamente de quién te hablo. Necesitaba papeles falsos para ella y para su novio, un tal Eduardo Llagostera. Félix Centells se ocupó de eso siguiendo el procedimiento normal, Saturnino, Wenceslao...

—Dígame quién es usted —se asustó.

—Ahora, tu amigo. Si no respondes, tu peor pesadilla.

—¿Es poli?

—¿Tengo pinta de poli?

—Sí, del todo.

—Pues no lo soy. Y ella tampoco. Eh... —Volvió a obligarle a no mirarla—. Aquí.

—Cagüen...

—Estás metido en un lío, y puedes salir de él sin más, con sólo responder a esa pregunta. ¿Ves que fácil?

—Pero es que... es una buena mujer. Ella sólo quiere largarse de... Bueno, ya sabe. Incluso le hice algunos remiendos en su casa.

—¿Dónde está?

—¿Qué le va a hacer?

—Nada.

—Entonces ¿para qué la busca? —expresó con dolor.

—Tiene algo que no es suyo, o más bien lo tiene él, su novio, marido... lo que sea. Eso es todo.

Isidro Fontalva bebió un último sorbo de café.

Luego miró el negro líquido y comenzó a llorar.

—No le diga que yo... —inició la rendición.

—Ni se lo diré a ella ni llamaré a la policía, descuida. Soy amigo de Satur, de Wences, de los Centells... Ésta no es nuestra guerra, te lo juro.

—Vive en una casita con jardín, en la calle Gomis, cerca de la avenida del Hospital Militar. Subiendo desde el viaducto de Vallcarca, a la izquierda. No recuerdo el número, pero en la cancela de metal hay un dragón de hierro forjado.

Miquel dejó caer los hombros hacia abajo.

—Gracias, Isidro.

El renacido sí pudo mirar ahora a Patricia.

Abrió un poco más los ojos.

—Señora...

—¿Sí?

—Oiga, que si es más guapa no nace. Se lo prohíben.

—Gracias.

Miquel se incorporó. Patricia Gish hizo lo propio. Isidro Fontalva quedó huérfano en la cama revuelta, con la mancha oscura en sus pantalones. De las dos mujeres no había ni rastro.

—Señor. —Detuvo su primer paso al darse cuenta de que era el fin—. ¿Tiene algo suelto para que mi mujer vaya a la compra hoy? Así la calmo, ¿sabe?

No lo hizo Miquel. Ella fue más rápida. Abrió el bolso y le dejó un billete de cien pesetas en la cama, cerca de su mano izquierda. Isidro Fontalva repitió su gesto de levantar las cejas.

—Esto por llamarme guapa. —Sonrió la pelirroja.

—Si me da cien más, le digo que es la mujer más guapa que he visto en la vida. —Sonrió por primera vez.

37

El taxi les dejó en el cruce de la avenida de la República Argentina con el viaducto de Vallcarca. Bajaron la suave pendiente de apenas cincuenta metros hasta la calle Gomis y la enfilaron hacia arriba. Se movían despacio, revestidos de cautelas. A ambos lados había casitas ajardinadas, pequeños huertos, un entorno propio de las zonas más alejadas del centro. Miquel pensó en lo cerca que estaba de aquel bosquecillo en el cual, en octubre del 48, hacía poco más de un año, Patro y él habían estado a punto de morir.

¿Se repetía la historia?

Fue como, si de repente, comprendiera lo que Patricia Gish y él estaban a punto de hacer.

Klaus Heindrich seguía siendo un criminal de guerra.

Un nazi dispuesto a todo.

Y ni mucho menos se comportaría como un cordero, ni se rendiría, ni...

—Patricia. —Jadeó un poco, porque la calle ascendía lenta pero implacablemente—. No podemos entrar ahí sin más. Bastará con ver si es él, ¿no?

—¿Y entonces qué, señor Mascarell?

Estaban solos, y lo sabían.

—No podrá quitárselos. No la dejará.

Seguían sin ver la casa, la cancela metálica con el dragón. Un único coche había pasado por la calle y, salvo una mujer limpiando una alfombra en una ventana y un hombre cavando su huerto, lo que les envolvía era el silencio y la soledad.

—¿Sabe cómo murió mi marido?

—Me dijo que fue en Dunkerque.

—Sí, pero no en la playa, donde el ejército británico quedó acorralado y fue masacrado —le reveló ella—. Mi marido fue apresado en la huida. Le torturaron durante nueve días a pesar de ser un oficial. Ni Convención de Ginebra ni nada, así que debieron de ser las SS. Ya muerto, un avión de la Luftwaffe lo dejó caer sobre las tropas, a modo de aviso. Estaba irreconocible, pero llevaba sus placas, así que le identificaron.

Miquel tragó saliva.

—Lo siento.

—No hago todo esto por venganza, señor Mascarell. —El tono de Patricia Gish era firme—. Lo hago por justicia. Esos cuadros son algo más que un tesoro para la humanidad. Representan... la vida y la muerte de muchas personas.

—Ni siquiera va armada, ¿verdad?

—No, no voy armada. Escuche. —Se detuvo un momento para que él la mirara a los ojos—: Si ese hombre es Heindrich, los cuadros han de estar con él. Según usted, no los ha vendido a ningún coleccionista; porque, de haber sido así, el asesino de Alex no habría estado buscándole. —Llegó a iluminarse con una tenue sonrisa antes de proseguir—. Sé que sin usted yo no estaría tan cerca, y se lo agradezco. Es un buen hombre. Conserva la dignidad que jamás perderá. Pero el resto es cosa mía. No puedo consentir que se exponga.

—¿Quiere meterse sola en la boca del lobo?

—Sí.

—Ellos son dos. Y además Heindrich es peligroso, no hace falta que se lo diga.

—Váyase a casa, con su mujer.

—No.

—¿Por qué? —Hubo dolor en su expresión.

—No puedo.

—Sí puede. Por favor, llevo cuatro años haciendo esto.

—No aquí, en esta España, con los que mandan ahora. Sigue necesitándome.

—La única victoria posible de las víctimas sobre los verdugos es la supervivencia —dijo despacio Patricia Gish—. Usted es esa clase de superviviente. No lo estropee ahora por nada.

—No es por nada. Además de por muchas otras razones, también es porque me gusta terminar lo que empiezo. Defecto de fabricación, supongo.

—No voy a convencerle.

—No. —Abrió los brazos—. Pero le propongo que seamos cautos.

—¿En qué sentido?

—No es nuestra última oportunidad. Ellos no van a embarcar en el *Ventura* hasta la noche, así que hay tiempo. ¿Qué tal si llamamos a la puerta y fingimos ser un matrimonio que busca una casa para comprar? Estudiamos el terreno y...

—¿Y qué?

—Puedo encontrar a algunas personas dispuestas. Cuando vayan al puerto esta tarde, se les asalta.

—¿Habla en serio?

—¿Por qué no?

La pelirroja se resignó.

Reanudó el paso y ascendieron un poco más por la empinada y larga calle. Cuanto más arriba, más huertecitos, más casitas con terrenos, sobre todo a la izquierda. Éstas iban de la avenida República Argentina hasta Gomis, como lenguas de tierra con apenas siete u ocho metros de anchura.

La casa de la cancela con el dragón era de las más discretas.

Una sola planta, el jardín sin cuidar, malas hierbas, el desarreglo de la provisionalidad o el aislamiento más cerrado.

—No hay timbre. —Le hizo ver Patricia.

Miquel puso una mano en la cancela. La empujó.

Abierta.

—Adelante. —La dejó pasar primero.

No trataron de esconderse. Caminaron en línea recta hacia la puerta de la casa. No se veía a nadie, ni siquiera a través de las cortinas de las ventanas. Tampoco percibieron el menor ruido.

—¿Y si ya se han ido? —vaciló ella.

—Yo más bien temo una mentira de Isidro Fontalva —consideró él.

Llegaron hasta el edificio.

Quedaba llamar a la puerta o...

—Espere —dijo Miquel.

—¿Qué pretende? —Frunció el ceño.

—Venga.

Rodearon la casa por la parte izquierda. La primera ventana, con la cortina mal corrida, les permitió ver una sala comedor relativamente espaciosa. En el suelo, cuatro maletas y un baúl, además de dos maletines pequeños, de mano. En la mesa, junto a un florero sin flores, una pistola.

Los dos la vieron.

Una Luger.

Antes de que pudieran hacer o decir nada, tuvieron que agacharse, con las espaldas pegadas a la pared y la cabeza por debajo del alféizar de la ventana. Lo último que vieron, de manera apresurada, fue a una mujer atractiva, morena, con un pañuelo en la mano y el rostro extraviado, ojos llorosos.

—María, tranquila.

—Klaus...

Las voces quedaban ahogadas, pero eran audibles, con claro acento español una, rígida y muy marcada la otra.

—No, Klaus, no. No vayas a traicionarte. Bertomeus.

—Perdona.

—¿Qué te pasa?

—No lo sé —gimió ella—. Buscaba mi neceser, y de pronto...

—Lo he visto en la habitación.

—No sé dónde tengo la cabeza, es...

—En unas horas, todo habrá terminado. Estaremos a salvo. Lo habremos logrado.

—Prométemelo, por favor. —Pareció hundirse un poco más.

Les sobrevino el silencio.

Se apartaron un poco de la ventana, sin incorporarse. Volvieron a escuchar a lo lejos la voz con el marcado acento alemán de Klaus Heindrich, alias Eduardo Llagostera, alias Bertomeus Moraes, esta vez sin poder precisar sus palabras.

—Ya está —afirmó Miquel.

—Ahora váyase —le pidió Patricia.

—No, de ninguna forma. O nos vamos los dos o me quedo. ¿Qué va a hacer?

—No me arriesgaré a esperar. —Obvió su plan de asaltarles por la tarde—. Podré con ellos.

—¿Está loca? —No pudo creerlo.

—Si salen de esta casa, sé que no tendré ninguna oportunidad. Los cuadros están en ese baúl. O embarcan y se van, o los detendrá su maldito comisario para hacerlos desaparecer y que acaben en manos del coleccionista. Klaus Heindrich es un asesino, no lo olvide. Y si ella está con él...

—¡No puede entrar ahí usted sola!

—¿Dispararía usted? ¿Sería capaz de matar si tuviera un arma en la mano? —puso el dedo en la llaga Patricia.

Miquel no respondió. Trataba de pensar rápido. Empezaba a darse cuenta de lo que pretendía hacer su compañera. Bastaba con ver su fría determinación.

Primero, Klaus Heindrich.

Después... Jacinto José Rojas de Mena.

Al día siguiente se iba con el cadáver de Alex, de vuelta a casa.

—¿Ha matado a alguien? —le preguntó ella con rostro grave.

—He sido policía.

—Le pregunto si ha matado a alguien. —Su voz era un susurro, pero sonaba como un latigazo en su alma.

—Sí, una vez.

—¿Cuándo?

—El 26 de enero de 1939.

—¿Todavía en la guerra?

—Ajusticié a un fascista asesino de niñas.

Patricia Gish apoyó la nuca en la pared.

—Escuche, señor Mascarell. No queda tiempo y, si seguimos aquí hablando, acabarán por descubrirnos. Por favor...

—¿Qué es lo que pretende?

—Tengo una idea.

—¿Cuál?

—Si me ayuda, prométame que se irá después.

—Se lo prometo.

—Piense en su mujer, en usted mismo, en lo que ha pasado.

Era en lo que más pensaba, en Patro, pero también en sus ocho años y medio preso en el Valle.

Nadie se los devolvería.

—Voy a ver si hay puerta trasera —dijo la pelirroja—. Si la hay, usted va a la principal, llama, finge haberse equivocado, lo que sea. Pero distráigalos unos segundos. Para mí serán suficientes.

—¿Quiere...?

—Entrar y coger esa pistola de la mesa, sí.

Miquel sintió un sudor frío.

—Quizá pueda con ellos, pero no lo conseguirá con Rojas de Mena.

Patricia Gish sostuvo el peso de su mirada.

—Ahora. —Se puso en marcha, agachándose para llegar a la parte de atrás de la casa.

Miquel alargó la mano. Fue inútil. Lo único que atrapó fue el viento. Su compañera gateó hasta desaparecer por la esquina más alejada. Esperó cinco segundos. Ella reapareció para hacerle una seña con el pulgar hacia arriba. Y luego otra indicando que no sólo había una puerta, sino que estaba abierta.

Todas las puertas traseras que daban a jardines útiles o inútiles estaban abiertas.

Cerró los ojos, contó hasta tres, volvió a subir los párpados y, doblado sobre sí mismo, llegó por segunda vez a la puerta principal.

No miró en dirección a la calle.

Se concentró en lo que iba a hacer, nada más.

No les vio.

En el instante en que levantó el puño derecho para golpear la madera de la puerta, escuchó el chasquido a su espalda.

Volvió la cabeza.

El comisario Amador sonreía. Ni siquiera parecía asombrado. Sonreía.

La pistola, con silenciador, la llevaba el secuaz de Jacinto José Rojas de Mena.

Y le apuntaba directamente a la cabeza, con la mano extendida.

38

Lo primero que hizo Amador fue llevarse un dedo a los labios.

Silencio.

Luego, al llegar hasta él, el hombre que había matado a Alexander Peyton y a Wenceslao le apretó el largo y prolongado cañón del arma contra la frente, como si quisiera atravesar el hueso y llegar directamente al cerebro.

—Marcial tiene el gatillo fácil —le advirtió el policía hablando en susurros.

Miquel sintió cómo se le doblaban las piernas.

El mayor de los ingenuos. El mayor de los estúpidos. El mayor de los temerarios.

La única persona a la que realmente temía acababa de atraparle.

La tercera vez.

«A la próxima, le haré fusilar, o le enviaré de nuevo al Valle.»

No, no volvería al Valle.

Sabía demasiado.

No quiso pensar en Patro para que no le doliera tanto.

Amador puso una mano en el tirador de la puerta. Klaus Heindrich y su amante vivían de manera ingenua, porque no estaba cerrada con llave o con un pasador desde el interior. Una casita apartada, en un barrio extremo, el día de la escapada final... El nazi llevaba cuatro años huido, escondido, y ya se sentía a salvo.

En Curitiba, con los suyos y una fortuna en cuadros.

El comisario fue el primero en atravesar el umbral. Le siguieron Miquel y Marcial, que ahora hundía el cañón en su nuca. En el interior de la casa no se oía nada. Amador también sacó su arma y la empuñó con el brazo extendido. El recibidor era pequeño. A la derecha vieron un pasillo con algunas puertas. A la izquierda, la sala que Patricia y Miquel habían atisbado por la ventana, con las maletas.

Klaus y María Fernanda aparecieron entonces.

—¿Pero qué...?

No hizo falta mucho. Les bastó con ver la pistola en manos de Amador. El nazi cerró los ojos, golpeado con toda contundencia en su razón. La mujer se llevó una mano a los labios y palideció en cuestión de un segundo.

—No grite —la previno el comisario.

Estaban en la puerta de la sala, con las maletas a un lado. Klaus Heindrich miró la mesa.

Pero su pistola no estaba allí.

Miquel se encogió.

Tensó su cuerpo, a la espera del cruce de balas.

Pero el comisario Amador seguía teniendo todos los ases.

—¡Señorita Gish, salga!

Hubo un amargo y tenso silencio.

—¡Vamos, señorita Gish, sé que está usted aquí! —insistió el policía.

Marcial hundió un poco más el cañón de su arma en la nuca de Miquel. No hacía falta ser más explícito.

Aunque lo fue:

—Quieto, viejo.

Miquel apretó los puños.

—¡Salga o matamos a su amigo! —gritó por tercera vez Amador.

Se abrió una puerta, en el pasillo, a su derecha. Patricia Gish, con su abrigo, su bolso colgando del hombro y las manos en alto, emergió de las sombras.

—Buena chica —asintió el comisario.

Miquel frunció el ceño.

María Fernanda Aguirre rompió a llorar.

—Todos ahí dentro, vamos —ordenó Amador señalando la espaciosa sala.

Klaus Heindrich no se ocupó de su pareja. Los miraba a todos como un perro enjaulado, calibrando opciones. A la primera sorpresa por la irrupción en la casa de los tres hombres, uno de ellos amenazado con un arma, se unía la segunda al descubrir a Patricia. Y seguía buscando algo. Algo que no estaba en la mesa y que debía estar.

—¿Me da su bolso, señorita Gish? —pidió Amador, que era el único que hablaba.

Ella se lo tendió.

La inspección fue rápida. Luego lo arrojó a un lado, sobre una butaca.

—Veo que no lleva armas —dijo—. Así que, o está loca, o... ¿Qué pretendía hacer metiéndose aquí, en la boca del lobo?

Patricia no le respondió.

Y Amador se guardó su pistola.

—Bien, bien, bien. —Entrechocó las manos satisfecho—. El cuadro completo. Perfecto.

—Señor... —quiso hablar Klaus Heindrich con su acento marcadamente alemán, así que más bien dijo «Señorrr».

—Cállese, Otto —lo impidió Amador.

—Mi nombre es...

Marcial fue rápido. Un paso y un impacto en pleno rostro con la pistola. Klaus cayó al suelo sangrando por la brecha de la mejilla. María Fernanda Aguirre ahogó un grito, tapándose la boca con las manos.

Tenían razón, era una mujer muy guapa.

Aunque con un pésimo gusto para elegir a su pareja.

Amador se dio la vuelta y se enfrentó a Miquel. Su rostro irradiaba felicidad.

—¿Recuerda lo que le dije la última vez?

Miquel no dijo nada.

—¿Lo recuerda? —insistió.

—Sí.

—Bien. —La sonrisa reapareció, aumentada por el tono sádico en el brillo de las pupilas—. Sabía que llegaría el momento, pero... ya ve, no lo esperaba tan pronto, y menos aquí, en este embrollo.

—Creía que la policía investigaba asesinatos, no que los encubría —le provocó Miquel.

Amador no alteró sus facciones. Era el centro de gravedad de la escena. Klaus Heindrich en el suelo, su compañera llorando hecha un guiñapo, Patricia con las manos en alto y él derrotado, con Marcial de juez abarcándoles a todos con su mano armada.

—Es usted un ingenuo, Mascarell. —Soltó un bufido el comisario—. A veces comprendo aún mejor que perdieran la guerra. Ingenuos, ingenuos, ingenuos. Hacen falta nuevas mentes para los nuevos tiempos, y ustedes... Ustedes ya no son de hoy, sino de ayer. El futuro es otra historia.

—¿Cómo ha dado con nosotros? —preguntó Miquel.

Era una pregunta estúpida. Lo sabía. Pero de lo que se trataba era de ganar tiempo. La pistola de la mesa tenía que estar en el bolsillo del abrigo o en el de la chaqueta de Patricia. Marcial era un perro de presa, pero hasta los perros de presa se distraían con un buen hueso.

Amador necesitaba disfrutar de la victoria.

—Anoche, cuando seguía a la señorita Gish, como último recurso para dar con los cuadros porque estábamos en un callejón sin salida, ¿con quién se reúne? —Abrió las manos explícitamente—. ¡Con usted! ¡Nada menos que con usted, oh sorpresa! Y yo pienso: ¿qué hago? Y se me ocurre tener paciencia, esperar. Así que esta mañana, de nuevo, toca seguirles, ¿y hasta dónde? —Lo que abrió ahora fueron los brazos, abarcando el espacio que le rodeaba—. Sigue siendo un buen policía, ¿sabe? —Asintió con la cabeza valorándolo—. Capaz de encontrar una aguja en un pajar. Lo he comprendido de inmediato al verles meterse aquí. Si no era el escondite de ese nazi, ¿qué podía ser? —Miró las maletas y el baúl antes de volver a hundir sus ojos de águila en él—. ¿Puedo preguntarle algo, Mascarell? —No esperó la respuesta—. ¿Cómo diablos se metió en esto?

—Es una larga historia.

—Y no hay tiempo, ¿verdad? —Puso cara de pena—. Una lástima, porque me gustan las historias, sobre todo aquellas en las que los demás pierden y yo gano.

—¿Puedo preguntarle algo yo a usted?

—Adelante —fue generoso.

—¿Por qué tuvieron que matar a Peyton?

Amador miró al secuaz de Rojas de Mena.

Una mirada reveladora.

—A veces Marcial no mide su fuerza. —Se encogió de hombros—. Por eso le echaron de la policía, ¿no es cierto, Marcial?

El hombre mantuvo su impasibilidad.

—Fue una chapuza. —Desgranó Miquel con amargura—. No sé cómo Jacinto José Rojas de Mena no le cortó en pedazos.

Los ojos de Amador emitieron destellos de ira.

—Sigue sorprendiéndome, ¿sabe?

—¿Por su relación con él? Es lo que tiene creerse impune.

—Me gustaría aplaudirle, pero no puedo. ¿Qué más da? Encima, ya ve. —Dirigió los ojos a Patricia, como si le pidiera perdón—. Hubo esa llamada telefónica, de alguien que tenía la cartera del muerto... Un cabo suelto. Un cabo demasiado extraño. Y quizá en ella estuviesen los indicios finales, los datos que Peyton no le reveló al señor Rojas de Mena y que le condujeron hasta Barcelona. —Frunció el ceño—. ¿Tiene usted esa cartera, Mascarell? ¿Es por ella por lo que está en esto?

—No, no la tengo —mintió.

—Yo creo que sí. Los caminos del Señor son inescrutables, y éstos, desde luego, parecen hechos a su medida. —La sonrisa que apareció ahora en su rostro fue de hiena—. Habrá que ir a su casa a echar un vistazo, saludar a su joven esposa... Porque es joven, ¿verdad?

Miquel apretó los puños.

Intentó dar un paso.

Primero, la pistola de Marcial volviendo a su nuca. Segundo, los ojos de Patricia pidiéndole calma.

Calma.

—¿Ha dado con ese falsificador, Centells? ¿Ha sido él quien le ha dicho dónde estaba Heindrich o le sacó la información al hombre al que fue a ver anoche?

Estaban muertos, todos. Amador se encargaría de ello.

Félix, Martín y Conrado Centells, Isidro Fontalva, Saturnino, si todavía seguía vivo en manos de Consue.

Hasta Lenin.

—El señor Peyton fue bastante explícito cuando fue a ver al señor Rojas de Mena, aunque no lo suficiente —ponderó el comisario—. Le habló hasta de eso, de Félix Centells, al que creíamos muerto. Pura inocencia. Como hablarle de un panal de rica miel a un oso goloso. Jacinto José me llamó a mí, me puse en marcha, pero lo único que conseguí fue un nombre gracias a un confidente: Wenceslao Matosas.

—¿También se le fue la mano a Marcial con él y su mujer?

—No, eso era necesario, para no dejar más cabos sueltos —lo justificó Amador—. Lo malo es que ese pobre imbécil no era más que un intermediario, y murió sin decir nada. Una lástima, porque habríamos acabado con esto mucho antes, y ahora usted y la señorita Gish no estarían metidos en este lío.

Miquel miró de nuevo a Patricia.

Seguía quieta, brazos en alto, inalterable.

¿Por qué no actuaba de una vez? ¿A qué esperaba? ¿Qué más podía decirle a su enemigo para alargar la escena y hacerles bajar la guardia a todos?

Marcial sólo aguardaba la orden. Con el silenciador, lo único que se escucharía sería una serie de taponazos.

—Bien. —Amador se agachó frente al baúl y las maletas—. Veamos qué tenemos aquí...

Abrió el baúl.

Ropa, utensilios, lo indispensable para una nueva vida al otro lado del mar.

Hizo lo mismo con las maletas.

Llegó a volcarlo todo en el suelo. Buscó un doble fondo en ellas.

Nada.

—¿Dónde están los cuadros, señora? —Se dirigió a María Fernanda Aguirre.

—¿Qué cuad...?

—Marcial.

El secuaz no soltó la pistola. Tampoco la golpeó. Se limitó a pasarle el brazo izquierdo alrededor del cuello.

—¿Dónde están los cuadros, Otto? —Amador se dirigió al nazi.

—Le he dicho que me llamo...

—Marcial —dijo el comisario.

El chasquido de los huesos al quebrarse fue seco.

La cabeza de la mujer se dobló primero hacia un lado. Luego cayó sobre su pecho. El cuerpo se deslizó hacia el suelo y quedó inerte.

—¡María!

Klaus Heindrich gateó hasta ella. Se la quedó mirando, sin tocarla. Su expresión era de pena, lástima, pero no hubo lágrimas ni un excesivo dolor.

—¿Por qué lo ha hecho? —exclamó agotado.

—Los cuadros —se limitó a decir Amador.

A él también se le cayó la cabeza sobre el pecho, rendido.

—En la habitación —dijo.

—Vigílalos, y a la más mínima... —le ordenó a Marcial.

Salió por la puerta. Miquel volvió a mirar a Patricia. La pelirroja le dijo que no con los ojos.

Quizá quisiera estar segura de que los cuadros estaban allí.

Quizá...

¿Qué?

Miquel sintió náuseas. Contuvo el deseo de vomitar.

Amador reapareció casi de inmediato, llevando otra maleta, nueva, dura y recia, con los cantos protegidos, piel clara. Una maleta cara, especial.

La colocó sobre la mesa, la abrió y fue suficiente.

Los diecisiete cuadros estaban en ella, protegidos, mimados, acolchados. Los lienzos únicos e irrepetibles por los que ya habían muerto cuatro personas en Barcelona.

Y quedaban ellos.

Amador se sintió feliz.

—Parece mentira que la gente pueda matar por estas cosas, ¿verdad? —Acarició la maleta con mimo—. Matar o pagar millones de pesetas.

—Escuche, señor. Puedo... —Intentó hablar Klaus Heindrich por primera vez.

—Tú no puedes nada, Otto —le interrumpió Amador empleando un marcado tono conmiserativo—. Para ti se acabó, ¿entiendes? Fin de viaje. *Kaputt*. Adiós.

Sonó un taponazo.

El descorche de una inexistente botella de champán.

Klaus Heindrich cayó hacia atrás, con un botón rojo a modo de tercer ojo.

Quedó tendido en perpendicular sobre su amante española.

Un cuadro trágico.

Fue el momento en que Patricia bajó los brazos, con la excusa de llevarse las manos a la boca primero y al pecho después.

Ya no volvió a subirlos.

—Bueno, Mascarell. —Amador prescindió de la novia de Alexander Peyton y se dirigió a él—. Ahora tenemos que montar la escena final, ¿no cree? —Paseó una mirada por el entorno—. Hay que ver quién mata a quién, organizarlo todo sin dejar nada al azar.

—¿Qué le ha prometido Rojas de Mena?

—Hila delgado —le aplaudió.

—Usted no se mojaría las manos con sangre si no fuera por algo importante.

—Hay mucho futuro en este país para los listos. —Cinceló otra sonrisa en su fría faz—. Lástima que usted no lo sea.

—Pero va a dejar un enorme rastro de cadáveres. A lo peor a él no le gusta. Quizá Marcial le mate a usted y monte otra escenografía.

Amador miró a Marcial.

Inamovible.

—El señor Rojas de Mena quiere esto. —El comisario indicó los cuadros.

—Entonces hágalo ya. —Miquel también bajó los brazos y hundió la cabeza en el pecho—. ¿A quién matará antes? ¿Las señoras primero o mejor asegurarse acabando con el viejo policía?

Amador no llegó a hablar.

Lo que pasó entonces fue... más bien inexplicable.

Patricia Gish se quitó el abrigo, despacio, con movimientos lentos y precisos, calculados, sin dejar de mirar a los dos hombres. Lo dejó caer al suelo e hizo lo mismo con la chaqueta de su elegante traje.

Después, la blusa.

—¿Qué está haciendo? —Frunció el ceño Amador.

No le respondió. Siguieron los pantalones. Se quedó con el sujetador, las bragas y las medias, unidas a las bragas con los ligueros. La ropa interior era de encaje.

Tenía un cuerpo precioso.

Unos pechos medidos, unas piernas largas...

—¿Se ha vuelto loca? —insistió Amador.

Marcial la miraba hipnotizado.

Liberó los ligueros. Se quitó la primera media, como una vedette de El Molino. Hizo lo mismo con la segunda. Incluso Miquel la contemplaba asombrado.

Porque, si ella se quedaba desnuda, ¿dónde tenía la pistola?

—Así no va a librarse, preciosa. —Se rió el comisario—. Es un regalo, pero...

Patricia miró a Miquel.

Empezó a quitarse las bragas.

Dejó a la vista su sexo, tan pelirrojo como su pelo.

Miquel se olvidó de la visión para concentrarse en Amador.

Porque, si Marcial tenía la pistola, la primera bala de Patricia sería para él.

Patricia Gish ya sólo llevaba el sujetador.

Se llevó las manos a la espalda, en apariencia, para desabrocharlo.

Pero no lo hizo.

Cuando reapareció con ellas por delante, sujetaba el arma de Klaus Heindrich con firmeza.

La bala le alcanzó a Marcial en la boca.

En el momento en que la cabeza del esbirro estalló, Miquel ya había saltado sobre Amador.

Se vencieron sobre el suelo, a peso, forcejeando. La mano del comisario buscó su arma, sin pretender luchar. Miquel le atrapó el brazo. El policía era casi veinticinco años más joven, así que consiguió apartarlo lo justo.

Llegó a cerrar los dedos sobre la culata.

Y eso fue todo.

—¡Quieto!

El grito de Patricia fue tan tajante como la pistola apuntándole a menos de un palmo de la cara.

39

Miquel rodó sobre sí mismo, de lado, machacando sus huesos con más nervio que agilidad, para apartarse de su enemigo. Antes de ponerse en pie alargó la mano para coger la pistola de Marcial, el hombre sin boca y sin casi la mitad del rostro.

La tomó por el largo cañón del silenciador.

Se incorporó, jadeando, superando el miedo y el vértigo producido por lo inesperado de los últimos segundos.

Patricia Gish continuaba desnuda, con el sujetador como única ropa visible. Desde el primer momento, por si la registraban, había escondido la pistola en su espalda, entre la carne y el cierre de la prenda.

La desnudez no le importaba.

Mantener la pistola frente al comisario Amador, sí.

—Está loca... —barbotó el policía—. ¿Sabe quién soy yo?

Patricia Gish era inglesa. Parecía educada, equilibrada.

Quizá no lo fuera tanto.

A fin de cuentas, era una mujer que acababa de perder al hombre de su vida.

El escupitajo le dio de lleno en la cara, se incrustó en su frente y resbaló por la parte izquierda del rostro de Amador.

—Señor Mascarell. —Se dirigió a su compañero—. Asómese a la puerta de la calle, por si el estampido del disparo ha alertado a algún vecino.

Miquel la obedeció.

Fue a la entrada de la casa, abrió la puerta, escondió el arma por dentro del abrigo y salió al exterior. Primero miró a las dos villas más próximas. Después caminó un poco, hasta la mitad del largo jardín.

Nadie en las ventanas. Nadie en la calle.

Regresó para no dejar sola a Patricia.

La escena continuaba igual, congelada. Ella desnuda y Amador en el suelo, de lado. La saliva de Patricia le llegaba ya casi a la comisura del labio. El extremo de la gota descendía lentamente, envuelto en un deje de espuma blanca. El policía ni se pasó la mano por la cara.

Sus ojos lo decían todo.

Su expresión era de incredulidad.

—Apúntele. —Se estremeció de frío la británica.

Volvió a obedecerla. Los ojos de Amador dejaron de centrarse en la pelirroja para hundirse en Miquel.

—No sea loco —le previno.

—Cállese.

—Puedo olvidarme de esto —insistió él—. Déjeme ir y le juro que le haré la vida mucho mejor. Un bálsamo, se lo aseguro.

—Aquí hay tres muertos, comisario.

—Lo arreglaré.

—Ustedes sólo saben arreglar las cosas de una forma —dijo Miquel.

Su voz sonó tan amarga...

Patricia se acababa de subir las bragas. Prescindió de las medias. Tiritaba de frío y se puso directamente los pantalones, la blusa...

—Está bien —dijo Amador dirigiéndose ahora a ella—. ¿Quiere los cuadros? Lléveselos. Mañana desaparece con el ataúd de su novio y el premio gordo. Le doy mi palabra de honor que...

—¿Cree en él? —le preguntó Patricia a Miquel.

—No.

—¿Qué quiere hacer, matarme? —Pareció burlarse el comisario.

—A las ratas suele matárselas, señor —repuso ella. Y miró a Miquel antes de agregar—: ¿Quiere hacer los honores, inspector?

—¡No sea absurda! —Amador reculó hasta llegar a la pared—. ¿Inspector? ¿Quiere pudrirse en una cárcel española, señorita Gish? —Pasó de la pelirroja a Miquel—. ¡Usted no es un asesino, Mascarell! ¡Por Dios, fue policía! ¡Eso no se olvida!

—Ustedes nos han hecho olvidar muchas cosas —dijo con tristeza—. Siguen pensando que todos los rojos éramos asesinos, que sobramos en esta nueva España.

—¡La guerra acabó!

—¿De veras lo cree?

—¡Vivimos en paz, ya ha pasado lo peor!

—¿De qué paz me habla, comisario? —El tono seguía siendo lúgubre—. ¿Tiene idea de los muertos que hay en las cunetas de media España, de los presos que siguen en sus cárceles, de lo que el fascismo representa para la libertad?

—¡No me hable de libertad! ¿Era libertad el comunismo?

—Yo no era comunista. Sólo permanecí fiel a la legalidad vigente, a la República. Por ello nos mataron, nos bombardearon, perdí a mi hijo, a mi mujer...

—¿Y quiere vengarse? ¿Ahora?

Miquel recordó las dos bofetadas en la Central de Vía Layetana.

Las dos humillaciones.

Un ser humano reducido al silencio y el miedo.

¿Pero la dignidad que le quedaba le permitía convertirse en asesino?

—Escuche. —Amador cambió el tono, de la seguridad y

el desprecio pasó a la súplica. Levantó la mano derecha como si así pudiera detener la bala—. Medio cuerpo conoce en qué estoy trabajando, saben que he venido a esta casa...

—Mentira —continuó hablando Miquel—. Nadie sabe que está aquí, ni qué estaba haciendo. Peyton se suicidó, ¿no? Eso puso en el informe. Caso cerrado. Jacinto José Rojas de Mena está protegido por su silencio, así que esto es entre usted y nosotros, no hay más. ¿Cuadros? ¿Qué cuadros? Nadie sabe que existimos. Nadie nos busca, ni nos buscará. Está solo, ciega y estúpidamente solo.

Patricia Gish intervino de nuevo.

—Hemos de irnos —le dijo casi con dulzura.

Miquel levantó la pistola.

El cañón apuntó a la cabeza de Amador.

Sí, sentía aquellas dos bofetadas.

Los últimos golpes a un derrotado.

Y sentía el dolor de Patro, prostituida hasta que él la rescató.

Sentía Barcelona, a su hermano en México, a Roger, a Quimeta, a tantos amigos perdidos.

Lo sentía y formaba una enorme bola de fuego en su cabeza.

—No va a hacerlo. —Amador movió la cabeza de un lado a otro dos, tres veces, con los ojos desorbitados—. Usted no puede, Mascarell. No es un asesino...

La mirada final.

Los ojos velados.

Patricia Gish se puso a su lado, le cogió la pistola y disparó.

No una, sino tres veces.

Tres taponazos.

Después bajó la mano y lo dijo:

—Por Alex, hijo de puta.

Miquel se encontró con sus ojos. Lo decían todo. Los ojos

de una mujer hermosa, cálida, llena de vida, pero también furiosa, agotada, dispuesta a matar por amor después de que una bestia le hubiese arrebatado el futuro.

Vio en ella a Patro.

Patricia y Patro, hasta los nombres tenían algo en común.

Patro también le habría disparado a Amador para vengarle.

—Yo... —No supo qué decir.

—No importa. —La pelirroja le acarició la mejilla.

Como una nieta, o una hija, haría con su abuelo, o con su padre.

—¿Y ahora? —le preguntó él, sumido en su colapso mental.

Patricia Gish se encogió de hombros.

—Ahora limpie las dos armas y luego póngalas en manos de quien quiera, pero que parezca una matanza entre ellos. Usted fue policía, así que sabrá montar una perfecta escena sin dejar cabos sueltos.

Miquel tardó en comprender que hablaba en serio.

Día 6

Viernes, 9 de diciembre de 1949

40

Las dos bolsas con la ropa esperaban en el recibidor. Los restos de la cena, la improvisada fiesta de la noche pasada, seguían en la cocina. Las dos mujeres y los niños hablaban en el comedor. Los pequeños lo hacían a gritos. Ellas reían.

Otro día.

El mismo mundo.

Una nueva esperanza.

Lenin se apoyó en la muleta que le había prestado el médico de arriba. Su aspecto seguía siendo desastroso, pero al menos podía caminar.

Un poco, lo justo.

—¿Seguro que estará bien, inspector? —le preguntó como un ángel protector.

—¿Yo? De fábula. Te recuerdo que la paliza te la dieron a ti.

—Ya estoy bien. —Se hizo el fuerte—. Que conste que me voy por no molestar, ¿eh? —Se apartó ante el gesto de Miquel de soltarle un capón en la nuca—. ¡Vale, vale!

—Si esperas que sea educado y te diga que no molestas, vas dado.

—Caray, que ya sé que los críos siempre aturden, pero... Venga, hombre. —Le guiñó el medio ojo sano—. Que hemos hecho un buen equipo...

—El mejor.

—Y el roce hace el cariño.

—Pues con cariño te digo que, como sigas robando y acabes en la cárcel dejando a tus hijos sin padre, vas a vértelas conmigo. Y si no te pillan, vuelvo yo al cuerpo y te detengo en persona.

—Sería capaz.

—Búscate un trabajo, Agustino, anda.

—Si es que a veces los líos me caen encima sin más, que parezco un imán de ésos.

—Eres un caradura.

—Y usted un santo.

—Tú sigue haciéndome la rosca y verás.

Lenin le dio un inesperado abrazo con su mano libre.

Miquel vaciló.

—Un padre o un hermano como usted debía haber tenido yo.

—¿Desde cuándo los hijos hacen caso a los padres? —No pudo quitárselo de encima.

Se separaron y el malherido se enjugó una posible lágrima.

Pudo ser teatro. O tal vez no.

—Bueno... —Oteó el pasillo, al final del cual estaban su mujer y sus hijos.

—Hemos tenido suerte, Agustino —suspiró Miquel.

—¿Cree que no lo sé?

—No hables de esto con nadie o...

—Que no, ni que fuera idiota. Ya me imagino cómo se van a poner los grises cuando descubran la masacre en esa casa. Igual ponen la ciudad patas arriba.

—No, no lo creo.

—Y esa señora, la inglesa que vino ayer a por la cartera, qué mujer, oiga.

—De no haber sido por ella...

Patro, Mar, Pablito y Maribel se acercaban a ellos.

—¿Listos? —Mar se dirigió a su marido.

—Yo llevo una hora esperándote —se quejó él.

—¡Ay, Patro, gracias por todo! —Mar se le abrazó con emoción.

—Nos veremos por Navidad, ¿no? —Miquel se tensó al oírla—. Ya falta poco.

—Pero se vienen a nuestra casa —dijo Mar—. A los niños les hará mucha ilusión, ¿verdad, niños?

Los niños miraron a Miquel.

Serios.

Miquel acabó sonriendo, vencido.

Puso una mano en la cabeza de Pablito. La otra en la de Maribel. Les revolvió el pelo.

No dijo nada.

—El día que se muera Franco vamos a liarla —dijo Lenin.

Su hijo abrió los ojos.

—¿Quieres que se muera ese señor de la radio y el No-Do, papá?

—Eso, tú vete diciendo tonterías delante de ellos, que luego lo sueltan por ahí y la liamos —le reprendió Mar dándole el pescozón que unos segundos antes no había podido darle Miquel.

El dueño de la casa abrió la puerta, mientras Lenin protestaba y decía que menuda educación iban a recibir sus hijos si ella le zurraba. Odiaba las despedidas, pero aquélla se estaba eternizando, y tenía una cita.

—Venga, largo.

Pablito y Maribel le dieron un beso a Patro. Luego, al ver que su madre se lo daba a Miquel, la imitaron, pero serios. Hasta que Maribel sonrió y dijo:

—Te quiero, abuelo.

Lenin fue el último en salir.

—Inspector...

—Si vuelves a abrir la boca, si me hablas de realquileres, si me repites lo del gran equipo que formamos o si me cuentas otra película, llegas abajo sin necesidad de pisar los escalones.

—Cómo es. ¡Cómo es! —Le tendió la mano.

—Suerte.

—Ya. —Se encogió de hombros Lenin.

Desaparecieron en la penumbra eterna de la escalera.

Y, por si se arrepentían, Miquel cerró la puerta.

Patro le abrazó sin que pudiera darse la vuelta.

Un abrazo especial.

Lo supo antes de que hablara.

—Te quiero, Miquel.

—Y yo.

—Tú y tu corazón de oro...

—¿Yo?

—Mucho gruñón, pero...

Iba a decirle algo. Lo sabía.

—¿Qué?

—Se hace tarde, vámonos.

—Patro...

—Luego, luego. Si no la pillas en el depósito, tendremos que ir al aeropuerto.

—Al menos deja que éstos cojan el taxi, o nos los encontraremos en la calle —suspiró Miquel.

41

Miquel, Patro y Patricia contemplaron cómo el ataúd con el cuerpo de Alexander Peyton Cross era introducido en el coche. Los hombres que lo cargaban se movían en silencio, con respeto. Ni uno solo había dejado de mirarlas, más a la británica, por su mata de pelo rojo.

Un color maldito, casi prohibido en la nueva España.

La escena se desarrolló a cámara lenta en su recta final.

Después, ellos se retiraron y al volante del coche que debía de llevarlos a ella y al ataúd al aeropuerto sólo quedó el conductor.

Patricia Gish los contempló a ambos con una mezcla de gratitud y envidia.

La tarde anterior ya se habían contado todo lo que necesitaban saber. Quedaba la despedida. Y sin embargo...

Miquel sentía el ardor de la pregunta.

Ella lo comprendió.

Señaló el ataúd y dijo:

—Alex es, ahora mismo, el muerto más rico del mundo.

Miquel abrió unos ojos como platos.

—¿Quiere decir que...?

—Vino a buscar unos cuadros, y desde luego se va con ellos —asintió la inglesa.

El ataúd era grande, metálico, para soportar el vuelo, los posibles cambios de temperatura.

—¿Cómo lo ha hecho? —exclamó Miquel.

—Pedí que me dejaran a solas con él. Me costó, pero ya era de noche. Lo hice al salir de su casa. Era la única forma de estar segura. Nadie abre un ataúd. O los sacaba ahora, sin tener que regresar, o comprometía a otras personas.

—Podía haberlos guardado yo.

—Usted ya hizo bastante. —Le sonrió—. Sin su ayuda, jamás habríamos recuperado esas pinturas y la muerte de Alex habría sido en vano.

Patro repitió algo que ya había expresado la tarde anterior, mientras contemplaban los diecisiete lienzos recuperados.

—Tiene usted mucho carácter.

—A veces hay que escudarse en algo. Unos lo llaman carácter, otros necesidad, otros supervivencia. Yo prefiero llamarlo amor, ¿sabe? —Dulcificó su expresión—. El amor es el único antídoto contra el espanto, porque aunque sea casi imposible vencerlo, siempre ayuda, te mantiene vivo, retrasa su victoria hasta el aliento final al llegar la muerte.

Patro le apretó el brazo a su marido.

—Ayer no le pregunté si habría disparado, señor Mascarell —inquirió de repente Patricia.

Meditó una respuesta imposible.

—No lo sé —reconoció.

—Era él o usted, y lo sabía.

—Pero mirándole a los ojos...

—Los ojos de un asesino.

—Sí —admitió.

Otra sonrisa, llena de determinación y arrojo, envuelta en un suspiro.

—Volveré —dijo Patricia Gish—. No sé cuándo, ni cómo, pero volveré. Usted sabrá de mí por la prensa.

—¿Cuando lea que Jacinto José Rojas de Mena ha muerto?

—Sí.

—¿Podrá hacerlo?

—No le quepa la menor duda. —Fue categórica—. Mi guerra sigue, y tengo paciencia. Mientras... —Extrajo un sobre del bolsillo de su abrigo—. ¿Puede echarme esta carta al buzón cuando me haya ido?

Miquel vio que no había remite.

El sobre estaba a nombre de Manuela León Rivadaura.

La esposa de Rojas de Mena.

—¿Un anónimo? —Comprendió la realidad.

—Me contó que era una mujer religiosa, católica, de principios —manifestó Patricia—. Le interesará saber qué hace su marido, conocer el nombre de Cristina Roig, dónde vive...

—Un anónimo —lo reafirmó Miquel.

—No. —La sonrisa llegó de oreja a oreja—. Armas de mujer. El infierno de ese cerdo no ha hecho más que empezar, se lo aseguro. Un simple prólogo para el fin.

La cabeza del conductor apareció por la ventanilla.

—Señorita, tenemos el tiempo justo, y está lo del papeleo final...

—Voy —asintió ella.

Primero abrazó a Patro. Las dos quedaron unidas por un fuerte halo de calor. Luego le llegó el turno a él.

Miquel aspiró su aroma.

—Gracias —le susurró al oído.

—No, se lo repito: gracias a usted. Se jugó mucho por nada. Lástima que, cuando regrese, lo haga de incógnito y no nos veamos. Tampoco creo que disponga de tiempo.

—¿Quiere hacerlo en persona?

—Sí, mirándole a los ojos. Que sepa por qué muere.

—Tenga cuidado.

—Escríbame cuando...

—Tranquila. Tardarán días en dar con ellos. Puede que semanas incluso. Esa casa perdida... Como usted dijo, nadie sabe nada. Un misterio más.

Patricia Gish caminó hacia el coche.

Puso una mano en el frío metal.

Miró el ataúd.

—Cuídense el uno al otro —les deseó—. Es lo único que cuenta.

—Lo haremos —dijo Patro.

La vieron meterse en el coche, cerrar la portezuela, sacar una mano por la ventanilla mientras el vehículo arrancaba y se alejaba por la calle.

Se quedaron solos.

—¡Vaya mujer! —expresó lo que sentía Patro cuando el vehículo ya no era más que un punto en la distancia.

—Tú también lo eres —dijo Miquel.

Ella se le puso delante. Él guardó el sobre con el anónimo en el bolsillo del abrigo.

Sí, tenía algo que decirle.

Y lo comprendió incluso antes de que lo expresara en voz alta.

—Miquel, me ha venido la regla.

No estaba triste. No estaba alegre. No estaba rota. No estaba feliz. No estaba nada.

Ingrávida.

De momento.

—Está bien —musitó él.

Podía haber dicho muchas cosas: «Lo siento», «Si quieres lo probaremos», «Tranquila», «No pasa nada»... Pero dijo «Está bien».

No era necesario más.

Se dieron un beso, dulce, suave, y echaron a andar.

Cogidos del brazo.

Seguía haciendo frío, pero brillaba el sol.

Agradecimientos

Mi gratitud a Virgilio Ortega, a los *Monuments Men* que durante años trataron de rescatar todo lo que los nazis habían robado durante la Segunda Guerra Mundial, a *La Vanguardia* y *El Mundo Deportivo* por las referencias que de ambos medios hago en esta y todas las novelas de Miquel Mascarell, y a quienes después de *Cuatro días de enero*, *Siete días de julio* y *Cinco días de octubre* me pidieron que continuara con él y me llevaron a escribir *Dos días de mayo*, y después esta quinta novela de la serie... y las que puedan llegar.

El guión de *Seis días de diciembre* fue completado en junio de 2012 en la isla de Aruba. El libro fue escrito en Barcelona, en enero de 2013.